U0115364

大地的讚美曲──十分瀑布

熱情奔流，永不回頭

永安港上

如果你是那紅橋，我願作你的落霞

遛狗之樂樂無窮──舊湖口鄉公園

在你的土地上，我永遠願意做落日的餘暉

穿越鄉村一條龍

遠眺楊梅故鄉：

在光芒處，我將成為奔馳的列車，穿越你的心房

日落最美在楊梅山中

她永遠是青春的美少女，在我心頭跳動呀

春江水暖鴨先知

春天會在這裡開放，開放是鴨子的聲音呀

夢幻般的中大湖

做夢了嗎？在我回到母親的湖中

關西農會

呀！多少個春天我忘了回家，在此勤勞工作

桌上盛飯當知農家苦

我們可曾像他們一樣，活在永恆的希望中

季鎮東（1947-2021）

我們都有這樣的歡樂，但是否讓它輕輕流過（請閱本書第288頁）

文化生活叢書・藝文采風

奔流之歌

——詩論與詩畫集

譚宇權　著

謹以此書獻給恩師程敬扶老師、師大附中97班季鎮東及全體同學與夫人

程大城（1921-2012），本名程敬扶，西北大學政治系畢業。一生崇尚自由，愛鳥與爬山，與老師爬山二十年。來臺之初，辦《半月文藝》（1950-1955），是臺灣文壇的拓荒者。愛好文藝，著有《藝術論》和《文學原論》，有傳人。

九七班全體同學合照

獻詞

文學革命歷史　回顧重要人物

　　我在這本書準備出版之際，正是我們高九七班天才同窗季鎮東離我們而去的時節。記得，我在大約十幾年之前在與我們這一班再聯絡上，並且經常有聚會中，我慶幸有機會與這位天資聰明的同學聊天。我發現，這個人的人格特質是翩翩君子；例如：他不到三十歲，就獲得美國柏克萊大學的航太工程博士，可是在他談吐之間，總是非常有禮貌。而在他畢業之後的幾十年中，放棄臺大要求回國任教的邀約，在美國IBM工作達二十五年之久。退休之後，選擇過清閒的生活。另外，投入教會工作，為基督教的宣教與募款盡力，這是我們在他的追思會上知道的。

　　我回憶這位同學的優秀，在此我必須強調的是，在上數學課中，他的反應真是少見的；例如：在別人尚未抄好老師的例題之前，就已經說出答案，而且屢屢受到老師的讚美。但當年，我發現自己在數理化的科目根本無法跟上進度，所以最後，遵照化學老師的提示，選擇去讀文組。而這一決定，就成就我的人生方向，也成為巨大改變的開端。我常認為：我們過去在聯考制度的嚴重扭曲之下，往往被這種制度的無心之過，造成許多人必須走上毫無自由選擇的不歸路；譬如我明明是喜歡哲學，在師大附中這一班上也獲得恩師程敬扶老師的多次嘉獎，但當年，由於家庭經濟微薄的關係，最後逼迫放棄就讀私校哲學系的機會，之後，又不自主地選擇走上中學教書的職業。

　　但我們這一班，經常由於程敬扶老師的關懷，又在他的後半生

中，依然像一位慈父般繼續來帶領我們、關懷我們，最後創造出我們這一班許多聚會與出遊的機會。

我現在回想這一位偉大的老師，真是我們終生的恩師。特別是，我與程老師的關係最深；因為我在那所中學讀書時，他以自費出版他終生最得意的著作——《藝術論》。由於我對哲學的嚮往，遂將這本書每章每節，甚至於，每一句話都仔細去閱讀。且在閱讀之後，在週記上寫出我的心得。這個舉動曾經深深打動老師的心，而且將我視為他的真正門徒，凡此，特殊機遇，也造就我成為一生做學問的基礎。

又記得，我們在高中時代，程敬扶老師曾經引領我們認識一種新詩，並且規定我們每人都學寫一首新詩。但當時，我依然沒有因此進入新詩的世界中，成為一名作家。

當然，我對文學的熱愛，始終牢牢記在心頭，並成為生命中一種的巨大熱情與力量。特別是，我的博士論文研究老子的自然哲學中，有一天我被老莊的「天人一體」的觀念所感動——原來，中國歷代重要的詩人，就是由於道家的帶領，才能夠擺脫儒家禮教化的僵化傳統，真正成為一群能夠將人類本有的自由、豪放的精神，以真性情表現出來的謫仙人。

所以，我今天一方面想繼承恩師對於文學理論的建構，一方面，想從我對於道家的偉大哲學傳統，開墾出一片田園，以盡到一份發揚中國傳統的責任。

所以乘這個紀念同學、老師的機會，將我的心事一併在此提出。我希望，未來有更多的人，能夠了解到今天自由中國臺灣的文藝復興運動的必要；特別在文藝這一塊園地上，依然存在許多詩歌文藝的僵化現象之時。但如果我們只覺悟而缺乏行動，則才是今後我們在建構今日中華文化的工作上，依然可能上交白卷的原因。所以希望能踏著我崇敬的偉大詩人徐志摩、胡適的腳步繼續向前行。

徐志摩（1897-1931）

他一生倡導自由浪漫，富有感情的詩歌，對中國新詩發展有重要而無可取代的貢獻。可惜英年早逝，所以留下的詩不多，但依然有留下許多值得千古傳誦的詩句傳頌至今。

胡適（1891-1962）

美國哥倫比亞大學畢業，中國現代學者、思想家、詩人。提倡中國文學與思想革命，形成新文化運動，是近現代中國最偉大的思想啟蒙師與導師。他的自由主義依然有傳人。

最多的感情，最少的隱藏

推薦序一
詩哲雙璧

　　譚宇權老師著述甚豐，中國哲學方面有《孔子思辨方法評論》、《墨子斯思想評論》、《老子哲學評論》、《莊子哲學評論》、《孟子哲學評論》、《荀子學說評論》，政治思想有《孫文思想評論》、教育思想有《國中教育改革論》。以上均屬於思想方面的論述，晚近轉向文學寫作，散文《山中筆記》，現在又往新詩創作邁進。近年來，譚老師每天至少一首新詩，其筆耕之勤、創作力之盛，真是讓人嘆賞不已。譚老師專擅於哲學的理性思維，卻不影響感性的詩歌創作。

　　蘇軾〈臨江仙〉：「人生如逆旅，我亦是行人」，每個人都是生命旅途中的行人；譚老師將這本詩集定名為《奔流之歌》，就是其個人的生命書寫，其中有時事關懷、訪過的地景、已故的雙親，和生活中的點滴，當中有抒發對歲月的感懷，在〈十年一陣風〉：「十年來，彷彿是冬季強勁的狂風之後，還下起綿綿的細雨。在陽光再現時，又有一個新時代會誕生」他說十年就是一個世代，十年當中有風、有雨、也有陽光，讓人感同身受。當中也可以看到其詩歌寫作的足印，例如〈寫作〉一篇說明創作時間常在夜晚「經常像拉動一條胡琴般，在黑夜裡」「不斷地排列手中的文字，文字之外，還有文字」。楊牧應是影響譚老師詩歌創作的重要作家，在〈一生詩的完成：給詩人的詩〉寫著他對楊牧的仰慕：

　　　你是一位
　　　我日思月想

效法的前輩

無論坐車走路

吃飯睡覺打麻將

都帶著您曾經透露的天使之聲在心靈的深處

楊牧對譚老師的詩歌影響已經深入肌理骨髓。

　　譚老師的詩成功跳開哲理的抽象，細心捕捉到生活的畫面，他善用圖像似的文字傳達感覺，很到位呈現詩歌的具體靈動。讀譚老師的詩，彷彿看到一張張美麗的圖畫在說心情故事，讓讀者輕鬆進入他的生命世界。

臺中科技大學退休教授　黃麗娟謹序

2020年4月20日夜

推薦序二
「強者」譚宇權！

　　　　人以自由、自信、自尊為強，
　一生追求獨立之精神、自由之思想者，可不謂之強乎？

一

　　前輩譚宇權先生是我識得多年的研究所同學，這十年來我們之間往來論學頗多，緣分甚深。譚先生年歲長於我父母，而他和我的祖輩都是中國廣東南海縣人，論資排輩，他算是我老鄉的叔伯父前輩。當然，作為自由主義的信奉者、實踐者，譚先生總是平等寬容待人，我們之間幾無代溝，是以平輩師友論交的。

　　譚先生新詩集出版之際，指示我撰寫一篇序。而我於新詩毫無研究、鑒賞的本事，作為後輩，僅能以這篇祝賀詩集出版的文章代序。

　　在我眼中，譚宇權是一位強者！

　　譚先生是一位中學教師。好學不倦的他於青年時代，曾在師大修習過兩種碩士課程。他醉心於知識與學術工作，至今已出版文學與哲學相關書籍二十六冊之鉅，其作品多次獲獎，著作等身。可貴的是，在學術的道路上，譚老師從不自滿。他在退休之餘，為了全力投入學術研究，毅然投身中央大學哲學所修讀博士班，終於二〇一八年以研究老子哲學，榮獲博士學位。在我的印象中，譚老師是一位堅強的自由主義者，他立志要推廣獨立思考、言論自由的價值，且要捍衛中華

民國民主政治的陣地。無論從理論抑或實踐，他都貫徹如一。我經常因觀點有別，而與譚老師展開漫長的辯論，且彼此從來無法說服對方。但是，我們都贏得了互相尊重。無論如何，譚老師在知識工作上勇往直前、奮進不已的精神，是我輩的楷模。

在我心中，譚宇權確是一位強者！

二

當鈴聲響起，老師、學生從班級鳥獸而散。步伐踏在教室外的走廊，有四處張望的巧目，有道聽途說的耳聞，有微微飄散的汗味，還有深藏不露的轆轆作響。這是一種人群聚散的自然現象，日復一日的在每個校園裏一再重現。活在現代，人普遍帶著好幾種身分，而日常行為則需要展現出每一種身分約定俗成的內涵。這是現代自然的表象，而我們將此種自然的總名稱作「人文」。

悠揚的音樂響徹走廊，吹皺著每個不同的春心，樂曲是情感的寄託，讓聽者藉音樂家的酒杯，澆自己的塊壘。夜深人靜，上帝或許輕輕吻過某個蒙童的頭殼，一覺醒來，已成課堂裏聞一知十的算術天才。在考場中，答卷聲沙沙作響，偶然的靈光乍現，亦可能譜成一時的佳作。空間寬敞的現代校園，化學工程砌起了幢幢大樓，憑藉建築藝術的調適，化作人文氣息濃厚的學習環境。深藏其間的小小綠肺，展現著生物活潑潑的自然法則，有陰晴圓缺的化育，有昆蟲小動物作伴，呈現出蓬勃混成的生生之理。知識流淌在這樣一座現代校園之內，預示了整個文明世界的創發性，源自人類主體的理性抉擇！那麼，開創人類文明的主體理性的內涵為何？

一位青年歷史教師昂首走在校園內，帶著作育英才的使命，他總是努力備課、執行教學工作，還要監督學生的成長與學習。在日新月

異的現代進程中，快速變遷的社會，是每個校園無限外延的現實情境。這位活在時代巨變中的青年教師，正值父權家長制的逐步解體，自由民主的生機勃發，這一切激勵他要睜眼看世界，要做好創建公平、正義家國的好公民！畢竟，民主需要積極爭取，正義需要良知維護，自由需要主體彰顯。為了追求這一切現代價值，青年教師勤力吸收各種新知，以作育未來公民的素質；且提升自我的理論修養，以確立民主體制、公共正義的知識建構和實踐意識。他吸收、涵養公民學識，依靠的是生命的主體意識，其與生俱來的理性判斷力，就是人類天生的良知良能。

這位青年教師依舊走在校園的康莊大道上，與整個家國的歷史緊密相連。他追求自由的心靈，觀照著民主理念與社會問題，推動著他參與到本土公民社會的構建之中。整個社會進步源於普遍公民的支撐，而有素質的公民，其內在需要具備民主、公平、正義的理念；其中，缺乏個體自由的意識，這一切都變得不可能。所以，個體的自由意志，是一切道德價值的泉源，亦是所有知識體現其價值的泉源。惟此，校園才是一個真正兼有人類感性、理性的求知場域，人類的教育才真正具有價值。

三

一片無際的寂靜漆黑，隨著一波又一波的韻律搖曳，遍布在平面上的無數巨物飄蕩著，綿延到無窮無盡的——全世界。這一大片的黑暗，是那樣的沉寂，而大大小小的波浪，卻從不平靜。表面的沉寂，掩蓋著一大片的洶湧，真正的滾滾大流，蘊藏在整片大海洋的深層，那不斷旋轉的暗流，蔓延在全世界之中。無論大海洋之下如何翻滾沸騰，一片無際的寂靜漆黑，依舊覆蓋著一整片的波浪，只見到遍布的浮遊巨物。

人類的直覺，經常察覺不出問題的。

在無際的漆黑中，一層層的陰霾於巨物之間徘徊。所有的鬼魅似乎早已勾結在霧霾之中，隨時都會對脆弱的生靈，發動致命的攻勢。危險就在左右，但人類卻無法察覺到。在陸地叢林的深處，幾十萬年來生靈的亡魂，隨時都游向整個黑暗的大海域。無量劫以來幽魂的活動，暗藏在整個寂靜漆黑裏面，無聲無息的存在著。鬼魅幽靈活動在寂靜之中，或許當它們在一層層的霧霾裏集結時，整個暗黑大海急速降溫，原來的寂靜又多添了一份刺骨的嚴寒。

潛伏著暗潮洶湧的整個沉寂世界，活著一頭龐然玄獸，沉淪在整片大海洋的深層。它不明顯的邊際，似乎化在整個深海之中，隱隱作動，震波亦蔓延開來。這是否是暗流的源頭？獸，漫遊在世界的深層，似有似無，微微的動靜，時而好像又神出鬼沒的出現在某處。似鯨，傳說曾是靈長類的海洋先祖，或許在億萬年前一頭擱淺的靈鯨，垂死的在沙灘上攀爬，偶然由魚型突變成輕巧的靈長類。似鯨？那麼，深海密藏的獸，是否就是人類的暗黑遠祖？

其實，這頭埋藏深處的獸，只是人類的猜想。大海洋的深層是沉寂的，我們不可能叩問出答案。而整個海面上，又有另一片寂靜漆黑全面的覆蓋著——全世界。

某一刻，有一股熱力在海洋的深層旋轉，這股突起的熱能迅猛加速，衝刺而上。頓時，海面的遠處霹靂一聲巨響，紅光微微泛開，整個海面很快的通紅一片，隨即由紅色轉為金黃色。這時，金光閃閃的太陽已高照上空，麗日的光芒普照起整個世界，一剎那掃清了所有灰暗。全世界頓時大白於眼前，整個大海洋布滿了數千萬艘大船，每艘船上飄揚著醒目的旗幟，整齊的甲兵揮舞著兵器，勝利的吶喊聲響徹了全世界。頓時，烈日照射下的海洋，呈現深藍一片，海底世界充滿著自然的水族生物，沒有半點水怪的足跡。

一位畫家高居山崖峭壁之上，這幅大海洋的幻境盡收眼簾。他一筆一劃的勾勒著麗日當空所透顯的神韻，要為整個存有變化歷程的某瞬間剪影。原來世界一切的暗黑都是幻境，而烈日大放光明亦是幻境的另一面。精神活動在整個存有世界中劃過了一條維度，人類依靠這條維度，建立起整個文明世界，話語成為了諸價值遠古的家園，虛實相間，生滅相續。

四

一條無盡的生命大川，由深處奔流入大海，我一個人泛著穩妥的獨木舟溯游而上。川面上布滿著無數的汎舟人，在水面上縱橫穿梭，河的兩岸自然而朦朧，邊際似有似無，秀麗成畫。川水平靜如鏡，每個生命自由的劃行在這條水路上，或無目的或有目的，都相安在各自的路徑上。

迎面劃來了一位長者，我們把行舟的速度緩下來，禮貌的寒暄了幾句，又往不同的方向航去。

漂流在這條生命之流，人際論交平淡如水，緣分就是一種意識交接，精神的跡象遍布在山河大地的流動之間。刊落累世的虛妄，讓隻字片語零落飄散，生命的主體際消融為一，既忘了人也忘了江湖，這條大川水凝成一片，寂而不動，靜而似動。如此還要再看天地，已是另一番境界。

拙耕 （文學博士）

自序

詩是一盞明燈　會照亮你的天空

詩不是照明彈　他是

溫和的春雨

綿綿密密

經常下著　忘記夏天已到

細數這一生一世的辛苦

在你醒來在午夜

他會引你走在月光中

讓月色引導

走到一條詩情畫意裡

（一盞明燈在夜裡放光）

　　我已經很久不做夢了！如果我會在白天做，會將夢都記錄在這裡。

　　記得在高中時代，導師——那位好哲學思考的程敬扶老師，有一天，竟然要我們學習寫新詩。但新詩究竟長得什麼樣？究竟它的結構是如何？他又怎樣讓我們去追上去神遊一番？都完完全全像一個陌生的人，走進大觀園似的迷惘。

　　那一件事距今，都半世紀以上的往事了！老師已作古多年，但年歲越大，月亮可能看多了，便引發許多幻想——究竟上面的嫦娥長得

怎樣？地上的美女已經夠美了，依然會想像自己就是月光。終於有一天，去奔月與白馬、黑馬、紅色的駿馬結為連理枝。[1]

想像力，原來會讓我們從天上、地下──三度、四度、八度的空間中飛揚。很少大師級的天才詩人，會這樣告訴你他的秘密──他們每天是夠忙得的！一生不停寫下去；每一句，都像一串串的彩虹，掛在天上呀！

臺灣的，以及世界各地的天空上，早已掛滿了許多美妙的彩虹，早已準備了各種盛宴，何以只有少數人能夠抓得住他？然後，用心靈的語言，去吐露──「春蠶到死詩方盡」的壯麗──試看！蠶從蛹中走出，是多麼美的姿態！[2]

一生羨慕詩人有一雙透徹明亮的眼睛與腳步，因此不停地日夜去探究天下地上，乃至地下的秘密基地。但起初，我卻被其奇形怪狀的模樣給弄糊塗了。或許越是這樣，才顯得他們是高貴的一群人。但有的聲音確實是特別的清晰，有如曠野中的迴響，久久不能忘記。

所以就在今夜，我依然看著他，或從詩人的他所散發的光亮，去透視他的心靈，究竟是長得什麼樣？就像這一首覃子豪留下的彩虹般的言語，是值得我們去反覆考量的：

> 花崗山上沒有釋迦摩尼的菩提樹
> 不羈的海洋，是我思想的道路

---

1 妙就妙在白居易的「在天願作比翼鳥，在地願為連理枝」是他在〈長恨歌〉詩中傳誦千古的名句，用以描寫唐明皇及楊貴妃的淒美愛情。

2 「春蠶到死絲方盡，蠟炬成灰淚始乾。」出自唐代李商隱的〈無題·相見時難別亦難〉：「相見時難別亦難，東風無力百花殘。春蠶到死絲方盡，蠟炬成灰淚始乾。曉鏡但愁雲鬢改，夜吟應覺月光寒。蓬山此去無多路，青鳥殷勤為探看。」

我是海岸邊一棵椰子樹的同伴

孤獨的旅人，並不寂寞

沒有人會驚訝的發現我的存在

我有不被發現的快樂

（花崗山上的撷拾）

　　我只在這裡選擇這首詩的第一段來分析。原來這是詩人覃子豪將他的花蓮美崙上的所見，最後經過反覆唱作，變成一首自己會說話的詩歌；他用海洋之聲，來做為其思想的起點。所以有「不羈的海洋是我思想的道路」的詩句。然後是引其詩潮的是花崗山上的「菩提樹」；這種熱帶的樹木，是臺灣不常見到的。可是？因為釋迦摩尼的關係，則變成「人類崇高智慧的象徵」。

　　詩人，這是這樣引導我們的生命智慧，他們善於使用一樣樣的比喻，讓人知道，怎樣走向「生命的智慧之路」。

　　但第二句，又提到他在海邊所見到的椰子樹也是一種熱帶的樹木，高高瘦瘦的，每天站在海邊發呆似的，又像一隻孤單的靈魂，經常在白天或夜晚向大平洋眺望。

　　覃子豪似乎將生命與之結合為一體之後，於變成一棵樹般——與樹結合而為一體。故最後，也會感到內心的寂寞，卻不難耐。這就是他說的——「孤獨的旅人，並不寂寞。」是說樹，也指他或我們作為一位人間過客的孤單感。

　　節錄的這首詩的最末一句：「沒人有會驚訝我的存在，我有不被發現的快樂」；涵義會更為深刻。但一切，都必須靠我們用想像力去發現其中的奧秘。

　　我的解讀是，是詩人喜歡這樣的靜靜站立在海岸邊的樹林，在不

被打擾時候的快樂，事實上就是他自己希望有不被打擾的個人時光。所以說樹木的靜默，事實上，就是作者所喜歡的心境；這就是朱光潛說的「美不美是人類心靈的投射作用！」

原來，詩人的心靈是這樣的敏感；詩人雖然是具象的表達者，好像不去注意抽象的道理，但我認為：這是一般人極為錯誤的認知；因為真正偉大的詩人，不是整天在學寫那些「風花雪月」的無聊詩句，而是將人類最深層的、普遍的道理，以最容易理解的物外物來呈現。

所以最偉大的詩人是哲學家，是一種比哲學家更能通透人類問題，之後有追求美的哲學家的心靈。只是，他們必須善於使用詩的語言來表現內心的熱烈感情而已。

更精確說：詩人是異類，永遠想用一隻眼睛，將目之所及的對象，將自己的感情投射出去。這在孔子就是感歎「河川之奔流不息！」或老子之感嘆道之「玄之又玄、眾妙之門！」所以中國哲學家多半是詩人，從孔老的哲學家就可以知其一二。

當然，世上有許多真正的詩人，不是哲學體系的建構為目標，卻以銳利的鷹眼，去捕抓天上的雲彩、地上的飛禽走獸，都成為其表達抽象道理的象徵。所以後世的許多偉大詩人如李白、杜甫或陶淵明等敏銳詩人的創作，經常能夠表現出極強大的哲思，但他們的詩句，是以具象的人事物表達抽象的內涵，所以更能感動世人。

所以你一旦能夠撥開他／她們的世界來看，就會覺得，生命之奇妙，不是用簡單的一兩句粗話，或俗語可以表達的；因為太直接的語言，不是詩的語言。反之，好詩，必經過口之攪嚼與消化，才能在心中生意，筆下生花。

在生花的那一時刻，猶如雲那，在轉瞬間就會消失。所以如何去捕抓到他，是極為重要的磨練。

我經常在盼望這樣的花在半夜裡開放的花；在夜深人靜或清晨時

刻，頭腦是最清醒的。我稱後者為「燙金的時刻」，詩才會自然而然
如泉水般到來，隨之帶來的是許多真切的感情。

　　我的新詩，事實上，就是我的心詩。雖然寫作的年紀依然年紀太
嫩，但我每天都在勤練這項功課，比如深山中的一位老和尚，每天必
須吃齋唸佛。不但如此，我認為詩的創作是我們老祖宗老莊開啟的傳
統，後由屈原發揚到淋漓盡致。但可惜！經過儒家對《詩經》做不當
有的斷章取義的評論之後，已徹底將起於民間詩人的真實感情化為烏
有。但在這方面，好像很少人真正去覺察與制止它的擴散。不但如
此，今天許多學者提倡詩的經典化作為道德化的學說，根本是不懂
《詩經》是文學而不是哲學。（雖然偉大的文學作品中，必然包括作
者的哲學思維，如屈原〈天問〉）試看，孔子怎樣看《詩經》？

　　　子所雅言，詩、書、執禮，皆雅言也。（述而：18）

孔子有時講普通話：讀詩、讀書、舉行典禮時，都用普通的官話，以
便在官場之上與其他人交流；這就是孔子回應弟子何以要學《詩經》
與禮的原因。例如根據《論語》的紀錄：

　　　陳亢問於伯魚曰：「子亦有異聞乎？」對曰：「未也。嘗獨立，
　　　鯉趨而過庭。曰：『學詩乎？』對曰：『未也。』『不學詩，無
　　　以言。』鯉退而學詩。他日又獨立，鯉趨而過庭。曰：『學禮
　　　乎？』對曰：『未也。』『不學禮，無以立。』鯉退而學禮。聞
　　　斯二者。」陳亢退而喜曰：「問一得三，聞詩，聞禮，又聞君
　　　子之遠其子也。」（季氏：13）

陳亢問伯魚：「你學到了密傳嗎？」伯魚答：「沒有。有一次他一個人
站在那，我快步過庭。他問：『學詩了嗎？』我說：『沒有。』『不學

詩，就不能掌握說話的技巧。』我回去學詩。又一次他又一個人站在
那，我快步過庭。他問：『學禮了嗎？』我說：『沒有。』『不學禮，
就不能立足於社會。』我回去學禮，就聽過這兩次。」陳亢回去高興
地說：「問一件事，得到三方面收穫：知道詩的作用，禮的作用，又
知道了君子並不偏愛自己的兒子。」

　　原來，在孔子認為：學《詩》，是位能夠能掌握說話的技巧而
已。所以在《論語》中，孔子是又將詩的學習，作為學生對其學說能
夠達到舉一反三的辦法。這就說明──儒家對於《詩經》的實際功用
性高於《詩經》本身的藝術認知與了解的作法，事實上是錯誤的！因
為文藝有它本有的生命；就是我前面指出的：感觸之中人類感情必須
用感性語文去表達出來。反之，先秦儒家竟不從文學眼光來論詩歌之
美，卻以道貌岸然的夫子之眼光來品頭論足，焉有合乎文學詩歌的原
貌之處？所以我深深地認為：中國詩的復興不能再來自於儒家，也不
能夠再去依靠儒家這種無厘頭的方法。實際的例子是：

　　　　子夏問曰：「『巧笑倩兮，美目盼兮，素以為絢兮。』何謂
　　　　也？」子曰：「繪事後素。」曰：「禮後乎？」子曰：「起予者
　　　　商也！始可與言詩已矣。」（八佾：8）

子夏問：「『笑臉真燦爛啊，美目真嫵媚啊，天生麗質打扮得真高雅
啊』是什麼意思？」孔子說：「先有宣紙，然後才能繪畫。」子夏
問：「先有仁義，後有禮法嗎？」孔子說：「子夏，你啟發了我，可以
開始同你談詩了！」

　　但我們今天讀這句詩，明明是在形容一位美貌的少女出現在眼
前，可是孔子卻道貌岸然地說一句前後不搭嘎的話。而子夏卻將他接
去禮教上謁，之後，孔子還說：「這樣去舉一反三來說，是在啟發我
讀詩的好方法。」

當然，站在孔子的思想世界中，他並沒有錯；因為根據他「興於詩，立於禮。成於樂。」（泰伯：8）的邏輯秩序是必須這樣的，可是，其詩歌只是一種建立禮樂的道德秩序的開端而已。又這樣去安排人類感性心靈所創造的作品，至少是美學上的無知。

而這種美學上的無知，是孔孟一脈相傳的道德學說所犯下的最大的錯誤。後來，能夠改正這種重大缺失的，是先秦的道家學說。這是我的博士論文中，已經一再強調了。有關此點，我將在本書的〈導論〉中，做較詳細的說明與疏通。

最後，我必須說，詩的創作，是一件相當愉快的事，所以每天一首詩，幾乎已成為我每天的功課與享受。

為增加此快樂，我會開了一些喜歡的古典音樂來助興。因此，音樂調養我的身心，也成為一種最佳的另類早餐。或說，每天起床之後，第一件事就是在這樣在讚美與高歌中，與音樂跳舞、歡唱。我每天對自己這樣說：

人生是需要請詩來陶醉自己與自我治療的！

因為我們在詩的表現中，能滿足與治癒人的許許多多在心靈深處的痛苦與不幸。甚至於，讓我們詩多層面情緒，經過音樂與詩歌的洗禮之後，獲得充分的宣洩，所以詩是一種美的呈現，但要用悅人耳目的方式──這就是我作歌追求的方法。至於說：詩是美的創造，是心靈的提升，是指詩給人的洗滌之後的功能而言。所以，與詩人能夠交通時，也將會學習到──怎樣讓美以唱歌般的方式去表現，事實上，這就是一個人真正能夠享受人生的開始。是為序。

二〇二一年一月二十九日　楊梅龜山之旁

目次

自由中國文藝革命宣言

1. 我要做自己，創造自己的文藝。
2. 我要成為顛覆傳統禮教文化的先鋒。
3. 我要從業已窄化的中國文藝中脫穎而出。
4. 我要回歸鄉土文學，回到自己的內心世界中，去把握人類最真實的感情去創作，不做別人的傀儡。因此努力做自己，才是革命的真正目的。
5. 我要把破業已僵化、死亡的，中國傳統禮教下的文藝，回歸道家所開發出來的生命境界的文藝，做一位活活潑潑的創造者。
6. 我不說教，卻已更加生動的詩的自然語言，去創造。又以帶詩的圖畫去回歸人類本初的王國。
7. 最終的目的，是從政治利益、經濟利益，以及社會的道德要求出走，回歸大地的原初狀態，讓生命的動力能夠獲得徹底的釋放。

1. I want to be myself and create my own literature and art.
2. I want to be a pioneer in subverting traditional etiquette culture.
3. I want to stand out from the already narrow Chinese literature and art.
4. I want to return to local literature, back to their own inner world, to grasp the most real feelings of mankind to create, do not be someone else's puppet. So trying to be yourself is the real purpose of the revolution.

5. I want to break the already rigid, dead, Chinese traditional etiquette under the literature and art, return to the Taoist developed the realm of life of literature and art, to be a lively and splashing creator.

6. I do not preach, but has become more vivid poetry of the natural language, to create. And with pictures with poetry to return to the kingdom of the beginning of mankind.

7. The ultimate goal is to leave from political interests, economic interests, and the moral requirements of society, to return to the original state of the earth, so that the power of life can be completely released.

因為在中國文化兩千多年的發展過程中，以儒家為主的禮教道德文化，已經壓抑了我們的創作心靈很久了！所以長久以來的中國人的文藝創作，已經限死在一個「禮教大防」的框架中，一直像一個不能有足夠的氧氣的人，能做深度的呼吸。

那麼，我是否在否定中國文化呢？

事實上，在中國文化中，早就有一支從南方發源的哲學與文化楚文化，代表了人類使用一種自然，或自由自在的方式，去默默創造出一種能夠讓人類以最真實感情去表達的神話與美學哲學與文化；例如：詩人哲學家老子所創造的詩歌般的美的哲學體系，就是能夠以人類最自然的詩的語言，創造出他的理想國不是嗎？其中，表現出對宇宙根源「道」的詩般描述，就是使用人類想像力與思考力去建構的。所以，他事實上已經為中國文化開啟中國美學中，劃時代的根基。[1]

---

1 我的老師蕭振邦認為：「美在《莊子》中非指事物自身之屬性，反而是饒具特色的『天的大美之突現』，而再深一層思考之，《莊子》所謂的體現天地之大美，畢竟還

　　然而，儒家卻一再以這種「道德教化」為基礎，將一切詩或樂，都必須納入十分偏窄「禮教文化」中。結果是，詩人哲學家所建構的美學園地，居然被霸占達兩千多年之久（Confucianism is based on "moral indoctrification", and poetry or music must be included in the "culture of etiquette", the result is that the poet philosopher built the aesthetic garden, occupied for more than two thousand years）。為證明此點，我們可以從孔老夫子對於詩的認知，可知詩人的創作，為何無法在美的園地中彰顯？

（一）

> 子貢曰：「貧而無諂，富而無驕，何如？」子曰：「可也。未若貧而樂，富而好禮者也。」子貢曰：「《詩》云：『如切如磋，如琢如磨。』其斯之謂與？」子曰：「賜也，始可與言詩已矣！告諸往而知來者。」（學而：15）

　　子貢說：「貧窮卻不阿諛奉承，富貴卻不狂妄自大，怎樣？」孔子說：「可以。不如窮得有志氣，富得有涵養的人。」子貢說：「道德修養的完善，如同玉器的加工：切了再磋，琢了再磨，對吧？」孔子說：「子貢啊，現在可以與你談詩了。說到過去，你就知道未來。」
　　儒家是這樣讀《詩》的，已將活活潑潑的生命律動所產生的作

指是作為人之逍遙、天下安泰的實踐原理來看待，容或還不是莊子訴求的優位／最優價值，而這一點也是中國美學的特色所在。」；蕭振邦：〈《莊子》有美學嗎？重構《莊子》美學〉，《鵝湖學誌》第47期（2011年12月），頁2-40；我贊成他的意見；因為中國哲學是以生命哲學為主要訴求。但我在此要講的是，老莊這兩位哲學家都是以詩人的身分去發展這一套生命哲學。所以他對於後代文藝作者具有極大的，對於語言的反叛具有極大的啟發作用。例如我們可以學習莊子，變成一隻動物向人類說話。

品，經過「斷章取義」之後，或為道德教化的工具，這還是美學的作品嗎？

（二）

> 子曰：「詩三百，一言以蔽之，曰『思無邪』。」（為政：2）

孔子說：「《詩經》三百首，用一句話可以概括，即：『思想純潔』。」；這是道德正確的充分必要的要求，雖有助於善的要求與提倡，可是對美的詩歌，不是一種致命的方式嗎？

（三）

> 子夏問曰：「『巧笑倩兮，美目盼兮，素以為絢兮。』何謂也？」子曰：「繪事後素。」曰：「禮後乎？」子曰：「起予者商也！始可與言詩已矣。」（八佾：8）

子夏問：「『笑臉真燦爛啊，美目真嫵媚啊，天生麗質打扮得真高雅啊』是什麼意思？」孔子說：「先有宣紙，然後才能繪畫。」子夏問：「先有仁義，後有禮法嗎？」孔子說：「子夏，你啟發了我，可以開始同你談詩了！」

（四）

> 子所雅言，詩、書、執禮，皆雅言也。（述而：18）

孔子講普通話；包括讀詩、讀其他書，以及在舉行典禮中，都是使用普通話。當時的普通話，就是官話，不是中國各地的方言，所以這也成為他提倡禮教文化的一部分。於是，當時《詩》作為孔子禮教化現象，是相當嚴重的。

（四）

> 曾子有疾，召門弟子曰：「啟予足！啟予手！《詩》云『戰戰
> 兢兢，如臨深淵，如履薄冰。』而今而後，吾知免夫！小
> 子！」（泰伯：3）

曾子得了重病，將學生召集起來，說：「同學們啊，看看我的足！看
看我的腳！看看受過傷沒有，我一生謹慎，總是小心翼翼，就像站在
深淵之旁，或者像踩在薄冰之上。現在，我的身體再也不會受傷
了！」可是，這是《詩經》上的原文是：

> 不敢暴虎、不敢馮河／人知其一、莫知其他／戰戰兢兢、如臨
> 深淵、如履薄冰。（小雅・小旻）

這確實有謹慎、小心行事的意味。可是，不成為一種道德化的解
讀？至於「不敢暴虎、不敢馮河／人知其一、莫知其他」，才是我想討
論的這首詩所要表達的重點。就是在沒有十足把握下，就想渡河，是
匹夫之勇的人；在此詩中，詩人能夠使用具象的「暴虎、馮河」的動
物行為作為指具匹夫之象的人。又以「如臨深淵，如履薄冰」的心理
狀態來形容人的修養，我認為曾子能夠這樣引用《詩經》，證明他懂
《詩》的意境，但如果過度重視道德功能，卻失去《詩》本來作為人
類對美的追求。所以《論語》中，孔子與子路也曾經引申這種意思說：

（五）

> 子謂顏淵曰：「用之則行，舍之則藏，唯我與爾有是夫！」子
> 路曰：「子行三軍，則誰與？」子曰：「暴虎馮河，死而無悔
> 者，吾不與也。必也臨事而懼，好謀而成者也。」

孔子對顏淵說：「受重用時，就展露才華；不受重用時，就韜光養晦。祇有我和你能做到！」子路說：「您帶兵作戰時，讓誰輔助？」孔子說：「徒手鬥猛虎、赤腳過深河，卻至死不悔的人，我不需要。我需要的是，那種小心行事、以智謀取勝的人。」

我們從孔子將原有這一詞的《詩經》上，詩人要以具象的事物，去顯發抽象的道理來看，就是要人們運用想像力，去設想「暴虎、馮河」的模樣。但，孔子現在卻是專從抽象的道理去運用它成為一句成語，所以已失去原詩的，讓人經由閱讀中，因為想像而因此獲得的詩般的效果。這也就是：

> 子曰：「誦詩三百，授之以政，不達；使於四方，不能專對；雖多，亦奚以為？」（子路：5）

原來在孔子眼中：「由於熟讀了許多《詩》之後，可以讓他去從事行政工作，卻完成不了任務；讓他搞公關，卻完成不了使命。這樣的人，《詩》讀得再多，又有什麼用？」試問：《詩》在儒家眼中的功用，完全是成為一種「禮貌上的工具」而已。所以《詩》的原貌早就喪失殆盡。

或許有人會這樣質疑說：先秦時代，可以代表孔子思想的兩大支柱，孟子與荀子的哲學，也是如此的嗎？我的回答是肯定的！

例如：孟子對《詩經》有這樣的論述──孟子曰：「王者之跡熄而詩亡，詩亡然後春秋作。晉之乘，楚之檮杌，魯之春秋，一也。其事則齊桓、晉文，其文則史。孔子曰：『其義則丘竊取之矣。』」（離婁下：49）；這是典型的，將《詩經》與《春秋》作為儒家正名主義的工具。所以，也就是孔子當年的道德教化的工具。

而一向受到現代儒家打壓的荀子哲學，也是如此將禮樂教化，以

作為其求知的最高目標與指導原則；如說：

> 夫樂者、樂也，人情之所必不免也。故人不能無樂，樂則必發
> 於聲音，形於動靜；而人之道，聲音動靜，性術之變盡是矣。
> 故人不能不樂，樂則不能無形，形而不為道，則不能無亂。先
> 王惡其亂也，故制雅頌之聲以道之，使其聲足以樂而不流，使
> 其文足以辨而不諰，使其曲直繁省廉肉節奏，足以感動人之善
> 心，使夫邪污之氣無由得接焉。是先王立樂之方也，而墨子非
> 之奈何！（樂論）

這是如同孔子一樣，以發自人類最真實感情的音樂，使用儒家道德標
準，去衡量一切的最佳證據。而在賦詩時，是這樣主張的：

> 有物於此，居則周靜致下，動則慕高以鉅，圓者中規，方者中
> 矩，大參天地，德厚堯禹，精微乎毫毛，而盈大乎寓宙。忽兮
> 其極之遠也，攭兮其相逐而反也，卬卬兮天下之咸蹇也。德厚
> 而不捐，五采備而成文，往來惛憊，通于大神，出入甚極，莫
> 知其門。天下失之則滅，得之則存。弟子不敏，此之願陳，君
> 子設辭，請測意之。（賦）

這是道德化中，必須中規中矩的詩論。所以，代表講究理性主義的荀
子，依舊緊跟著孔子的腳步，成為劣質道德化詩論者，更是一位禮教
主義者；此由以下他說話，更可獲得相關的佐證：

> 書者、政事之紀也；詩者、中聲之所止也；禮者、法之大分，
> 類之綱紀也。故學至乎禮而止矣。夫是之謂道德之極。禮之敬

> 文也，樂之中和也，詩書之博也，春秋之微也，在天地之間者
> 畢矣。（勸學篇）

在此，我們可以獲得更多的證據。換言之，荀子是以禮樂教化作為其
學中心，所以最後已將代表人類感情發揮的藝術與文學，或作為禮樂
教化的附屬品而已。不是嗎？

而這一重要傳統，後來到宋朝的大思想家朱熹出來，又成為另一
位將儒家道德化美學的重要倡導者；例如他在《近思錄》這本重要著
作中，對於詩人孔子在河川上，對著水流的感慨，是這樣詮釋的：

> 子在川上曰：「逝者如斯夫，不舍晝夜。」自漢以來，儒者皆
> 不識此義，此見聖人之心，純亦不已也，純亦不已，天德也。
> 有天德，便可語王道，其要只在慎獨。[2]

在此，他將詩人孔子的對外物水的奔流現象，使用「天的德性」
來詮釋。這是孔子的傳統，就是將自然視為一種理想化的道德世界。

這是善的體會與肯定，可是，老莊哲學的重大意義是，反叛儒家
將文明禮教化，所以公開已說明：人必須有的純真的，對於追求美的
天性；例如《詩經》中的男歡女愛，竟然變質了！

因此，先秦道家在中國文化史上的重大意義是，為後代詩人或文
學、畫家開闢的一條真正的美學或詩人的道路；因為他們能夠回到人
性之本真處，建立一種美的理想世界；例如：老子從水的流動，體悟
出一種柔弱如母親的特質。而且真正能夠回到文字發明之前的世界
中，建立一種詩人的美的世界（第八十章）。至於莊子，對於生命的

---

2 古清美：《近思錄今註今釋・大學今註今釋》（臺北：臺灣商務印書館，1990年），
頁214。

體悟，更加徹底；如認為我們的養生，必須通過美的體悟，去穿透生命來自存在的自然律動：

> 庖丁為文惠君解牛，手之所觸，肩之所倚，足之所履，膝之所踦，砉然嚮然，奏刀騞然，莫不中音。[3] 合於《桑林》之舞，乃中《經首》之會。（養生主篇）

「砉然嚮然，奏刀騞然，」[4] 都是詩人莊周能夠以想像力去構作出如詩一般的節奏，所以能夠形容出他所體會屠夫殺牛的韻律。反之，如果我們以分析的方式，去詮釋以上這一段內在的美學上的表現，則是對莊子美感經驗的創造的文字的根本扼殺。但許多學者經常將莊子這種詩歌方式創造的作品，進行分析，這不是缺乏一種文學的修養嗎？至於「莫不中音，合於《桑林》之舞」；這根本就是，將美學作為生命哲學所以成為人生哲學的一種新的可能。

　　其意義就是，透過文學、藝術之美，讓人體會出對本真自然生命的把握，是可以這樣進行的。所以，比之於儒家的到的美學，莊子，能以老子去分別心之後的思維，來到一個無分別的自然世界中，才創造出一種令人驚艷的文學詩句。那麼，我主張：我們必須回到美學去，從業已僵化的儒家道德化的美學思維，進入一個亟待我輩學者與藝術家進一步開發的，老莊哲學的美學世界。

　　基於以上的分析，我們知道，《詩經》經過儒家孔孟荀子等人，

3　中音：中，合乎。中音，合乎音樂節拍。http://www.skyedpress.com.hk/lite_new/asp_t2/03_essay/download/essay/html/10 （2021/3/4瀏覽）

4　砉然嚮然，奏刀騞然：砉，擬聲詞，指解牛時的皮骨相離之聲。嚮，同「響」。奏刀，用刀切割牛身。騞然，刀解物聲，比砉然聲音大。這兩句說解牛時發出的各種響聲。http://www.skyedpress.com.hk/lite_new/asp_t2/03_essay/download/essay/html/10 （2021年3月4日瀏覽）

轉化為道德教化的工具，或教材之後，文學生命已經逐漸亡失了！到朱子，依舊是繼續這樣大力去提倡此道，結果，已重重地打擊唐代已經形成的，純文學的革命。

而且，後世人，卻一直是這樣將它作為道德教材的結果是，變成一具只剩下道德訓戒的作品，就更不可觀了。

然而，因為這是老祖宗的權威之作，[5]後人可以輕易去動搖嗎？自然不行！

但，作為文學作品來看，這是對人類想像力的徹底窄化與汙名化；因為人類除了必須具備道德的分辨能力之外，就是必須保有一顆自由的心靈（open mind），才能將感性能力充分展現出來。所以中國歷代的偉大詩人，都早已經避開儒家的束縛，接受道家，甚至佛家的哲學，去創作了！

到了近現代的詩人，更是普遍間接，或直接去西方學習文學家或偉大詩人的創作方法，自由創作出前無古人的作品。這就是能夠直接吸收、大膽吸收來自自己的老莊哲學或大膽吸收西方營養的重要意義，不是嗎？

所以，臺灣偉大的詩人如余光中、楊牧一生的偉大成就，就是得自西方的養分之後才完成的。這絕不是一種忘本的做法，而是說：一種保守主義甚深的文化若被我們信仰太久之後，則人的能力，會因此受到嚴重的限制（如一切文學作品必須依照道德的標準）。甚至於，會漸漸失去活力而走上滅亡之途；譬如今天許多不願接受以新詩創作的詩人，他們走的路，就是一種具體的象徵。

至於：至今還存在的《詩經》的許多儒家解讀（如〈詩大序〉），有被當成道德教本的話，則藝術與文學的生命，自然變得相當貧瘠了

5　陳來：《中國古代思想文化的世界──春秋時代的宗教、倫理與社會思想》，臺北：允晨文化實業公司，2006年。

（例如《詩經》中包含的許多歌頌君王美德的作品）。

　　所以，我必須在此提出一個重要的哲學問題，就是當代新儒家，是否能感覺出，不能接受現代詩，而且死守古詩的步調去創作的結果，是否會形成上述的重大缺失呢？

　　事實上，現代新儒家中對於美學有研究的徐復觀，在《中國藝術精神》中，對於發展中國藝術是有覺醒的。[6]但我認為是不夠的，而在《中國文學論集》也是如此。[7]也就是說，他把握不到「為藝術而藝術」的高度，反而以為「為人生而藝術」為目標而已。[8]另外，牟宗三對於文學生命的反應能力，似乎不如方東美的廣闊；例如方東美在《中國哲學精神及其發展》中的第一章〈中國哲學之通性與特點〉能夠這樣說：

> 必須具備先知、詩人、聖賢三重復合之人格典型，始堪為中國哲學代言。[9]

在這句話中，已經明白表示出，如何我們不能夠去體會詩的文學性，必須是獨立於聖賢教化之外，則已經遺漏理解中國哲學的解讀過程中，必須留意到的重要成分。那麼，這個成分是什麼？就是我前面指出的，無論老莊，都具有詩人的氣質，所以我們必須以詩人對待萬物一體的思維，去重新理解了解老子何以說：

> 天下皆知美之為美，斯惡已。皆知善之為善，斯不善已。故有

6　徐復觀：《中國藝術精神》（臺北：臺灣學生書局，1966年），頁134。

7　徐復觀：《中國文學論集》（臺北：臺灣學生書局，1985年），頁393-399。

8　劉桂榮：《徐復觀美學思想研究》（北京：人民出版社，2007年），頁208-209。

9　方東美著，孫智燊譯：《中國哲學精神及其發展》（上）（臺北：黎明文化事業公司，2004年），目錄。

> 無相生，難易相成，長短相較，高下相傾，音聲相和，前後相
> 隨。是以聖人處無為之事，行不言之教；萬物作焉而不辭，生
> 而不有。為而不恃，功成而弗居。夫唯弗居，是以不去。（2）

今所謂「有無相生，難易相成，長短相較，高下相傾，音聲相和，前
後相隨。」，就是一種藝術家或文學家的思維；其要義，就是徹徹底
底打破A與-A之間的矛盾，於是，才形成莊子說的詭辯的兩行之道的
狀態。

　　例如莊子說：

> 物無非彼，物無非是。自彼則不見，自知則知之。故曰：彼出
> 於是，是亦因彼。彼是，方生之說也。雖然，方生方死，方死
> 方生；方可方不可，方不可方可；因是因非，因非因是。是以
> 聖人不由，而照之于天，亦因是也。是亦彼也，彼亦是也。彼
> 亦一是非，此亦一是非。果且有彼是乎哉？果且無彼是乎哉？
> 彼是莫得其偶，謂之道樞。樞始得其環中，以應無窮。是亦一
> 無窮，非亦一無窮也。故曰「莫若以明」。（齊物論）

這是將一般是與非的分別化解之後，來到無分別的狀態中。所以人與
蝴蝶之間可以互換；這就是美學上的可能與最為基本的要求：

> 昔者莊周夢為胡蝶，栩栩然胡蝶也，自喻適志與！不知周也。
> 俄然覺，則蘧蘧然周也。不知周之夢為胡蝶與，胡蝶之夢為周
> 與？周與胡蝶，則必有分矣。此之謂物化。（齊物論）

　　後來，是方東美的學生，又能夠接受方東美上述主張，而具有莊

子心靈的陳鼓應，就是這樣說莊子哲學是一種：「主客體合一的境界」。[10]就是詩人哲學家莊子在體會個體之人與外物之間，可以互換的美學的境界。不僅如此，陳鼓應發現：西方大思想家尼采，主張「人類為了維護自己，給予萬物以價值地創造了萬物的意義，一個人類的意義，因此他自稱為『人』，也又是價值的估定者。」[11]

當然，西方大哲尼采，是因為反抗基督教的教義，而反抗傳統的價值與思維，提醒我們在文藝園地中，重新找回自己的開始。[12]因此我們在此的反抗，是因為傳統儒家或今天的新儒家，依據道德為中心，去想吸收西方進步的科學與民主，卻在傳統道德禮教之下，因此失去自由創造的心靈，卻不自知。基於此，我必須在此大膽指出新儒家所走的路線，仍然是一條封閉美感的偏窄道路；因為他們不能從肯定老莊創造出的自由心靈之後，進一步能夠讓中國詩人或畫家有能力去創造！

證據就在牟宗三在中國哲學的特質中，根本沒有體會出這一種要點道家型態的美學家心態是什麼？

反之，他所謂的中國哲學是以「儒家為本位的哲學特質」的分析。所以，我認為這種認知，是十分有問題的；因為此思維，雖然有助於儒家的進一步的發揚，可是，對於道家作為中國美學上的發揚，卻反過來形成嚴重的傷害。不是嗎？

但我這樣說，並不是以打壓現代儒家為目的，而是想指出：在傳說中國哲學中，曾經有一支很重要的哲學學派，就是過去經常被儒家忽略與不斷漠視的老莊哲學，在中國歷史上，已經形成一種默默推動美學發展的主要助力。

10 陳鼓應：《莊子的開放心靈與價值重估》（北京：中華書局，2015年），頁31。
11 陳鼓應：《莊子的開放心靈與價值重估》，頁302。
12 尼采，周國平編譯：《尼采讀本》，（臺北：遠流出版公司，2019年），頁252-255。

　　而今，我們觀察臺灣在藝術上的成就也好，在文學上的成就也好，大多是走在傳統道家反叛儒家的路。

　　我認為這是正確的路；這條路就是方東美在上書中說的：

> 夫結合藝術才情與哲學創造，魂融一體，以表現形上學之統一者，故不獨於中國心靈為然。觀乎古典時期之希臘人，亦復如此，且戞戞深造，成就斐然。考諸尼采（Friedrich Nietzsche）、耶格（Werner Jaeger），兩氏之說，尤切有據，洵可徵也。此外，印度、另據不同之理由，亦恆將充沛之宗教熱忱與奔放之神思玄理，打合為一，妙造凡境，正猶之乎近代西方人將浮士德精神，及尚智活動、與嚴格批評之科學理論化活動，錯縱交織。[13]

　　我對於方東美對於「結合藝術才情與哲學創造，魂融一體，以表現形上學之統一」的論述，感到十分有趣；因為這樣的哲學傳統所處造出來的藝術與文學的成就，在中國歷代如漢賦、唐詩、宋詞，以及元曲上斐然的成就，感到十分感興趣之外，自從我在多年之前在課餘，重拾畫筆創作時，深深感受到中國文人在詩、畫，以及書法上的巨大成就，已經超出儒家哲學所引領出的道德化美學理論（如劉勰的《文心雕龍》的理論），也被有成就的歷代詩人或畫家所超越。

　　但問題是，由於老莊哲學是一種不容易讓士人真正了解的詩人哲學家所建構的深奧理論。所以，我們必須勇敢超越牟宗三所論述的道家哲學，回到文本真實的道家立場，去談論在美學有巨大成就的老莊哲學。不但如此，將來我們必須打開心胸，吸收世界各地的美學理論，來豐富我們的創造心靈。

---

13 方東美著，孫智燊譯：《中國哲學精神及其發展》（上），頁100。

　　為說明這一點，我必須從牟宗三對於道家的了解，是從儒家的境界與道家的比較中獲得的。但我認為這樣的比較，有所偏差，就在於他或許將儒家的優點完全呈現出來。但，因為儒家對於美學是走向道德化的途徑，所以他的問題，就在一直無法完全彰顯道家美學的優越。

　　在這方面，我先舉出，一生對於當代儒家、佛家[14]以及西方哲學中，同樣是反對二方法的尼采的學問，有極高研究成就的林鎮國的說法來論述。林鎮國這樣說明尼采哲學：

> 尼采界定虛無主義為「崇高價值的自我貶值」。原具崇高意味的「目的」、「統一體」、「存有」等空洞的名詞，這使人們淪入空洞的處境。[15]

這是說，「存有之研究」一直是西方哲學家設法去研究的主要的課題，可是，他們最終，不免將這樣崇高的概念，以知識的分別心去找出其中的可能解答。但這樣的存有，缺乏實質的，能夠用來真正解答宇宙的根源與真相。所以，林鎮國對於尼采虛無之說的重要原因，歸結為柏拉圖是虛無主義的根源；因為：

1. 兩分的世界結構，及表象世界與真實世界之分。表象世界是有條件的，矛盾的，變動的，真實世界是絕對的，一致的，存有的。
2. 伴隨著這兩分法來的是價值判斷：真實世界是可欲的，而表現世界則否。[16]

14　林鎮國：《空性與現代性》（臺北：立緒圖書公司，1999年），頁181-284。

15　林鎮國：《辯證的行旅》（臺北：立緒圖書公司，2002年），頁118-119。

16　林鎮國：《辯證的行旅》，頁119。

　　此用於孔孟哲學，就是仁與非仁世界之分。或說非仁世界，就是尼采說的表現世界，仁的世界才是真實世界。於是產生孟子說的：「可欲之謂善」與其後層層上進的聖與神的最高境界。但這樣的價值判斷的不足，究竟在哪裡呢？

　　就是忽略不再運用這樣的分別心所形成的境界，才是恢復人類本有的自由心靈的重要關鍵。所以，林鎮國首先這樣批評當代新儒家：

　　　　在東方，特別是根據新儒家的了解，尋求人的完成（成聖、成
　　　　仙、成佛）才是主題。人的完成也就意謂著人的本質（心性、
　　　　真君、佛性）的實踐。這顯然預設著形上學的人性論。人的自
　　　　由成為次要的問題，因為只有在人完成自己之後，才有自由可
　　　　言。[17]

　　所以這正好如同宗教家們說的：「凡是信我者才能上天堂！」我認為：這樣的訴求，至少已經違反「獨立思考才是建立一切學術」的信條，不是嗎？此正如林鎮國十分不滿新儒家的原因是：

　　　　作為常道的主流哲學從未正視與了解那些充滿顛覆的邊陲思維
　　　　（指道家、佛家及其他各家），大概因為後者的主要企圖都在
　　　　於揭露批判理體中心主義（如父權中心主義）的宰制。[18]

　　但我所以特別推崇老莊哲學在復興自由中國文藝復興上的必要原因，乃在這種道家的自由、浪漫思想，以及具有的，一切創作者必須

---

17 林鎮國：《辯證的行旅》，頁61。
18 林鎮國：《辯證的行旅》，頁64。

找回的反叛與獨立自主的精神，才可能容納將來我國在文學與藝術上
的充分發展。

　　或說，我們今天要恢復中國文藝，必須大開老莊的自由心靈，去
大膽接納西方的美學理論去創造不可。

結語

　　今天讀到詩人葉維廉在多年前（1988）所寫的一篇有關〈言語無
言──道家知識論〉的文章，讓我十分歡喜！因為他找在距今三十三
年之前，就欣賞莊子所創造出的美學的境界，是在言語無言之中。[19]他
這樣說道：

> 在莊子裡，我們發現一個耐人尋味的寓言，我們發現知識本身
> 是失落了，到處問到求解。這個可以說是自嘲的反諷，是對知
> 識的質疑。這個寓言有點攻人之未防，令讀者不得不暫時跳出
> 常規而在意料之外去自省尋索。這個寓言便是「知北遊」[20]

　　這是一個多好的寓言！就是我們今天將中國許多儒家的文本，依
然以為這是聖人不可以變異的經典來閱讀。但，我們原來是坐在一張
更舒服的沙發上過日子的中國人；因為我們過去都是依賴已經習慣於
在老舊的眠床上，過一生舒適日子的人。或許，我們在這張床上，過
得太過癮了。結果，我們不再去討論它的老舊與陳腔濫調，以及一切
問題的解決早因他不符合今天的時代需求。然而，我們可能還會去一

19　葉維廉：〈言語無言──道家知識論〉，收入葉維廉：《歷史、傳譯與美學》（臺北：
　　東大圖書公司，1988年），頁115-154。
20　葉維廉：〈言語無言──道家知識論〉，《歷史、傳譯與美學》，頁115。

口咬定說它依然永遠是一張好床。

事實上，傳統文化本來也是，經過最有智慧的先賢先聖，以他們的智慧去創造出來的，而且已經成為能夠回應一個或多個時代需求的作品。所以，他們的任務應該早已經完成，我希望不要再像過去一樣，依靠他們來解決現代的問題了！

至少在美學這塊園地上，我們唯有恢復老莊的自由心靈（open mind），才可能在文藝上有所作為。當然，我們必須切記：今天像林懷民所創建的「雲門舞集」、劉國松的字畫，或是余光中、楊喚等偉大作品，呈現出來的活潑自然以及融合中西文化精華的新面貌，都是一個活生生的例子。

也就是說，我們唯有大膽直接去接受來中國，或其他地區的不同文化的哲學與方法，來擴大我們的視野與作品的高度，才是我們文藝復興運動的要務。

當然，我不是要在此全盤西化而不要傳統文化，而是主張：同時收納人類古代文藝的精華，成為我們再造傳統的重要養分之外，我們必須走出儒家道德傳統的束縛，才能成為莊子心中的真人。

然而，至今還有許多有智慧的思想家，或孔孟專家，卻要不斷鼓吹中國傳統文化的萬靈，並用來反駁這些可能會「數典忘祖」的異議言論，說：「這樣是五四的反傳統的再現！」

不錯的，五四運動與後來所形成的新文化運動，在臺灣這幾十年來，經過無數先進藝術家文學家，不斷從西方直接吸收好的養分之後，已經構成今天臺灣文藝界蓬蓬勃勃的新氣象；我再以當年的臺灣新青年林懷民為例來說，起初父母對他必須繼承家業的期望，所以一方面讀政大法律系，但已經是《皇冠》雜誌的簽約的基本作家，此時又與黃忠良習舞。後入轉讀政大新聞系畢業，在預官服役時，完成小說集《變形虹》。但赴美依然學新聞，就讀密蘇里新聞學院。但後來

轉入愛荷華大學參加國際寫作計畫，又在該校就讀小說創作系，完成
《蟬》高水準的小說集。[21]

但真正改變其一生的是，後來（1972）轉行正式去學習舞蹈，跟
美國一流的舞蹈家瑪莎‧格蘭姆[22]學習現代舞。這是直接的學習，所
以回國後，任教於政大西語系及文化大學舞蹈專修科，直接將西方的
優質藝術灌溉在這片土壤上。並且於一九七三年五月以雲門舞集為團
名，這更是將西方藝術在臺灣開花結果的證明。至於，最後風靡全球
至今，更是家喻戶曉的事。[23]

反之，新儒家大師牟宗三，卻要我們在接受西方的進步的科學與
民主時，還必須自我坎陷——這就是十足的間接！但，何以我們必須
如此呢？

這樣的迂迴的目的何在呢？我認為這就是一種不合理的，表現民
族自尊心的思維！就是我們在自認不如人的時候，還是不肯認輸的做
法。所以，必須在學習西方文化與哲學之際，必須保持一種自尊。但
是這種已引起爭議的說法如何去銜接西方的問題。而且，請問：這是
求學問的態度嗎？

當然，在中國傳統上，本有一種主張使用「開放的心靈」的哲學
家，他們是主張：回到人類在文明之前的自由去生活的；例如：老子
以詩人哲學家的開放心靈，在其理想國中以充分展現出來，所謂：

---

21 楊孟瑜：《飆舞——林懷民與雲門傳奇》（臺北：天下遠見圖書公司，2008年），頁
 307。

22 Martha Graham，1894年5月11日-1991年4月1日），又譯為馬莎‧格雷厄姆，美國舞蹈
 家和編舞家，也是現代舞蹈史上最早的創始人之一。https://zh.wikipedia.org/zh-tw/%
 E7%91%AA%E8%8E%8E%C2%B7%E8%91%9B%E8%98%AD%E5%A7%86（2021/
 2/27瀏覽）

23 楊孟瑜：《飆舞——林懷民與雲門傳奇》，頁307-313。

> 小國寡民。使有什伯之器而不用；使民重死而不遠徙。雖有舟
> 輿，無所乘之，雖有甲兵，無所陳之。使民復結繩而用之，甘
> 其食，美其服，安其居，樂其俗。鄰國相望，雞犬之聲相聞，
> 民至老死，不相往來。

就是葉維廉在多年前說的一種嚮往的「去知、無言」的寓言故事，而
且它能夠實際將他的自由心靈所構造的境界完全放進他所創造的詩
中。[24]這在他接受一次訪談中，也曾經提出這樣令我佩服的話：

> 其實在中國傳統裡，文學一直是對有權力的一種抗衡。我在一
> 篇〈語言結構與權力架構〉的文章裡提到，道家了解語言可以
> 成為一種暴力行為，很早就對語言有所反思和批判，而開出後
> 來由語言的調整到產生一整套語言表達的符號，尤其是詩方
> 面，盡量保留那些被壓抑下去的，更豐富的經驗。[25]

但今天，許多研究儒家哲學的人，卻以分別心去批判他所建造的是：
「無實有型態的形上境界」。[26]但，我以詩人哲學家老子的智慧，去重
新詮釋老子這樣美好的生命境界，雖不是真實，卻是活生生的重建一
個美學理想境界的寓言！其意義就是，在創造反現實的寓言性故事，
去批判現實社會人。或是對於正在使用「自以為是」的方式，發明許

---

24 柯慶明：《柯慶明論文學》（臺北：麥田出版社，2016年），頁487-495；廖棟樑、周
　　志煌編：《人文風景的鑄刻者——葉維廉作品評論集》（臺北：文史哲出版社，1997
　　年），頁213-226。
25 梁新怡等訪問：〈與葉維廉談現代詩的傳統與語言〉，廖棟樑、周志煌編：《人文風
　　景的鑄刻者——葉維廉作品評論集》（臺北：文史哲出版社，1997年），頁487-518。
26 牟宗三：《牟宗三先生全集29——中國哲學十九講》（臺北：聯經出版事業公司，2003
　　年），頁125-154。

多工具如舟車，就能推進人類文明的言論的當頭棒喝。換言之，這些人類自滿的「文明」，雖然一時能夠解決人的生活需求，但許多文明意義下的工具一如甲兵，正好是讓許多人頭落地的凶器。所以老子這樣說：

> 天下皆謂我道大，似不肖。夫唯大，故似不肖。若肖久矣。其細也夫！我有三寶，持而保之。一曰慈，二曰儉，三曰不敢為天下先。慈故能勇；儉故能廣；不敢為天下先，故能成器長。今舍慈且勇；舍儉且廣；舍後且先；死矣！夫慈以戰則勝，以守則固。天將救之，以慈衛之。（67）

因此老子這裡所呈現的哲學智慧，就是針對類似儒家的足以宰制人類心靈的道德教化的學說進行反駁，並以母親般的「慈愛」去解決當時的問題。所以，他在其哲學的所形成的道（或方法），主張的是無執之道，是一種能夠保留人類自由創造所需的自由心靈的道。

雖然，你說它：「沒有像儒家的仁義！沒有追求聖者境界的分別心！」但無分別，正是藝術家劉國松[27]、劉海粟[28]、詩人余光中[29]，以及一流的小說家如沈從文[30]、白先勇[31]的創造的源頭，不是嗎？

---

27 陳覆生：《劉國松評傳》（廣西：廣西美術出版社，1996年），頁341-354。

28 劉海粟是中國早期提倡人體模特兒寫生的先鋒畫家，成就非凡；惠藍：《劉海粟》（石家莊：河北教育出版社，2003年），頁2-11。

29 陳幸蕙主編：《余光中美麗島詩選》，（臺北：九歌出版社，2018年），頁300-302。

30 王德威在談論沈從文一生所創造的小說時認為：「他的作品應該被理解為五四以後寫實辯證的一端，而非例外。」「沈從文的世界充滿辯證式的張力，在這個世界裡，它賦予陰騭或傖俗的現象以抒情的悲憫，並試圖從人間的暴虐或愚行中重覓生命的肯定。」「沈從文對於古典抒情毫不陌生，上自《楚辭》，下至山鄉民歌，在他的想像之中都牢牢繫根。」「他調動詩人的想像來彌合聲音和符號之間的鴻溝，以小說家的自我意識來認知敘述內容和敘述方式之間的區別：他的作法以接近音樂情

　　因此，老莊無實體之道，不是無體之道，而是替人類保存自己本真的心靈，才有創造自己作品的泉源。所以，其優越，正是現代文藝作家能夠掙脫儒者對文化的處處講「道德必須優先」論調的鑰匙。反之，傳統儒家的智慧雖然能夠在道德世界中開出一片天地，但無知，就是老子、莊子對於知的反省中所論述的超越的智慧；老子這樣說「知」：

> 天下皆知美之為美，斯惡已。皆知善之為善，斯不善已。（2）

這是說：人類天天使用分別心的結果，是製造太多足以毀滅人類武器的開端。所以，必須從根本上，講一種不再使用分別心的不爭之道。所以又說：

> 不尚賢，使民不爭；不貴難得之貨，使民不為盜；不見可欲，使心不亂。是以聖人之治，虛其心，實其腹，弱其志，強其骨。常使民無知無欲。使夫知者不敢為也。為無為，則無不治。（3）

許多許者將「虛其心，實其腹，弱其志，強其骨。常使民無知無欲。」解讀為愚民之道，其實，這是最大的錯解方式；因為虛心就是不在使用宰制的方式，將自己被禮教約束的心靈完完全全鬆開，才有創造實力的可能。而無知無欲，正是文藝工作者必須先具備的，一切

境，即藉聲音形式的雜揉建立敘事。」王德威：《矛盾、老舍，沈從文現實小說與現代中國小說》（臺北：麥田出版社，2009年），頁279-338。
31　范銘如：〈頹廢與頹圮的城邦——論白先勇的短篇小說〉，收入陳芳明、范銘如主編：《跨世紀的流離——白先勇的文學與藝術國際學術研討會論文集》（臺北：印刻出版社，2009年），頁219-234。

為自己的理想而創造。所以在這方面得道的文藝工作者，在創作中若能如老子說的「沖而用之或不盈」就是把握到一種「自由心靈」。而這種的生命的回歸，將是文藝重新建造的開端。至於說：「挫其銳，解其紛，和其光，同其塵。」是說：得道人的心胸能夠完全敞開之後的心靈境界。結果，才能使作品像道一般，源源不絕而出。這就是他說的：

> 道沖而用之或不盈。淵兮似萬物之宗。挫其銳，解其紛，和其光，同其塵。湛兮似或存。吾不知誰之子，象帝之先。（4）

所以我認為：一部《老子》，已提示我們的是，必須使用「美學家的心靈」，去體會其中的深刻的意義，就是如何讓人，去回歸本真的原初的，不去設法宰制人，也不被現實世界的利害所宰制的自由自在的美學的心靈——這就是老子說過的真實意義：

> 載營魄抱一，能無離乎？專氣致柔，能嬰兒乎？滌除玄覽，能無疵乎？愛民治國，能無知乎？天門開闔，能為雌乎？明白四達，能無知乎？生之、畜之，生而不有，為而不恃，長而不宰，是謂玄德。（10）

「滌除玄覽」正是老子的美學觀[32]，是以無分別的心，去洗盡人間追求

---

[32] 「滌除玄覽」有學者解釋為：「滌除心知的作用，能夠毫無瑕疵嗎」，余培林：《新譯老子讀本》，（臺北：三民書局，1985年五版），頁30-31；但他未解釋「玄覽」一詞的意義。覽者，閱也；老子在第二十一章上說：「孔德之容，唯道是從。道之為物，唯恍唯惚。忽兮恍兮，其中有象；恍兮忽兮，其中有物。窈兮冥兮，其中有精；其精甚真，其中有信。自古及今，其名不去，以閱眾甫。吾何以知眾甫之狀哉？以此。」所以「玄覽」是說，在去知識心之後，改以萬物一體之心，去體會萬物——這正是我追求的老子美學的或詩人的生命境界。

個人的私利之心。而且，老子認為儒家哲學中的問題，是在將善惡執著得太清楚，以致必須講「文以載道」必須用禮教做大防。反之，在老子哲學中，隱藏的，一種主張不受宰制的心靈的本質；所謂玄德的意義是我們讓一切「如其所是」地生長。所以我的老師林安梧經常說老莊是一種生長的哲學。這難道不是今天我們的文人，必須認識與具備的生命哲學與創作智慧嗎？老子又說：

> 善為士者，不武；善戰者，不怒；善勝敵者，不與；善用人者，為之下。是謂不爭之德，是謂用人之力，是謂配天古之極。（68）

不爭之德，若放在現代社會來解讀，就是像今天的許多有抱負、不再以多少為計較前提的藝術家文學家們，在大家遊走於股市，或下午茶之際，依然默默在追求自己的生命境界一般。其生命境界之崇高，乃是他們已經從市場的價格功能，走向價值生命的追求。所以我的宣言，並非完全針對儒家在現代社會的問題而發，而是針對現代資本主義社會中，人們已經喪失自己生命的方向──訴求。換言之，文藝的功能若能落實在現實人生中，將大有所為，就是在計較的生活型態中，生出不再計較的心靈，可能活出一個真實的自己。

再從現實臺灣人的生活型態來說，作為現代的文藝工作者，其處境可能連生活都不容易，可能如同許多在古代文藝上工作的人一樣，正在面臨杜甫一生類似的遭遇。因此今天我們應該何從？正在考驗我們的智慧。

但中國哲學家中，曾經有老莊等人以開放智慧的心靈，去體會出一種異於儒家的表現方式，以展現人生發展與文藝創發的諸多的新可能。所以我以老莊哲學作為創造現代中國文藝的開端。

　　總之，我並不是反對儒家的一切，或設法去降低儒家的當代價值，而是，因為希望將吸收老莊哲學的豐富養分之後，能夠實際投入現代詩與繪畫的創作。並願意在此分享個人的經驗。希望更多有志於發揚儒家之外的道家美學創造的學者與實際創造者，能夠加入這種足以使用自由心靈去創作的行列。

　　　　　　　　　　　　　　　二〇二〇年二月二十七日

第一部分
導論——詩人何為？

導論

──詩人何為？

　　聽說詩人是可以戴上桂冠的人，這似乎說，詩人是創造人類文化花園中的皇帝。在我們少年時代讀杜甫寫李白等詩人的生平詩，就聽說有這樣的狂言狂語：

> 知章騎馬似乘船，眼花落井水底眠。
> 汝陽三斗始朝天，道逢麴車口流涎，恨不移封向酒泉。
> 左相日興費萬錢，飲如長鯨吸百川，銜杯樂聖稱避賢。
> 宗之瀟灑美少年，舉觴白眼望青天，皎如玉樹臨風前。
> 蘇晉長齋繡佛前，醉中往往愛逃禪。
> 李白一斗詩百篇，長安市上酒家眠，天子呼來不上船，自稱臣是酒中仙。
> 張旭三杯草聖傳，脫帽露頂王公前，揮毫落紙如雲煙。
> 焦遂五斗方卓然，高談雄辯驚四筵。（〈飲中八仙歌〉杜甫）

而杜甫的自述時則說：

> 劍外忽傳收薊北，初聞涕淚滿衣裳。
> 卻看妻子愁何在，漫卷詩書喜欲狂。
> 白日放歌須縱酒，青春作伴好還鄉。（〈聞官軍收河南河北〉）

　　詩人，像杜甫這樣有才情，又真正知道努力用功的學生，到老之後，真是一位能夠隨意揮灑的大文豪。而他一生的不如意，或許是讓他的詩更加成熟、也更具備精煉之後的動力；例如：他在寫人物時，尤其傳神！一位詩中之王李白的個性，在他隨意揮動手上的筆之後，成為一位神奇活現的鮮人，栩栩如生出現在萬世萬代人的眼前。

　　這種功夫，真是人間少有的！讓古今多少詩人，羨慕不已！但，我要問的是：「詩人何為？」「其天才是在何方？」最重要是「如何成為中國的詩人？」許多人認為：必須跟上世界的潮流去寫作。但我寫詩，卻認為：必先對中國先秦哲學有一番不同於以往的認知。

　　因為我一向非常懷疑儒家那套「斷章取義」的讀《詩》的辦法。後來，有機會以「老子的自然哲學」為博士論文的主題，更加明白一個千古人類，必須知道的道理，就是詩人李白寫詩，多半是取自道家的思想。所以，本文就從老子的理想國，先說說現代中國詩人，何以必須從老莊哲學吸取養分的道理。

一　理想世界的追求
——從老子、莊子的眼去重新看這個世界

　　先說，我近年以來，一連續寫了這麼多詩，現在要自問自答，這一些使用白話文或間雜文言甚至英文的詩，究竟是怎麼來的？

　　長久以來，我總是把余光中、楊牧，以及許多詩人的語言，看作人間極美的語言，一如許多人將詩人視為人間少有的怪傑一般來崇拜。可是，我不主張以這樣的方式去研究現代的白話詩；因為以「詩中有畫，畫中有詩」的話來說，通常，畫家是以「圖像」來呈現內心的世界，但一般人卻總是對你抱歉說：「你怎麼將我畫得那樣子醜陋？」。這證明他們是活在具象的世界中，是以「分別心」去判斷是非對錯、善惡美醜。

　　但畫家或詩人不然；因為他們都是藝術的工作者，也使用具象物來表達抽象，可是更重要的是，能夠在其所創作出來的東西，表達出更深刻的東西。這東西，就所謂「境界的追求」（This is called the pursuit of the realm）。

　　如畢加索的後期的畫作，其中的人物；將女人與眾人交歡的畫面活生生地呈現出來，就會使許多人看了之後，不能接受。但因為這樣的表現，是一種他個人新創的風格與面貌，也呈現出其深層的意義。所以我們不能以外在的形式（是否合乎世人的標準的美與醜），去論斷其價值的高低。

　　或許有人這樣回應，就是攝影才是最真實的。所以一位美女，必須靠她自己來呈現其真實的面貌，可是，其他的藝術創作，「內涵的表現」確實比外在的形式更為重要！

　　進一步說，畫家或詩人，或一切的藝術工作者，經常是把外物看作一種「媒介」而已。所以他們畫一棵樹，一個人物（即便是刻意製造出來的人物），都是為了呈現他的唯美的理想世界的方法。

　　這使我想到，老子的理想國上說的：「雞犬之聲相聞，民至老死不相往來」所構成的心靈的意境，就是一種追求自然，去一切人為造作的「象徵」。所以這當然不是現實社會的可能狀態。所謂象徵，必須從美學來說明，西方美學家對於這一詞是重視的；國內的美學專家劉昌元曾經這樣說：

　　　　由於創造象徵也有暗中比喻的性質，所以有時很容易與隱喻
　　　　（metaphor）混淆在一起。但象徵不只是說一物與某種相似
　　　　性，也是用一物來代表另一物。隱喻基本上是種修辭技巧，他
　　　　是把喻辭（如、像、似等）省略之比喻。雖然隱喻也是種間接
　　　　含蓄的傳達方法，但它基本上只存於文句之中，而不存於繪畫

或其他非文字的藝術之中。此外。隱喻主要涉及一句話的語意，即由初義（primary meaning）的間接矛盾中透露次義（secondary meaning），並不會涉及整個作品的主題。而象徵則常與主題有關。例如李清照說：「只恐雙溪舴艋舟，載不動許多愁」時，我們知道「載」是個隱喻的字。這是因為就語詞之初義或本義（literal meaning）來說，愁不是實物，用舟來載是間接地矛盾，故知這只是載逼出次義，形容愁的沉重。[1]

這樣說來，老子以「玄之又玄、眾妙之門」來形容「道」，就是一種「象徵的說法」。所以我們了解《老子》，若能從這種美學的象徵概念，去重新詮釋，才可得其真相。另外，我認為老子以「眾妙之門」來描述他體會的「道」（宇宙的根本或本源）是藝術家的語言。所謂藝術語言，是使用感情外，對於物感之想像之物（老子說的「無物之物」——道的體悟。所以「道」在老子來說，是他運用感性的語言所呈現出的構成萬物之本根。又如：老子說道是「無狀之狀，無物之象」，也純粹是文學語言的運用；因為這是純粹使用人類想像力去體悟到的。

而老子用「眾妙」一詞來描寫其道的作用，表示它是聚集一切「美好」的，而「門」，是表示一是我們了解宇宙人生的根本門戶。但必須記得，這是他體會出來的本源，不是西方哲學家所謂的知識論上，以推理方式所獲得的「因」。

那麼，你不可使用科學的考證，去完成你的老子研究；因為我們在老子是一位詩人哲學家的，所以，必須有一定的知識。

但很可惜！今天許多學者對於詩人哲學家；如老子或莊子所創造

---

1 劉昌元：《西方美學導論》（臺北：聯經出版公司，1986年），頁236。

出來的，神話般的世界，卻使用邏輯的方式去分析，或做出不合常理
或真實世界的詮釋。這已呈現出一種「張冠李戴」的現象，不是嗎？

這好像過去胡適對孟子的井田制度的考證，認為：沒有這樣的制
度存在。或者最後竟然使用科學家達爾文的進化論去詮釋《莊子》，
這是荒謬極了的解法！

其實，可能因為他對於中國哲學的研究不深入，或因為缺乏對於
中國哲學的普遍認知太淺薄，所以在認識不夠的情況下，居然做出許
多粗淺的或不當的判斷，焉有不錯？反之，儒家無論孔孟，或後代的
王陽明，都是以一種理想主義，去刻意建立其學說，這是牟宗三知之
甚詳的。[2]

換句話說，人類文化最早的哲學，都能夠呈現出一種追求理想的
特質，中外的哲學家經常是如此。當然，這裡是人類一直以美學進行
思考的關係。[3]可是，在中國哲學史上，具有引領地位的哲學家；如
老子或莊子的美學素養，很少被學者提出來進行深入的談論。但，我
因為長期受其恩惠，所以必需在這裡談，而且是大談特談，希望能夠
開啟中國詩學研究的另一大門。

我們現在就回到老子哲學來說，他使用這個根本的命題來講他的
理想世界，說：

　　道法自然

這句話有什麼含義？很多研究老子的人很少說明清楚；因為《老

2　其他的例子是胡適反駁儒家的三年之喪在當時存在的問題。其實，孔孟都是道德理
　想主義的提倡者。所以他們對於能夠發揚儒家孝道的三年之喪禮，不是從當時存不
　存在去提倡，而是以美德（virtue）的理想主義觀點去提倡的；牟宗三：《道德的理
　想主義》（臺北：臺灣學生書局，1982年，修訂五版），頁24-38。
3　西方的源頭之一——柏拉圖的理想國更是如此。

子》整部書才五千言之多,所以不能讀道的人,是不能明白其中的含義的;譬如什麼叫「法」?「什麼是法自然」?乃至整句「道法自然」的意義何在?。可是,我經過長期研究之後,認為:這是詩人哲學家老子,以詩來表現的哲學體系。當然,嚴格來說,我稱它為「格言詩」。何謂格言詩?就是以格言來講述其從人生中覺悟出來的道理,可是,他又是使用長詩的形式去表達出來,所以有五千四百多個字,夠長了吧!

二　老子的美感世界

我在前面指出當今有許多學者,以西方邏輯或分析哲學的方式去講老莊,我在這裡必須不客氣說:「是誤入歧途!」我這樣說:不是空穴來風,也不是什麼第一手的創見;因為曾經遊走中西哲學多年,在美國教書的吳光明教授,在他一連串的英文著作,已經從文化差異的觀點,去分別中國哲學家的思維特質;他說:

> We must consider afresh／closely cultural difference(我們必須重新考慮／密切的文化差異)。[4]

而且他以此解經的方式重新講老莊哲學,已經獲得很高的成就。在這方面,或許有人說:牟宗三不也曾經說過類似的話,所以有《中國哲學特質》的論述。但我必須在此指出:他的分別中西哲學來論中國哲學的特質,幾乎是站在儒家為本位的立場來說明的。

可是,中國除了儒家,還有諸子百家呀。特別是道家哲學的思維

---

4 KUANG –MING WU, *ON METAPHORING –A Cultural Hermeneutic*, BRILLP・BOSTON・KOLN, 2001, p.384.

方式，是開啟今日中國文學藝術大門，絕不可以忽視的，有智慧的學問。在這方面，徐復觀是作了一些研究。而方東美曾經以詩人、先知以及哲學家來稱呼中國哲學家，卻很少人去注意。所以我在此，首先來略談老子如何以詩人哲學家的角度，來建立其美學的人生哲學？

（一）形上之美

所謂形上之美，是指詩人哲學家老子在抽象世界中，建構的道之美（The so-called physical beauty refers to the Taoical beauty of the abstract world）。也就是詩人老子，以其天生的想像能力，去將自己所體會出來的宇宙根源──道，來展現一種在人類文明世界之前的理想世界。

例如第一章就是這樣以「詩」的形式去展現其哲學的高度。但必須知道這是這位詩人哲學家的本事。反之，經常扳起臉孔罵人的孔孟，就沒有這種哲學高度；此因他們的美學能力，都被僵化的禮教傳統吸光了！

> 道可道，非常道。名可名，非常名。無名天地之始；有名萬物之母。故常無欲，以觀其妙；常有欲，以觀其徼。此兩者，同出而異名，同謂之玄。玄之又玄，眾妙之門。

我們從這一句詩人的直觀所呈現的對仗十分工整的詩來看，他使用一個重要的概念──「觀」，而不使用「科學家考察的概念」的原因；就在於能夠分別出：詩人與推理的哲學家的不同；包括後者，必須將一切結果先有原因的說明，不是這樣嗎？通常科學家的推理，必須講究有效地推論呈現出來，然後再下結論的習慣，何以在這裡不曾出現？

我的解讀是老子是詩人哲學家。所以他只是使用一切象徵手法，去呈現他體會到的東西。這就是海德格說的形上的「先在」的認知。

（二）我是這樣讀《老子》的

試問：詩人對生命無常的感懷，以外物的變化來呈現，要理由嗎？所以我解讀《老子》這一首詩是這樣的：

> 這奇妙的根源呀！
> 無名字也無法命名的
> 說它無也可
> 說有如母親般奇妙呀！
> 深藏不露體的奇妙！
> 東看西看南看北看
> 沒有固定的模樣呀[5]

---

5 如果你喜歡老子或想認識真正的《老子》，請朗誦下列的詩句，必須同時用心去體會其中呈現出的宇宙的直觀之後的美的世界——「道沖而用之或不盈。淵兮似萬物之宗。挫其銳，解其紛，和其光，同其塵。湛兮似或存。吾不知誰之子，象帝之先。」（4）；「視之不見，名曰夷；聽之不聞，名曰希；搏之不得，名曰微。此三者不可致詰，故混而為一。其上不皦，其下不昧。繩繩不可名，復歸於無物。是謂無狀之狀，無物之象，是謂惚恍。迎之不見其首，隨之不見其後。執古之道，以御今之有。能知古始，是謂道紀。」（14）；「孔德之容，唯道是從。道之為物，唯恍唯惚。忽兮恍兮，其中有象；恍兮忽兮，其中有物。窈兮冥兮，其中有精；其精甚真，其中有信。自古及今，其名不去，以閱眾甫。吾何以知眾甫之狀哉？以此。」；「有物混成，先天地生。寂兮寥兮，獨立不改，周行而不殆，可以為天下母。吾不知其名，字之曰道，強為之名曰大。大曰逝，逝曰遠，遠曰反。故道大，天大，地大，王亦大。域中有四大，而王居其一焉。人法地，地法天，天法道，道法自然。」（21）；「大道汎兮，其可左右。萬物恃之而生而不辭，功成不名有。衣養萬物而不為主，常無欲，可名於小；萬物歸焉，而不為主，可名為大。以其終不自為大，故能成其大。」（34）；「執大象，天下往。往而不害，安平大。樂與餌，過客止。道之出口，淡乎其無味，視之不足見，聽之不足聞，用之不足既。」（35）；「道常無為而無不

妙！妙！妙！

詩人的特質，還有許多具體的地方在全詩中表現。在這方面，我們必須特別注意到他的第二章句中，包含的深層的意義與方法：

> 天下皆知美之為美，斯惡已。皆知善之為善，斯不善已。故有無相生，難易相成，長短相較，高下相傾，音聲相和，前後相隨。是以聖人處無為之事，行不言之教；萬物作焉而不辭，生而不有。為而不恃，功成而弗居。夫唯弗居，是以不去。（2）

在此，他以詩的形式——前後的句子相互呼應之外，生動處是在：「有無相生，難易相成，長短相較，高下相傾，音聲相和，前後相隨。」這就是我常說的：詩人的眼睛不是使用分別心，而是使用無分別心打破一切對立分別之後的眼光，重新去觀看這世界——這不是「原始思維」嗎？是！原始人類將一體外物往往歸為一體觀（Primitive humanstended to classify all external objects as one）。就是一種不分前後、有無、難易、長短、高下、音聲這樣的思維，有何價值？首先，就是回到人類本初的「自然而然」的社會與狀態中，最後，才出現老

為。侯王若能守之，萬物將自化。化而欲作，吾將鎮之以無名之樸。無名之樸，夫亦將無欲。不欲以靜，天下將自定。」（37）；「昔之得一者：天得一以清；地得一以寧；神得一以靈；谷得一以盈；萬物得一以生；侯王得一以為天下貞。其致之，天無以清，將恐裂；地無以寧，將恐發；神無以靈，將恐歇；谷無以盈，將恐竭；萬物無以生，將恐滅；侯王無以貴高將恐蹶。故貴以賤為本，高以下為基。是以侯王自稱孤、寡、不穀。此非以賤為本耶？非乎？故致數譽無譽。不欲琭琭如玉，珞珞如石。」（39）。「不欲琭琭如玉，珞珞如石。」；不可直接去使用分析的方式去讀。反之，若讀成西方哲學家的推理；如翻譯為：「修道者，不願人們去稱讚他琭琭如玉或珞珞如石，是因為他重視的是道德的實踐。」則失去原汁原味的《老子》。我的讀《老子》這句詩是：「無欲無慾者譽，不欲人造如玉，人造之石。」

子的理想國──我們再來體會《老子》第八十章的美妙的意境：

> 小國寡民。使有什伯之器而不用；使民重死而不遠徙。雖有舟
> 輿，無所乘之，雖有甲兵，無所陳之。使民復結繩而用之，甘
> 其食，美其服，安其居，樂其俗。鄰國相望，雞犬之聲相聞，
> 民至老死，不相往來。

其中，「使民復結繩而用之，甘其食，美其服，安其居，樂其俗。鄰
國相望，雞犬之聲相聞，民至老死，不相往來。」就是老子心靈中最
美世界的呈現－如「甘其食，美其服，安其居，樂其俗。」是陶淵明
桃花源的境界，是詩人的幻想與對現實生活不滿的結果。所以，這首
哲詩，一如屈原對於現實的悲憤，是一種心靈上的寄託與個人理想的
追求。所以，如果沒有藝術細胞的學者會說：「這是純粹的幻想！如
何去實踐呢？」不錯！老子開啟的，是心靈上的美妙之境，只有識者
能進入的，不是嗎？（Laozi opens up a wonderful situation in the heart,
only one knows about it can enter, isn't it?）。還有一種說法是，這個世
界是實際存在的。但他們可能忽略文學家運用的象徵背後，所代表的
嚮往境界。換言之，像這樣的詩人哲學家──老子，有時也會在不知
不覺中，成為一位哲學家詩人。第八十章就是他創造出的，作為其哲
學體系中最重要的詩國的圖像。

　　講到此，我以向來少有能夠理解《老子》甚深的張默生來說，是
這樣講《老子》的深奧的。

> 歷來注視老子的人，所用的文字太深，又陳義太高，不肯逐字
> 逐句做淺顯的解釋，於是一般人想讀老子的，也得不到什麼幫
> 助，這是很可惜的事。我想，天下注書的人，正是負著為人講

書的責任，原書的文義艱深，才需要有人來注釋。[6]

我卻認為：他這樣教人讀《老子》，是事倍功半的！因為既然是一本詩人哲學家的詩集，理應該使用親自朗誦的方去「體會」才對！（Because since it is a poet philosopher's poetry collection, should use the side of personal recitation to "experience" is right!）我在中年時代，就聽過恩師林安梧教授在臺上使用臺語唸《莊子》，才恍然大悟出原來，道家都必須這樣去讀出原汁原味。而今天，在林安梧師在新著作中，也提到讀《老子》必須逐句去朗誦的必要。[7]

（三）老子的其他思想如政治思維，都必須以美學的眼光去體會

我在前面已指出：以往儒家學者在解讀《老子》時，往往落入孔子的道德化的迷失中，而不自覺；如孔子已將《詩經》斷章取義閱讀，根本是一種十分嚴重的錯誤！但，更荒謬的是將整部文學作品的詩人精神，化為烏有的現象是相當嚴重的；例如：

> 子曰：「詩三百，一言以蔽之，曰『思無邪』。」（為政：2）

孔子說：「《詩經》三百首，用一句話可以概括，即：『思想純潔』。」[8]；什麼是思想純潔？就是孔子當年選詩，竟然是以善的標準；例如

6　張默生：《老子章句新釋》（臺北：藍燈文化事業公司，1976年），頁7-8。

7　林安梧：〈序〉，《老子——道德經新釋暨心靈藥方》（臺北：萬卷樓圖書公司，2014年），頁1。

8　許多研究這句話的學者，對於這句話不敢去翻譯，這可能是對孔子美學仍是不清；例如研究劉勰《文心雕龍》的王更生試譯這一段話時，直接引用孔子的原文。其實儒家一直將文學與藝術道德化。王更生選注：《文心雕龍選讀》（臺北：巨流圖書公司，1994年），頁138。

孔子這樣去分辨他的好詩與壞詩：

> 子曰：「關雎，樂而不淫，哀而不傷。」（八佾：20）

孔子說：「《關雎》這篇詩，快樂卻不淫穢，悲哀卻不傷痛。」我以為：這是孔子想建立一種道德文化時，對一切文化都必須放在他的道德王國去做評判；但結果是什麼？就是將人類真實的感情如男歡女愛都消滅了。所以我不贊成今天的學者或文藝學家，再以這樣的道學眼光去論述詩人的作品；何況，他使用這樣的概念——「淫」來反藝術或文學，就是一個非常不恰當的概念，因為這是將人類中的真實面全然否定了；例所以在西方女體寫生在中國出現時，我們的前輩就必須起一種革命！因為禮教傳統文化的標準，是不准這樣去表現人類的真實生活的。因此我對於當年孔子與其得意門生——顏回的下列對話，是不以為然的：

> 顏淵問為邦。子曰：「行夏之時，乘殷之輅，服周之冕，樂則韶舞。放鄭聲，遠佞人。鄭聲淫，佞人殆。」（衛靈公：11）

顏淵問怎樣治理國家，孔子說：「用夏朝的曆法，乘商朝的車輛，戴周朝的禮帽，提倡高雅音樂，禁止靡靡之音，疏遠誇誇其談的人。靡靡之音淫穢，誇誇其談的人危險。」

「靡靡之音淫穢」聽起來就是在一個威權體制之下，將一切歌曲或藝術家的作品放在政治手術臺上！準備宰殺，不是嗎？所以過去有人唱「苦酒滿杯」一曲，政府就說：必須嚴格禁止！這可見包括政治正確或道德正確的病症，所以我在此的論述，就是想推進一種，為文藝而文藝的現代文藝理念之外，更想回到老莊所建立的美學式的哲學

中分析到底中國哲學中，老莊哲學的價值究竟在哪裡呢？

根據我的研究，就是前面我已經指出的美學的建立；包括老莊文本中，他們都不再將《詩經》，按照儒家那樣去道德化的方式去解讀。反之，老子的政治學說中的無為而無不為的思維方式，事實上，就是詩人的在萬物為一體的思維之下，所建立的政治哲學；因為老子這樣說：

> 不尚賢，使民不爭；不貴難得之貨，使民不為盜；不見可欲，使心不亂。是以聖人之治，虛其心，實其腹，弱其志，強其骨。常使民無知無欲。使夫知者不敢為也。為無為，則無不治。（3）

「為無為，則無不治。」若在邏輯推理上，根本是一種反理性的弔詭現象。但若從美學的角度來分析，就是將萬物回到本真的無分別的狀態。在此狀態中，老子常以一「嬰孩」，來形容其道，其意義就是說：一切儒家所提倡的道視為虛偽、不真實的；所以他說：

> 載營魄抱一，能無離乎？專氣致柔，能嬰兒乎？滌除玄覽，能無疵乎？愛民治國，能無知乎？天門開闔，能為雌乎？明白四達，能無知乎？生之、畜之，生而不有，為而不恃，長而不宰，是謂玄德。（10）

「載營魄抱一，能無離乎？專氣致柔，能嬰兒乎？」就是一種詩人的表現語言（押韻又具象）；就是使用具象的嬰兒為其特徵，來表現抽象之道的本真特質。所以問題就在於，我們今天會不會先放下一般人儒家老套的眼光，重新以想像的方式，去體會老子說的如嬰孩的模

樣？換句話說，這明明是一種以文學手段，去構造的哲學著作，所以我們必須知道使用想像能力去體會出其中的原汁原味。

再者，若能夠從這一點度去重新解讀：「是以聖人之治，虛其心，實其腹，弱其志，強其骨。常使民無知無欲。使夫知者不敢為也。為無為，則無不治。」的意義，可能體會出詩人哲學家，如何以無分別心去想像當政者在不失去本真的狀態之下，回到本真。之後，由於少干涉人民生活，更能夠獲得的無不為的效果，而這，才是好的政治。

至於老子說的「眾人熙熙，如享太牢，如春登臺。我獨怕兮其未兆；如嬰兒之未孩；儽儽兮若無所歸。眾人皆有餘，而我獨若遺。我愚人之心也哉！沌沌兮，俗人昭昭，我獨若昏。俗人察察，我獨悶悶。澹兮其若海，飂兮若無止，眾人皆有以，而我獨頑似鄙。我獨異於人，而貴食母。」（20）；正表示得道的詩人哲學家，如嬰孩般與世無爭的模樣。這才是我們能夠逐漸從老子哲學的思想脈絡中，了解詩人老子哲學，再者，能從此重新出發的人，進入中國的境界美學的時候，才容易到來。所以我在此必須提倡老莊的美學，以糾正復興中國文化的運動中繼續掉入儒家道德美學的陷阱中，而不能自拔的困境的各種主張。

三　莊子的神話世界的啟示

今天我們讀《莊子》這本書，也是隨《老子》的詩人心靈去體會而產生的；由於莊子也是一位中國哲學史上的詩人哲學家。你若以詩人的心靈去體會他的每一句話，就知道他使用的語言，絕不是科學家的語言。

反之，在人類歷史上，西方人士擅長運用科學的推理的語言去思考問題。相對而言中國人在古代，對於語言的體會是深刻的；例如名

家惠施說：「鈞有須」，「卵有毛」是一種邏輯思考能力的發揮。但他們這樣的思維，顯然受重推理思考的中國主流思想家；如荀子的歡迎。[9]當然，墨子使用的方法也是一種墨家影響，所以在論述中與孔孟不同，也與莊子的方法不同。先以孟子來說，他主要是靠直覺或我在上面一再提到的「直觀」。

（一）何謂直觀？

直觀，就是直接將外在的現象直接表述出來。這是歷代儒家或道家最喜歡運用的思維方法。所以重要的文藝作品發揮到極致的唐代作家，以想像力去觀察外力，並以具象的寫作表達其內在的意境。這就是說，包括文學家，也是偉大的哲學家都是如此；譬如屈原的詩句，有時會充滿哲學家詩人的玄想：

> 曰：遂古之初，誰傳道之？
>
> 上下未形，何由考之？
>
> 冥昭瞢暗，誰能極之？
>
> 馮翼惟象，何以識之？
>
> 明明暗暗，惟時何為？
>
> 陰陽三合，何本何化？
>
> 圜則九重，孰營度之？

9　荀子是這樣去批評名家的學說：君子行不貴苟難，說不貴苟察，名不貴苟傳，唯其當之為貴。故懷負石而投河，是行之難為者也，而申徒狄能之；然而君子不貴者，非禮義之中也。「山淵平」，「天地比」，「齊秦襲」，「入乎耳，出乎口」，「鈞有須」，「卵有毛」，是說之難持者也，而惠施鄧析能之。然而君子不貴者，非禮義之中也。盜跖貪凶，名聲若日月，與舜禹俱傳而不息；然而君子不貴者，非禮義之中也。故曰：君子行不貴苟難，說不貴苟察，名不貴苟傳，唯其當之為貴。《詩》曰：「物其有矣，惟其時矣。」此之謂也。（不苟篇）。

惟茲何功，孰初作之？

斡維焉系，天極焉加？

八柱何當，東南何虧？

九天之際，安放安屬？

隅隈多有，誰知其數？

簡單來說，屈原是一種對宇宙萬象的奇妙現象，充滿驚奇的哲學詩人；他如果當年生於古代希臘，可能是柏拉圖的朋友，因為上詩句表現出：哲人對於形上世界的想像。

像這樣的玄想，就在探索宇宙的真相。而擅於玄想的詩人屈原，是詩意多於哲學性的詩人。反之，老子是詩人哲學家，所以表現出的哲學，卻不像詩人屈原的，「富於想像力多於思考力」的發揮。所以屈原是哲學家詩人，不同於詩人哲學家的老子。

（二）莊子與老子一樣，是一位詩人哲學家

不僅如此，莊子的文章以詩的方式來呈現，完全是一種詩人的活活潑潑的表現！相對的《老子》詩文，就是「格言詩」的表現，而且是深刻的格言詩，不是《莊子》的散文詩（The relative "Laozi" poem, is the performance of "the maxim poem", is a profound maxim poem, not Zhuangzi's prose poetry）。所謂散文詩的特徵是，一直使用「象徵的語言」，將上述原始人類的「萬物一體的思維」，去建立一種「一切無分別的世界」。這樣的世界，表現出神話時代詩人充分的想像能力；例如動物也會像人一樣講話。至於其中出現的人物，更是作者創造出來的。

然而，即使是假借來的人物；如將孔子與其弟子借來現身說法，但所說的道理，顯然已不是儒家的學說！如果還信以為真，則會若入

儒家和道家無分別的迷失中。是以以下一段說明：

> 魯有兀者叔山無趾，踵見仲尼。仲尼曰：「子不謹，前既犯患若是矣。雖今來，何及矣？」無趾曰：「吾唯不知務而輕用吾身，吾是以亡足。今吾來也，猶有尊足者存，吾是以務全之也。夫天無不覆，地無不載，吾以夫子為天地，安知夫子之猶若是也！」孔子曰：「丘則陋矣。夫子胡不入乎？請講以所聞！」無趾出。孔子曰：「弟子勉之！夫無趾，兀者也，猶務學以復補前行之惡，而況全德之人乎！」無趾語老聃曰：「孔丘之於至人，其未邪！彼何賓賓以學子為？彼且蘄以諔詭幻怪之名聞，不知至人之以是為己桎梏邪？」老聃曰：「胡不直使彼以死生為一條，以可不可為一貫者，解其桎梏，其可乎？」無趾曰：「天刑之，安可解？」（德充符篇）

在這一篇中，將孔子與老聃請出場來說話，說的，好像全部是孔子該說的話；例如孔子曰：「丘則陋矣。夫子胡不入乎？請講以所聞！」無趾出。孔子曰：「弟子勉之！夫無趾，兀者也，猶務學以復補前行之惡，而況全德之人乎！」無趾語老聃曰：「孔丘之於至人，其未邪！彼何賓賓以學子為？彼且蘄以諔詭幻怪之名聞，不知至人之以是為己桎梏邪？」老聃曰：「胡不直使彼以死生為一條，以可不可為一貫者，解其桎梏，其可乎？」

　　但其中莊子是從比較的觀點，去論述受桎梏的孔子，所以要讀懂莊子的生死一如生命哲學的兀者叔山無趾的生命境界；就是因為他才是真正「得道」之人，不是嗎？何況，莊子使用小說家的創造力，創造出的「魯有兀者叔山無趾與其見解」，全是詮釋道是一種象徵的緣故。一如他的，可能出於後人之手的〈天地篇〉，竟然將孔子與其弟

子──子貢請出來，做以下的對話：

> 子貢南遊於楚，反於晉，過漢陰，見一丈人方將為圃畦，鑿隧
> 而入井，抱甕而出灌，搰搰然用力甚多而見功寡。子貢曰：
> 「有械於此，一日浸百畦，用力甚寡而見功多，夫子不欲
> 乎？」為圃者卬而視之曰：「奈何？」曰：「鑿木為機，後重前
> 輕，挈水若抽，數如泆湯，其名為槔。」為圃者忿然作色而笑
> 曰：「吾聞之吾師：『有機械者必有機事，有機事者必有機
> 心。』機心存於胸中，則純白不備；純白不備，則神生不定；
> 神生不定者，道之所不載也。吾非不知，羞而不為也。」子貢
> 瞞然慙，俯而不對。

「為圃者」，自然就是作者本人，他這樣去修理孔子的大弟子子貢，
是能夠獲得道家的歡喜的；但我們有此，就可以知道莊子的後人，因
為能夠獲得莊子的啟發之後，才做出這種以「機心」（分別心）的概
念去諷刺儒家，而且，說得真是妙不可言！接下去說：

> 有間，為圃者曰：「子奚為者邪？」曰：「孔丘之徒也。」為圃
> 者曰：「子非夫博學以擬聖，於于以蓋眾，獨弦哀歌以賣名聲
> 於天下者乎？汝方將忘汝神氣，墮汝形骸，而庶幾乎！而身之
> 不能治，而何暇治天下乎？子往矣，無乏吾事！」

「忘」這個概念，用得真貼切！就是去除人的功利之心與分別心。所
以，莊子經常使用「忘」這個重要的概念，顯然在教導人，該如何放
下一切對概念的執著（The important concept of "forgotten" is to put
aside all the obsession with the concept）；因此《莊子·內篇》又說

「忘年忘義」的重要意義：

> 吾誰使正之？使同乎若者正之，既與若同矣，惡能正之！使同
> 乎我者正之，既同乎我矣，惡能正之！使異乎我與若者正之，
> 既異乎我與若矣，惡能正之！使同乎我與若者正之，既同乎我
> 與若矣，惡能正之！然則我與若與人俱不能相知也，而待彼也
> 邪？何化聲之相待，若其不相待。和之以天倪，因之以曼衍，
> 所以窮年也。謂和之以天倪？曰：是不是，然不然。是若果是
> 也，則是之異乎不是也亦無辯；然若果然也，則然之異乎不然
> 也亦無辯。忘年忘義，振於無竟，故寓諸無竟。（齊物論）

所以「忘年」有忘記自己外在的容貌，甚至忘記外在的一切苦惱，才
能回到一個舒適自在的生命境界中，天天享受生活的快樂的意涵。至
於到了忘義的人，就是忘了仁義道德的固執，才能以寬闊的胸臆，重
新找會失落的自己。

　　總之，像這樣的詩人論述，是從同一的概念，到「和之以天倪，
因之以曼衍，在到忘年忘義」的生命境界。所以莊子根本是一位老子
的發揚者。其旁證是：

> 其分也，成也；其成也，毀也。凡物無成與毀，復通為一。唯
> 達者知通為為是不用而寓諸庸。庸也者，用也；用也者，通
> 也；通也者，得也。適得而幾矣。因是已。已而不知其然，謂
> 之道。勞神明為一，而不知其同也，謂之朝三。何謂朝三？曰
> 狙公賦芧，曰：「朝三而莫四。」眾狙皆怒。曰：「然則朝四而
> 莫三。」眾狙皆悅。名實未虧，而喜怒為用，亦因是也。是以
> 聖人和之以是非，而休乎天鈞，是之謂兩行。（齊物篇）

　　莊子的哲學論述，在此借用「狙公」出場，完全是一種詩人的作風[10]，就是想藉一段創造出的具的文學性對話，作為論述的方法。因此，我們在這樣的對話中，必須能夠以詩人的眼光，去體會出其中的哲學意涵；包括借眾狙的喜怒，來呈現出「是非對錯本一如，但因為人的自私或慾念，才使道理模糊不清」的意義。總之，他最終，是為了教人一個根本的道理就是不要一再使用人慣用的功利、計較之心，去看待世間的一切人、事，以及物。

　　現在再回到孔子與子貢：

> 子貢卑陬失色，頊頊然不自得，行三十里而後愈。其弟子曰：「向之人何為者邪？夫子何故見之變容失色，終日不自反邪？」曰：「始以為天下一人耳，不知復有夫人也。吾聞之夫子：『事求可、功求成、用力少、見功多者，聖人之道。』今徒不然。執道者德全，德全者形全，形全者神全。神全者，聖人之道也。託生與民並行，而不知其所之，汒乎淳備哉！功利、機巧，必忘夫人之心。若夫人者，非其志不之，非其心不為。雖以天下譽之，得其所謂，謷然不顧；以天下非之，失其所謂，儻然不受。天下之非譽，無益損焉，是謂全德之人哉！我之謂風波之民。」反於魯，以告孔子。孔子曰：「彼假修渾沌氏之術者也：識其一，不知其二；治其內，而不治其外。夫明白入素，無為復朴，體性抱神，以遊世俗之間者，汝將固驚邪？且渾沌氏之術，予與汝何足以識之哉！」（齊物篇）

其中的「渾沌氏之術」，就是前說的，能夠將一切的一切，歸於「無

---

10 所謂詩人的作風，就是以具象來表達抽象的道理；胡適：〈談新詩〉，《胡適全集》第1冊（合肥：安徽教育出版社，2003年），頁158-178。

掉有、無」之術。所以，莊子所講的道理，多半能在延續老子的「無
有與無的境界」之中，於是，才來到莊子說的：「執道者德全，德全
者形全，形全者神全。神全者，聖人之道也。」；不但如此，這已經
呈現莊子追求的最高的「表裡合一、不分」的最高境界了。

（三）論當今詮釋《莊子》之高手

　　研究《莊子》或閱讀莊子哲學，最重要的功課是「能入，也能
出」。若必須親自能夠閱讀文本，而且要能夠體會他的精髓，才是得
道的方法。另外，一旦讀到「通」的地步，往往要靠反覆去閱讀。但
做到的人不多；因為人們往往在自以為是中，便大發議論。

　　譬如許多人將《莊子》使用儒家的眼光來讀，結果處處碰壁。這
就是宋明理家的普遍毛病，就是從儒家的是非去評斷《莊子》，所以
當然是一無是處。有關這一點，根本的原因是，他們不懂《莊子》的
根本在〈齊物篇〉的「兩行之道」。所謂兩行之道，就是必須先將儒
家的道德是非分別之心完全放下，或先打掉儒者研究學問那種必須受
制於禮教的心，重新再來（The so-called two-line approach, that is, we
must first put down the Confucian morality is not separate heart, or first
beat the Confucian research learning that must be subject to the heart of
etiquette, come again）。並以無分別的方式，重新去檢視人生的一切。
現在試舉例來說《莊子‧齊物篇》這樣說：

　　　南郭子綦隱几而坐，仰天而噓，嗒焉似喪其耦。顏成子游立侍
　　乎前，曰：「何居乎？形固可使如槁木，而心固可使如死灰
　　乎？今之隱几者，非昔之隱几者也。」子綦曰：「偃，不亦善
　　乎而問之也！今者吾喪我，汝知之乎？女聞人籟而未聞地籟，
　　女聞地籟而未聞天籟夫！」子游曰：「敢問其方。」子綦曰：

「夫大塊噫氣，其名為風。是唯无作，作則萬竅怒呺。而獨不
聞之翏翏乎？山林之畏佳，大木百圍之竅穴，似鼻，似口，似
耳，似枅，似圈，似臼，似洼者，似污者；激者，謞者，叱
者，吸者，叫者，譹者，宎者，咬者，前者唱于而隨者唱喁。
泠風則小和，飄風則大和，厲風濟則眾竅為虛。而獨不見之調
調、之刁刁乎？」子游曰：「地籟則眾竅是已，人籟則比竹是
已。敢問天籟。」子綦曰：「夫吹萬不同，而使其自已也，咸
其自取，怒者其誰邪！」

　　所以我們在閱讀這樣偉大的文學作品時，必須知道這是一位有相
當才氣的詩人哲學家，才可能完成的。我認為：中國傳統哲學的偉大
的「大」，是由於這位詩人哲學家，能夠運用許多創造性的文學對
話，去講述哲學的重要道理。

　　或者說，我們不能撇開美學的進路去研究《莊子》。反之，使用
西方分析哲學方法的學者，一心想尋找何以這樣說，何不那樣說的理
由是什麼？則將是自廢武功的，因為莊子運用的方法是純粹感性的詩
人語言，去呈現詩哲的意境；譬如「隱几而坐，仰天而噓，嗒焉似喪
其耦。」；就是作者南郭子綦出場時，詩人給出的容貌與在修身養性
中的生命境界（事實上就是莊子本人）──換言之，他已經修到將自
己都喪失掉了（吾喪我）的生命境界。因此所謂「喪我」，不是指生
命中的肉身部分的喪失，而是一種能夠達到無執之後，生命到達最高
峰的精神境界。

　　因此，莊子曾經將他理想中的「修道工夫」，分成三種重要階段
來說：

　　1. 人籟；「人籟則比竹是已」

2. 地籟：「地籟則眾竅是已」
3. 天籟：「夫吹萬不同，而使其自已也，咸其自取，怒者其誰邪！」

何謂吹？哲學大師牟宗三曾經這樣說：就是前面說的「眾竅」、「地籟」。又有引用莊子的「夫言非吹也。言者有言，其所言者特未定也。果有言邪？其未嘗有言邪？其以為異於鷇音，亦有辯乎，其無辯乎？」來互解。於是說：

> 「其所言者特未定也。」這句話啟發人的思考。大家都以為自己說得最清楚，合乎邏輯，又是根據邏輯下定義。個人都以為自己說的是真理。既然是真理，何必爭論打架呢？那麼，究竟所言者是有定？未定呢？[11]

最後，他從莊子的成心，作為「依然有是非」的重要概念，也就是說，不管如何為自己的學說辯護，依然是等於無辯護。所以，一位真正有修養的學者，必須要追求的境界，不僅能越過一般人事事斤斤計較的生命型態，也要越過一般諂媚世俗的學者，思想家整天為自己的學說喋喋不休的類型。

因為能夠從分別心的第二種運用的人，才能修道到一個最高的無分別的境界，於是，才是「非成心的自然境界」。所以從此觀察，牟宗三對於莊子哲學的理解，是通透的；其次是，他能夠領悟到莊子的道家生命，是能夠超越儒家或其他各家的喋喋不休之上。[12]

---

11 牟宗三：《牟宗三先生講演錄4──莊子·齊物論》（臺北：鵝湖出版社，2019年），頁35-36。
12 國內學者中，王邦雄老師的《中國哲學論集》中介紹老莊的文章清晰可讀。我主張

　　然而，我在此，必要進一步從莊子的詩人的文體，深入探究其哲學的進路是文學家的，詩人的路數；此由於莊子使用的語言，不是儒家的語言。反之，《孟子》中也講他的功夫修養論，但明顯是在使用「分別心」，直接解釋生命修養中的「各種不同的階段」如說：

　　　　浩生不害問曰：「樂正子，何人也？」

　　　　孟子曰：「善人也，信人也。」

　　　　「何謂善？何謂信？」

　　　　曰：「可欲之謂善，有諸己之謂信。充實之謂美，充實而有光
　　　　輝之謂大，大而化之之謂聖，聖而不可知之之謂神。樂正子，
　　　　二之中，四之下也。」

由此可知，「充實之謂美，充實而有光輝之謂大，大而化之之謂聖，聖而不可知之之謂神。」是一種直接定義，如何使用道德的分別心，去陳述儒家的各種修養階段。

　　但莊子，不是這樣去形容他的三階段說；我們必須注意到他完全使用「詩人的語言」。譬如孟子說：「可欲之謂善，有諸己之謂信」，但在老子哲學中，是這樣說的：

　　　　故常無欲，以觀其妙；常有欲，以觀其徼。此兩者，同出而異
　　　　名，同謂之玄。玄之又玄，眾妙之門。（1）

這就是證明「無欲」才是老子追求的最高善的境界。所以老子又說：

先參考這些有資格為莊子發言的著作開始唸起。第二步，則是時時高聲朗誦莊子，才能得其原汁原味；王邦雄老師：《中國哲學論集》（臺北：臺灣學生書局，2004年，增訂三版），頁3-35、153-194、195-233、371-392、393-417。

「常使民無知無欲。使夫知者不敢為也。為無為，則無不治。」
（3）；又說：「信言不美，美言不信。善者不辯，辯者不善。知者不
博，博者不知。聖人不積，既以為人己愈有，既以與人己愈多。天之
道，利而不害；聖人之道，為而不爭。」（81）；所以我必須從此分
別，重新認識道家老子與孟子的道德觀是相反的。

可是，很多學者卻認為：孟子的文本中，沒有批評過老子哲學。
但從以上的分析，我們可以肯定，從孟子說：「可欲之謂善，有諸己
之謂信」與老子最後一章說的「信言不美，美言不信。善者不辯，辯
者不善。」已經形成道儒之間的重大差異；就是使用一套新的語言概
念，對另一套相反的語言概念的差異，所形成的重大差異。

不僅如此，我們若將〈齊物論〉拿出來重新閱讀，並好好以詩人
的眼光去體會如上述莊子的「夫大塊噫氣，其名為風。是唯无作，作
則萬竅怒呺。而獨不聞之翏翏乎？山林之畏佳，大木百圍之竅穴，似
鼻，似口，似耳，似枅，似圈，似臼，似洼者，似污者；激者，謞
者，叱者，吸者，叫者，譹者，宎者，咬者，前者唱于而隨者唱喁。
泠風則小和，飄風則大和，厲風濟則眾竅為虛。而獨不見之調調、之
刁刁乎？」的意境，才能玩味出莊子哲學的意涵。

例如，其中的「大塊噫氣」所形成「風」與「竅穴，似鼻，似口，
似耳，似枅，似圈，似臼，似洼者，似污者」中的所有形容詞中的表
現方式來說，這就是經過詩人運用想像力，所構成的一幅圖像。而接
下去的：「激者，謞者，叱者，吸者，叫者，譹者，宎者，咬者，前
者唱于而隨者唱喁。泠風則小和，飄風則大和，厲風濟則眾竅為虛。
而獨不見之調調、之刁刁乎？」，就是他想呈現的最高的天籟境界。

因此重點來了，就是我在前面說的先秦道家如老莊，是運用人類
的一體化思惟，去構成他的詩意的哲學體系（Pre-Qin Taoists, such as
Lao-zhuang, are the use of integration thinking, to constitute his poetic

philosophical system）。而今天，我就是從這裡去從根源上，提出一種回返先秦道家的一體性互運用無分別心，所建立的現代詩學。

（四）論《文心雕龍》的貢獻與問題

或許，讀者會這樣問：你為何不提起對於中國文學理論曾有巨大貢獻的《文心雕龍》的作者劉勰呢？我對於他一生的努力十分敬佩！因為這確實是一本不朽的美學巨構。[13]但他在詩的主張上，依舊遵循儒家的僵化路線；就是以「斷章取義」的方式來讀書與伸志，是我不同意的作法；因為「文以載道」的傳統，是將詩人的情懷，深深鎖死在一個有限的空間裡。這不但容易讓本來活活潑潑的真實人生，被禮教大防框死了，所以劉勰對於中國文學的發揚本來，是負面多於正面，不是嗎？例如劉勰竟然是這樣詮釋《詩》：

> 大舜云：「詩言志，歌永言。」聖謨所析，義已明矣。是以「在心為志，發言為詩」，舒文載實，其在茲乎！詩者，持也，持人情性；三百之蔽，義歸「無邪」，持之為訓，有符焉爾。（明詩篇）

這樣說《詩》為：「義歸『無邪』，持之為訓，有符焉爾」，就是證明：他對詩人的奔放熱情完全不去重視，所以是一種反其道的窒息與管控文學理論。

又他既然知道：詩是人類性情的真實表現，何必追隨儒家的道貌岸然。所以，我極力主張將來現代詩的走向，必須恢復到奔放的原始個性，才能看清詩人的一切作為心目中的理想或訴求；例如《詩經》

---

13 王元化：《文心雕龍講疏》（臺北：臺灣學生書局，2004年，增訂三版），頁53-297。

中許多男歡女愛的真實感情，後人，卻將它一律說成「在歌詠君子之德」，像話嗎？[14]

可是，劉勰又說：

> 人稟七情，應物斯感，感物吟志，莫非自然。昔葛天樂辭，《玄鳥》在曲；黃帝《雲門》，理不空弦。至堯有《大唐》之歌，舜造《南風》之詩，觀其二文，辭達而已。及大禹成功，九序惟歌；太康敗德，五子咸怨：順美匡惡，其來久矣。自商暨周，《雅》、《頌》圓備，四始彪炳，六義環深。子夏監絢素之章，子貢悟琢磨之句，故商賜二子，可與言詩。

像這樣去論述儒家對於詩歌之美，已大大違背詩人的本意的；吳宏一教授在《論語新釋》中，也對《論語》紀錄的子曰：「關雎，樂而不淫，哀而不傷。」（八佾：8）（意謂：「《關雎》這篇詩，快樂卻不淫穢，悲哀卻不傷痛。」）則直道：

> 〈關雎〉是詩經的首篇。寫一位窈窕淑女在河邊採荇菜，他的美好，使一位君子日思夜夢，希望娶她回家。[15]

我們再看原文是：

> 關關雎鳩、在河之洲。窈窕淑女、君子好逑。
> 參差荇菜、左右流之。窈窕淑女、寤寐求之。

---

14 朱子是一例；黃忠慎：《朱子《詩經》學新探》（臺北：五南圖書出版公司，2017年），頁3-118。

15 吳宏一：《論語新釋》（臺北：遠流出版公司，2017年），頁91。

　　　　求之不得、寤寐思服。悠哉悠哉、輾轉反側。

　　　　參差荇菜、左右采之。窈窕淑女、琴瑟友之。

　　　　參差荇菜、左右芼之。窈窕淑女、鍾鼓樂之。

這樣解釋詩人的真實感情，才真實！而這首詩被放在《詩經》的第一篇，可見是高手所為。[16]但孔子又曾說：

　　　　師摯之始，關雎之亂，洋洋乎！盈耳哉。（泰伯：15）

　　翻成白話文是，孔子說：「師摯的升歌，〈關雎〉的合樂，聲音滔滔不絕啊，充滿在耳中啦！」這樣的解釋是合理的；又吳宏一根據子曰：「吾自衛反魯，然後樂正，雅頌各得其所。」（子罕：15）；孔子說：「我從衛國返回魯國，才把音樂整理好，《雅》、《頌》都安排妥當。」

　　然而，這裡依然出現一個美學上的重大問題，就是一種「道德化儒家的詮釋」（The interpretation of moral Confucianism）。從此，也就是宰制或控制中國詩人的先天飛揚之性情的根源。所以，要到李白等，富有道家思想，同時遊走於佛家的詩人，才能恢復人的本真之性情，以老莊或佛家的方式自由自在地完成他們的詩歌，但已經花了幾百年的時間。所以後來如白居易，[17]或更早的詩人陶淵明[18]，無不選

---

16 好詩，就必須像這樣必須能從其中的具象表現，呈現出內心的感情。「求之不得、寤寐思服。悠哉悠哉、輾轉反側。」最能夠顯示出思念淑女的心情。

17 白居易（772年2月28日-846年9月8日），字樂天，晚號香山居士、醉吟先生，在詩界有廣大教化主的稱號。祖籍山西太原，生於河南新鄭，唐代文學家，文章精切，特別擅長寫詩，是中唐最具代表性的詩人之一。作品平易近人，乃至於有「老嫗能解」的說法。白居易早年積極從事政治改革，關懷民生，倡導新樂府運動，主張詩歌創作不能離開現實，須取材於現實事件，反映時代的狀況，所謂「文章合為時而

擇道家或佛家的生命境界去寫作。在這方面，我暫時不想詳細去說。
不然，將會使我沒完沒了。

（五）司空圖的《詩品》

司空圖本身是一位才氣高的詩人，所以他對於詩的創作是理論與
方法，值得我們去研究；而其中重要的原因，就是他能夠吸收道家的
成分。俄國漢學家B. M.阿列克謝耶夫這樣論《詩品》：

著，歌詩合為事而作」，是繼杜甫之後實際派文學的重要領袖人物之一。他晚年雖
仍不改關懷民生之心，卻因政治上的不得志，而多時放意詩酒，作《醉吟先生傳》
以自況。白居易與元稹齊名，號「元白」，元白兩人是文學革新運動的伙伴，分別
作有《元氏長慶集》與《白氏長慶集》，稱為長慶體，又稱元和體。晚年白居易又
與劉禹錫唱和甚多，人稱為「劉白」。白居易因努力寫詩，曾自述或許有人認為他
是「詩王」或「詩魔」，有詩曰：酒狂又引詩魔發，日午悲吟到日西。唐宣宗曾褒
白居易為「詩仙」，故人稱「敕封詩仙」，而李白是後世才由民間從「謫仙人」轉尊
為「詩仙」。閒適詩是白居易在公餘之暇獨處、或因病而閒居時寫作，用以陶冶性
情，反映其「知足保和」人生哲學的詩歌。此類詩歌相當受白居易本人的重視，然
而較不見重於世人。以《自吟拙什因有所懷》為例：「自吟拙什因有所懷懶病每多
暇，暇來何所為？未能拋筆硯，時作一篇詩。詩成淡無味，多被眾人嗤。上怪落聲
韻，下嫌拙言詞。時時自吟詠，吟罷有所思。蘇州及彭澤，與我不同時。此外復誰
愛，唯有元微之。謫向江陵府，三年作判司。相去二千里，詩成遠不知。」；詩中反
映了白居易作詩的情境、對自身作品的評語、所欣賞的古詩人（陶潛、韋應物）、以
及與元稹的交情。https://zh.wikipedia.org/zh/%E7%99%BD%E5%B1%85%E6%98%
93#%E8%AB%B7%E8%AB%AD%E8%A9%A9（2021/2/1瀏覽）

18 陶淵明（365-427），名潛，字元亮，自號五柳先生，私謚靖節先生。在唐代文獻
中，因避唐高祖李淵的諱，被稱作陶泉明或陶深明。潯陽郡柴桑縣（今江西省廬山
市）人。東晉、劉宋的文學家，東晉大司馬陶侃曾孫，父、祖皆為郡守，自曾祖、
祖、及父，都在東晉為臣，但自己一生未曾擔任高官，受王羲之和兒子王凝之提拔
而短暫地當過江州祭酒，後擔任鎮軍參軍、建威參軍，在叔叔晉安郡太守（治所在
今福州）陶夔協助下當上彭澤縣令，因厭惡當時的政治，做了大約八十天就辭職歸
故里，終生不再出仕。https://zh.wikipedia.org/zh-tw/%E9%99%B6%E6%B8%8A%
E6%98%8E（2021/2/1瀏覽）

從廣泛的哲學角度入手，對本作品進行詳細的研究，之所以有
意義，首先因為他是處於中國詩歌最輝煌時代（唐朝）末期的
一位詩人對於最高靈感的詩化表述。[19]

他的話一點不假；詩人司空圖的詩作，我最欣賞是這一首〈河湟有
感〉

　　一自蕭關起戰塵，
　　河湟隔斷異鄉春。

　　漢兒盡作胡兒語，
　　卻向城頭罵漢人。

　　司空圖（837-908），字表聖，中國唐朝末年詩人、文學評論家，
河中府虞鄉（今山西省永濟縣）人。司空圖早年為王凝賞識，在其推
薦下於唐懿宗咸通十年（869）中進士，後為報恩，放棄在朝中為官
的機會，長期居於王凝幕府中。西元八七八年，被任命為光祿寺主
簿，分司洛陽。在洛陽期間得到盧攜的賞識，後盧攜回朝復相，司空
圖被任命為禮部員外郎，不久升任郎中。唐僖宗廣明元年（880），黃
巢入長安，司空圖拒絕其招攬，逃往鳳翔投奔唐僖宗，被任命為知制
誥、中書舍人。次年，唐僖宗遷往寶雞，司空圖與其失散，回鄉隱居
中條山王官谷。唐昭宗及宰相朱溫屢次徵召其為侍郎、尚書等職，他
均堅辭不受，最後接受了宰相柳璨的要求為官，卻故意裝作衰老的樣
子，在朝堂上失手墜落笏板，得以放還本鄉中條山。西元九〇七年，

---

19 路雪瑩，B. M.阿列克謝耶夫：《《二十四詩品》研究》（北京：北京大學出版社，
　 2019年），頁22。

朱溫廢去唐哀帝，建立後梁，次年又將哀帝刺殺。司空圖聞信後，絕食而死。

我所以引上詩，是他感慨亡國的人，卻一點羞恥心都沒有。現在，詩人以具體的社會現實直指「漢兒盡作胡兒語，卻向城頭罵漢人」的無恥行為，來表達出心中的諸多不滿，所以他是以具體的詩／語言，同時也展現出偉大的抱負與理想。雖然是短短幾句話，已對時事的針砭，達到最大的效果。這是值得我們學習的作法。

又在他做這樣的批評時，他能夠以人類本有的真情去表述。所以，這就是道家精神的充分體現。而俄國漢學家B. M.阿列克謝耶夫在這樣論《詩品》時，認為：作者司空圖對道家有極深刻的研究，[20]我認為是正確的。

現在我們研究《二十四詩品》中說的：

> 自然──俯拾即是，不取諸鄰，與道俱往，著手成春。如逢花開，如瞻歲新，真與不奪，強得易貧。幽人空山，過雨采蘋，薄言情悟，悠悠天鈞。

「天鈞」一詞，是莊子兩行之道的最高境界。我這樣舉例，就是想要證明司空圖所追求的詩人境界，是純粹美學的道家境界，而非儒家的道德化的境界。又：

> 含蓄──不著一字，盡得風流。語不涉己，若不堪憂。是有真宰，與之沈浮。如漉滿酒，花時反秋。悠悠空塵，忽忽海漚，淺深聚散，萬取一收。

---

20 B. M.阿列克謝耶夫著，路雪瑩譯：《《二十四詩品》研究》，頁22。

其中，「不著一字，盡得風流。語不涉己，若不堪憂。是有真宰，與之沈浮。」這是具有道家與佛家的美學意涵。所以我贊成司空圖之詩論是儒家之外，值得我們發揚的詩學的簡單扼要論。

四　中國現代詩學的建立

最後，我建造此文的目的，在建立現代自由中國的新詩學。

我的現代詩，是來自於上述的老莊之學所創造的意境中所獲得的靈感。將來，我或許要更深入其中，發展出個人一套中國特色的詩學。但現在，只想以「簡要的方式」，提供讀者些想知道的，如何去了解的新詩面貌的基本問題（包括本文的主題何謂詩人與「詩人何為」的問題）。

（一）中國詩學理論的探究

1　朱光潛的《詩論》

（1）朱光潛的詩論是如何超越胡適當年的詩學見解

我認為：這本書基本上是必讀，而且可讀。所謂必讀是，作者的水準在當年是完全超出胡適對新詩了解的程度。何以故？因為我在想細讀畢此書時，發現作者對於何謂新詩上，有他極為深刻的研究；例如：胡適當年以「做詩如說話」，進行過激烈的批判。而且言之成理；試看他曾經這樣說：

> 我先要表明我的美學立場，詩人的本領在見得到，說得出。通常人把見得到的叫做「實質」，把說得出的叫做「形式」。他們以為實質式語言所表現的情思，形式是情思所流露的語言，實

質在先，形式在後，情思是因，語言是果。[21]

我是使用分析的方式去完成一些較為具體的要項：

1. 實質──詩人見得到。
2. 形式──詩人說出。
3. 詩人是以情思所流露的語言表達出來的語言是「形式語言」。
4. 但必須先有實質的情思。否則，就是無病呻吟（無病呻吟是我體會出來的現代詩的普遍現象）。

我們再從這句話來分析，朱光潛，確實比胡適當年為提倡白話文，而著作的《白話文學史》高明許多；因為胡適將許多白話文（上口的打油詩），也做為好詩之列。所以他雖然對於提倡白話文運動，但在新詩建構上是太粗俗的。所以於關於新詩的發展，非要靠像朱光潛這樣博學的人出來；不但能夠貫通西方與中國古典的美學經典，又具有深厚的國學素養，才使中國的詩壇，有了足以引領風騷的領袖。不過，當年胡適對於新詩的寫作，畢竟還處於中國文藝復興運動的「嘗試的階段」中，但胡適的問題是不能充分像當年的徐志摩一樣，直接去西方近代詩中，去吸收豐富的養分。[22]

為此我先談一下，我少時最喜歡的徐志摩的詩。[23]

根據詩人楊牧的介紹，我們可以了解詩人徐志摩在他的時代，就

---

21 朱光潛：《詩論》（臺北：國文天地出版社，1990年），頁277。
22 胡適雖然有《嘗試集》，但顯然不如當時去英美學習的詩人如徐志摩等人。
23 我在讀士林初中時代，因為週記比賽是全校的冠軍。校方問我要什麼獎品？我點名《徐志摩全集》，至今還保留下來。

是一位不同凡響的新詩王國中的佼佼者；他說：

> 志摩認真玩了十年，就在我們新文學史的上游曲折處，橫跨二
> 十年代，進入三十年代，為我們留下兩百多首詩和篇幅不小的
> 散文作品。他抒寫個人在城鎮與鄉野間如何思維，感慨，快
> 樂，絕望，茹飲西洋文學的瓜果瀝液，並且熱心和我們分享：
> 他以先知鼓吹女權，更提倡幼兒教育也需以培養自由情操為
> 的，最終則為了打破社會階級性的藩籬：對他來說，婚姻的基
> 礎除愛之外，別無其他，而且他以白郎寧（Browning Robert
> and Elizabeth B.）夫婦為例，詮釋為什麼的婚姻可以闡發美與
> 高尚的德性，而自己的身家性命賭注，強調不淵源於愛的婚姻
> 勢必解體。[24]

　　我們今天從楊牧上面的分析來觀察，大致可以了解：詩人徐志摩
的，一生的重大成就，就是發生在民國二十到三十的十年之間。又在
這短短的歲月中。當時，他的確像一匹駿馬般，飛馳在中國新文學的
園地上，不但為我們試驗吸收新知之後，詩可能變成的新模樣，而
且，其最後的成就，一如一生從事新詩創作的詩人楊牧所言，是「劃
時代的」！[25]

　　雖然，許多人會這樣質問：這樣的先進，這樣的反叛傳統，究竟
是一種任性，還是囂張？事實上，他的老師梁啟超也是萬萬不同意他
的反抗舊婚姻的看法與作為的。所以，在他以愛情之名，與陸小曼結
婚之日，被老師破口大罵。

　　但我從其提倡以浪漫主義，寫出人類真切的愛情之時，則主張我

---

24 楊牧：《現實與隱喻》（臺北：洪範書店，1990年），頁97。
25 楊牧：《現實與隱喻》，頁80。

們應該給予更多的同情與理解。

這就是說，我們從他留下的這些詩與散文或隨筆之中，就可以知道詩人的浪漫，是這麼真切的，是「表裡一如」的。你說：「他是天真」也好，「孩子氣」也罷，他就是一位詩國中的理想主義者。

而他的理想，就是我在前面指出的：先秦儒家孔孟與老莊等哲學家表現的可愛與真實。或許，只有這種人的正直，才是他們所追求的目標。這也是一切古今中外的大詩人追求的理想即使「帶有幾分不食人間煙火」的現象，但更令人去思念，不是嗎？

我這樣談論志摩與他的詩歌，是從楊牧的腳步，去回溯其心路歷程的。

（2）朱光潛如何談論新詩與創作的方法

這一點是十分重要的；因為我這一篇論文的寫作目的，就在討論我們可以使用有效的方法，來從事新詩的寫作。在這方面，至今，已有許多詩人以其實際的經驗來現身說法。這正是我們學習寫作新詩的人夢寐以求的。

何況，我回顧朱光潛在一九四九年之前所完成的這本《詩論》的成就，依然是擲地有聲的一本大作；我就在這方面再提一下，作者對於胡適的「詩就是說話」反駁的重要理由就是：

> 詩和音樂依樣，生命全在節奏（rhythm）。節奏就是起伏重輕交替的現象，它是非常普遍的，例如呼吸循環的一動一靜，四時的交替，團體工作的同起同止，都是順著節奏。我們在說話時，聲調順情緒的變化而異其輕重長短，某處應說重些，某處應說輕些，某字應該長些，都不能隨意苟且，這輕重長短的起伏就是語言的節奏。散文與詩都一樣要有節奏，不過散文的節

奏是直率流暢不守規律的，詩的節奏是低迴往復遵守規律的。[26]

「詩的節奏是低迴往復遵守規律的」已經講出詩與說話的一種重大的區別，是在詩人會使用不同於一般人使用的語言來創作。但第二點更重要的是：

> 欣賞之中都寓有創造。寫在紙上的詩只是一種符號，要懂得這種符號，只是識字還不夠，要在字裡見出意象來，聽出音樂來，領會出情趣來。[27]

這裡傳授的是，美學家教導我們怎樣去欣賞詩作？例如王維有詩〈輞川閒居贈裴秀才迪〉：[28]

> 寒山轉蒼翠，秋水日潺湲。倚杖柴門外，臨風聽暮蟬。
> 渡頭餘落日，墟里上孤煙。復值接輿醉，狂歌五柳前。

> 秋天的山略顯寒意也愈加顯得鬱鬱蔥蔥
> 那條小河也開始緩緩流呀
> 我拄杖倚在柴屋門前，朝風的方向
> 聽日暮時分的蟬鳴。
> 夕陽的餘暉灑落渡頭上，一縷輕煙

---

26 朱光潛：《詩論》，頁293。
27 朱光潛：《詩論》，頁308。
28 輞川：水名，在今陝西省藍田縣南終南山下。裴迪是王維的好友，兩人同隱終南山，常常在輞川「浮舟往來，彈琴賦詩，嘯詠終日」（《舊唐書‧王維傳》）。此詩就是他們的彼此酬贈之作。https://fanti.dugushici.com/ancient_proses/5454（2021/2/11瀏覽）

從村裡的煙囪冒出。

碰上喝醉了裴迪，恰似淵明在我面前發酒瘋呀

在字裡見出意象來是說：我們欣賞詩不僅止於朗誦。或說，在朗誦時，必須從詩所構成的圖像，去想像一個美的圖畫。所以這樣詩人王維被人經常讚美的地方。

再說最後三行給我的感受是，詩人先劃出一縷輕煙從村裡的煙囪冒出的想像，目的似乎在表述他的好友喝醉的好玩的模樣。至於第一二行，無疑是他想創造出一個回歸田園生活所享受到的無憂無慮的生活狀態。至於「我拄杖倚在柴屋門前，朝風的方向聽日暮時分的蟬鳴。」我認為是全文最美的地方；因為蟬鳴，已讓整首詩呈現少有的生動美境。

所以：當年美學家所創作的《詩學》，是我至今閱讀過的，中文世界中，最能夠深入淺出的美學著作，值得在此推薦給愛詩的讀者。

2 渡也的《新詩新探索》

借用詩人渡也的新詩研究，來討論新詩的做法，是從新詩的創作技巧來說的。渡也，本名陳啟佑，另有筆名江山之助，一九五三年生，臺灣省嘉義市人。中國文化大學中國文學博士，曾任教於嘉義農專、臺灣教育學院。現任國立彰化師範大學國文系教授。並在該校國文系成立現代詩研究中心，主辦中國詩學會議，協助辦理現代文學創作班、成人教育等，另外也為嘉義文化中心策劃一系列的現代名詩講座，並且為「臺灣詩學季刊」發行人。

寫詩、散文、評論，曾獲教育部青年發明獎、聯合報短篇小說獎、中國時報敘事詩獎、中興文藝獎章、中華文學獎、中央日報百萬徵文首獎、全國學生文學獎、民生報兒童詩獎。著有詩集：《不准破

裂》、《手套與愛》、《我是一件行李》、《空城計》、《面具》、《留情》、《最後的長城》、《陽光的眼睛》、《落地生根》、《憤怒的葡萄：渡也詩集》等。[29]

根據以上的經、學歷，以及他在創作上的成就，我同時為借助他的探索，來說明：我們如何了解到何謂新詩與認識新詩的寫作方法。

他對於新詩，特別重視其節奏所產生的美感；其見解起於朱光潛對於詩與音樂、舞蹈一體的覺知；[30]我現在還是選擇他對於徐志摩〈再別康橋〉這首詩，說明作為詩人的他對於徐志摩作詩的技巧中，最為令他感動之處，就是詩所呈現的節奏感；所謂節奏，「指包括音樂、美術、建築、植物、大自然等有規律地重覆者。」[31]

在我初中時代的國文課本，經常讀到志摩的詩與美得令人動容的散文；當時，我記得教我們國文的老師是吳崇蘭女士。她同時是一位小說家，更是一位對張秀亞的文章感佩的人；她曾說：「她的散文如詩般的美麗！」這是我一輩子不會忘記的老師提示。在我少年時代，就是志摩的粉絲；那種令我一生的感動，是他沒有造作的詩句：

　　　輕輕的我走了，正如我輕輕的來；
　　　我輕輕的招手，作別西天的雲彩。
　　　那河畔的金柳是夕陽中的新娘；
　　　波光裡的艷影，在我的心頭蕩漾。

　　　軟泥上的青荇　油油的在水底招搖：

---

29 http://faculty.ndhu.edu.tw/~e-poem/poemroad/du-ya/category/introduction/（2021/2/2瀏覽）

30 渡也：《新詩新探索》（臺北：秀威經典，2016年），頁13-30。

31 渡也：《新詩新探索》，頁14。

在康河的柔波裡　我甘心做一條水草！
那榆蔭下的一潭　不是清泉，
是天上虹　揉碎在浮藻間，
沉澱著彩虹似的夢。

尋夢？
撐一支長篙　向青草更青處漫溯，
滿載一船星輝，在星輝斑爛裡放歌。

但我不能放歌，悄悄是別離的笙簫；
夏蟲也為我沉默，沉默是今晚的康橋！

悄悄的我走了，正如我悄悄的來；
我揮一揮衣袖，不帶走一片雲彩。

「輕輕的我走了」，是以「作別西天的雲彩」來具象化死後的世界。這是詩寫作的第一條件。「那河畔的金柳　是夕陽中的新娘」，是將具象的金柳，呈現出他心目中最美的新娘。至於「波光裡的艷影，在我的心頭蕩漾。」正是渡也說的詩人運用得體的節奏上的反覆形容詞句，真是美得無以復加！

「軟泥上的青荇／油油的在水底招搖：在康河的柔波裡／我甘心做一條水草！」前者，給出一個油畫式的場景，將自己投入其中的慾望，反反覆覆出現在水底與波光之中。「那榆蔭下的一潭／不是清泉，是天上虹／揉碎在浮藻間，沉澱著彩虹似的夢。」，也是詩人寫景之中與外物合而為一的節奏與反覆之美。所以美的創作，是每位詩人都必須學習的功課。在這方面，根據歷史紀錄，徐志摩曾經在英國

留學，吸收大量西方詩人技巧的關係。[32]

　　另外，我再舉出余光中的詩，來說明朱光潛的重視節奏的原因；這樣的詩國大師級的詩人余光中，是值得我們去紀念與讚美的。但更值得我們後人在他死後（二〇一七年病故），開研討會來研究他的詩究竟該如何去學習？詩人，也是歷史學家的陳芳明，在一次演討會中，曾經這樣為我們指出余光中在其最後的作品中（作品已經到達生命的巔峰），到底有哪一些是我們有志學詩的人注意的方法之一，就是藉由濃縮的意象，牽引讀者舒展廣大的想像：

　　例如在一九八二年完成的〈橄欖核舟：故宮博物院所見〉中，這樣描寫細緻的描寫，其功力已到達爐火純青：

　　　　九百年後回味猶清甘

　　　　看時光如水盪住這仙船

　　　　在浪濤盡的赤壁賦裡

　　　　隨大江東去又東去，而並未逝去

　　　　多少的豪傑如沙，都掏盡了

　　　　只剩下鏡底這一撮小舟

---

32 徐志摩，出生於浙江省海寧縣的富裕家庭，一九一五年於浙江省立第一學校畢業後，在上海浸信會學院學習。一九一六年入北洋大學預科學習法律，直到法律系被北京大學合併。其後於美國的克拉克大學、哥倫比亞大學就讀。一九二一年遠渡至英國劍橋大學國王學院學習，期間徐志摩為浪漫主義的詩歌所傾倒，曾將數首詩歌翻譯成中文。一九二二年回到中國創立新月詩派，以白話創作新詩，致力於中國詩歌的近代化，一九三一年因飛機失事身亡。為了紀念徐志摩，二〇〇八年劍橋康河旁立了大理石石碑，並刻上〈再別康橋〉的詩句。
一九一八年徐志摩先與張君勱、張公權之妹張幼儀結婚，婚後育有一子，但在留學英國期間，徐志摩認識了林徽因，兩人遂關係惡化，在一九二二年離婚，一九二六年徐志摩與畫家陸小曼再婚。徐志摩父親徐申如的堂妹徐祿，為武俠小說家金庸的母親。他是作者譚詩歌創作的引領人，他對於作者的影響，至今不絕！

　　船頭對著夏口，船尾隱約

　　（只要你凝神靜聽）

　　還若若不絕地曳著當晚

　　那一縷簫聲[33]

　　但不瞞你說，我對於這樣細緻的詩文並不喜歡；因為哲學家詩人通常欣賞的是豪邁不拘小節的詩，也就是老莊所以建構的詩學境界的詩。

（二）西方美學或詩學理論的淺說

1　康德美學的重要啟發

　　我們在今天的時代中，有一件重要的工作，就是怎樣到西方的美學園地中去取經。我在前面曾經提到，當年的徐志摩是怎樣在英國留學取經？又如何在康橋上沉思？然後，使用他獨特而華麗的文字，展開創作，並且最後能夠呈現出許多足以傳唱的美妙詩歌。

　　不過，詩人後來不幸死在一次意外的空難中，也同時，將他的天生才賦帶走了，不能再為我們留下更多的彩虹。可惜啊！

　　但我一直在追問一個重要的問題是究竟，美的創造，是否可以學習的呢？許多的解答已經告訴我，這是不可能的一件事！「不可能！」會讓許多想學畫或詩的人失望了！

　　不錯的！詩起源於人類感情的發洩（Poems originate from the venting of human feelings）；如感情豐富的時代，就會跟著前人的腳步去哼嗨一下「輕輕的我走了，正如我輕輕地來！」但這樣讀出他創造

---

33 蘇其康、王儀君、莊錦忠主編：《望鄉牧神之歌》（臺北：九歌出版社，2018年），頁43。

的詩句，畢竟是學習別人的聲音而已。所以問題是：「如何有自己的創作？」真的！在我們人類中，屬於欣賞美的事物的人多，但，知道創造的畢竟是少數，所以康德這麼說「天才的創造」：

> 天才就是給藝術提供規則的才能（稟賦）。由於這種才能作為藝術家天生的創造性能力本身是屬於自然的，所以我們也可以這樣表達：天才的內心素養（ingenium），通過它自然給藝術提供規則。[34]

換句話說，大哲學家康德在寫畢《純粹理性批判》、《實踐理性批判》之後，在覺察在人類自然概念與自由概念之間，必須有一種屬於「天才的事業」，是屬於少數天才的作品；但它究竟是什麼？

　　這樣的問題一直困擾他的思維！最終，他是以外行人的眼光，從美的鑑賞去定義美的事物或作品：

> 每個人都必須承認，關於美的判斷只要混雜有絲毫的利害在內，就會是很有偏心的，而不是純粹的鑑賞判斷。[35]

譬如：我們看到一件美的圖畫，你就去想去占有它，據為己有，則產生一種利害的感覺，因為或許是為了它在市場上的價格，是一億元之多。而你，心中只想到將來它將來還可飆到更高的價錢，於是，產生購買的慾望。然而此時，你不是去欣賞這幅畫的價值，而是看中其昂貴的價格，可能會高升。

---

34 鄧曉芒譯，楊祖濤校訂：《判斷力批判：康德三大批判之三》（I. Kant, *KRTIK DER URTEILSKRFT*），（臺北：聯經圖書公司，2004年），頁164-165。

35 鄧曉芒譯，楊祖濤校訂：《判斷力批判：康德三大批判之三》（I. Kant, *KRTIK DER URTEILSKRFT*），頁39。

　　所以，這就是一種外在目的的追求。可是，美的追求，必須是一種能夠徹徹底底脫離這種目的之後的，純然重視價值的鑑賞上，所以包含利害之外的。也就是作為最後目的之欣賞活動。

　　基於此，康德在定義美之時，是純然從利害與否之外，作為美的純粹的欣賞活動。這是種想帶領不懂何謂美的人，去了解何謂美的事物之講法。

　　可是至少，已經可以讓我們來到一個無目的之目的地；如同老莊所追求的自由自在的空間中，也間接解答天才，是在什麼空間中去創造出的東西。

　　或許這種解釋，對於一般不大理解何謂偉大的創作者的一種抽象解釋。

　　但，由於這樣的解釋依然太抽象，所以我必須進一步追問：這些美的事物，究竟會給人類的感覺是如何的呢？康德會馬上跳出來這樣說他的「愉悅說」：

> 我藉以將它宣布為快適的那個判斷，會表達對該對象的某種興趣。這由以下事實已經明白，即通過感覺激起了對這樣一個對象的欲求，因而逾越不只是對這對象的判斷的前提，而且是他的實存對於，由這樣一個客體所刺激起來的我的狀態的關係的前提。[36]

這就是說，我們對於一件美的作品的判斷，總是會交雜著對象的客體存在，與個人對於對象之主觀感受，所以這兩種混合物之後所做出的判斷，是美的來源。

---

36 渡也：《新詩新探索》，頁41-42。

我又認為，像以上這種對於美是物的分析，是我們能夠接受的學說；因為若美的對象先不存在，那麼，如何可能引發人類對美的覺知？

所以人的創作泉源，必須同時包括客觀的世界與其物，與創作者。進一步來說，若無美的對象，又何來主觀的感受？

不過，不是人人都具備藝術家的感知能力（包括欣賞力中的想像力與鑑賞力），所以能夠創造出美的作品的人，畢竟是少數。至於在歷史上有大成就的藝術家，更是少之又少。所以能夠具備此能力去創作的人，必須好好把握這樣的機會，為人類創造更多不朽的作品。

但「藝術作品」的產生與認定，當然不能以市場價格來論；又如有人以畫作的大小論其價值，則仍然是以「外在」，來作「美不美」的判斷標準。所以，以價格等外在利益，作美與否的判斷，是膚淺的。

在中國美學史上，孔子似乎是一位對於美事物的構成有感知能力的人，可惜，雖能對於美的世界如河川上的水流，能夠以主觀感受寄情的這些客觀之物上，但是，畢竟他是一位道德感很重的人，所以最後，是把美的現象—川流不息的水流，視為道德之美的象徵。

例如子在川上曰：「逝者如斯夫！不舍晝夜！」就是智者孔子在感知外物中體悟出，一種道德美（如人格之美）的感嘆，所以就是以個人的道德感富於這些動態的流水。

然而，這裡所呈現的美，純粹是一種發自道德心的讚美所形成的。一如孔子對傳說中的神話化之後的堯的「道德美」的讚嘆：

> 大哉，堯之為君也！巍巍乎！唯天為大，唯堯則之。蕩蕩乎！民無能名焉。巍巍乎！其有成功也；煥乎，其有文章！（泰伯：19）

孔子說：「堯當君主，偉大崇高，可比於天！他的恩德，無法形容！

他的功勞，千古留芳！他的制度，光輝燦爛！」從此觀察，這位偉大的中國哲學家，對於美的觀察，只限於在道德世界中產生的。但是，屬於康德的目的論中的道德範圍中，定義何謂美？譬如孟子定義美是道德修養的一種充實（Mencius defines beauty as a enrichment of moral cultiv-ation）。在此的「充實之謂美」，是一種在儒家修身養性過程中，可以發現的道德人格上所顯發的氣質之美！是具有目的性的美。然而，康德說的美，是無目的性或合於目的的目的。康德這樣說：

1. 美直接令人喜歡（但只是在反思性的直觀中。而不是像德性那樣在概念中）。

2. 它沒有任何利害而令人喜歡（德性─善）必然與某種興趣（利害）結合著，但不那種先行於有關於用的興趣的判斷，而是那種通過這判斷才被引起的興趣結合著。

3. 想像力的（因而我們能力的感性的）自由在對美的評判中被表現為與知性的的規律性是一致的（在道德判斷中意志的自由被設想為意志按照普遍的理性法則而與相協調。）

4. 美的評判的主觀原則被表現為普遍有效、即對每個人有效的，但不是通過任何普遍概念而看出的（道德的客觀原則也被解釋為普遍的，即對一切主體、同時也對同一主體，同時也對同一主體的一切行動都是普遍的，但卻是通過一個普遍概念看出）。因此，道德判斷不僅能夠確定的構成性原則，而且只有通過把準則建立在這些原則及其普遍之上才有可能。[37]

---

37 渡也：《新詩新探索》，頁223-224。

　　為明白起見，我做成下列簡明的說明，與讀者分享一下，我了解康德是如何分別實踐理性與判斷力的區分。

　　簡單來說，康德在美與道德的客觀原則上，做了一種嚴格的區分：美的評判是主觀對每個人都有效，但不通過普遍，所以沒有準則。可是談論道德時，必須先通過概念的客觀原則，所以康德在《實踐理性批判》中必須建立所謂吾人必須尊敬的道德法則，而且才是有效的。但他說的美的判斷力，是運用想像力的自由活動，反之，道德判斷運用意志自由進行活動。但康德的善，必人與利害分離，如美必須與利害分離。所以是無目的的自由活動。最後，是美，基於令人喜歡（或產生愉悅）中，卻不是通過概念來覺知。

　　因此，康德對我們中國從事藝術活動的人的貢獻是讓我們了解到：除了道德判斷之外，還有一個美的主觀世界存在。但由於後世儒家一直強調美與善必須合一，才是一切的關鍵點。所以一直受上述的道德美（孔子的美學）或孟子的美學（人格發展上的充實）的約束（Because Confucianism has always stressed that good is the key to everything. Therefore,has been subject to the above moral beauty Confucius aesthetics）or Mencius aesthetics（the enrichment of personality development）。可是，這已將美學作為道德的附庸，不是嗎？

　　再看孔子怎麼談《詩經》這本書的真相？

　　　子曰：「小子！何莫學夫詩？詩，可以興，可以觀，可以群，
　　　可以怨。邇之事父，遠之事君。多識於鳥獸草木之名。」（陽
　　　貨：9）

孔子說：「同學們，為什麼不學詩呢？學詩可以激發熱情，可以提高觀察力，可以團結群眾，可以抒發不滿。近可以事奉父母，遠可以事

奉君王；還可以多知道些鳥獸草木的名字。」

所以，我主張，我們在文藝的創作中不但不應該事事聽從孔子的話。特別在美學這一塊園地上，他所抱持的實用主義，似乎只適用於道德人格的建立。反之，我們必須將中國美學獨立出來。現在經過康德的論述之後，至少可以給我的一種不再受限於道德禮教束縛去創作的結論。

又在獨立出來之後，我們才能將人類的真實感情，以想像力去充分發揮出來。這時候，可以不再受道德禮教的束縛；例如我們對於模特兒的繪畫，可以開放一些。但這不是中國美學最終要追求的。事實上，美是源於人類最真實的感情；例如電影的創作，所以會引發許多共鳴與感動，是因為透露許多人類真實的性情。所以我在這裡不是主張反對孔孟的一切為道德的學說，而是希望我們能在其哲學之外，倡導一種獨立於求善之外的真性情的自由中國文人的美學。

例如我最近一位高中時代的同學死了，他是得了一種最嚴重的癌，很快就離開我們了。因此我寫了許多詩，表現我的心中的哀痛，其中一首詩如下：

送別；旅人小記80

原來我們都已來到白茫茫的冬季
這樣的蒼白的雪　紛紛落在心上

出門所見
莫非你已融化成那塊雪
何以
自你走後的天氣中都出現

許多驚嘆號
或感嘆號

呀呀
這樣的天氣
突然落下的不是瑞雪　不是春雨

雨滴依然落滿心田上
今年是傷心的雪
痛苦的豪雨
下在我與你的同窗上呀

知道自你乘上帝派來的馬車
飛奔而去
地上揚起
多少的淚水呀

人生難免一別
宴會終了
就會關門歇業

安息吧
你在那一頭
只是靜臥
或在打鼾

呀呀呀
這一回
莫非是你又在開玩笑

就在人們準備年夜飯之際
就報名給上帝
將你接去天家
那是等了千年才等到的地方
呀呀呀

季鎮東是我們師大附中高97班的數學天才，他在二十七歲就拿到美國著名的伯克萊大學的航太工程的博士。但最近我們都被胰臟癌奪走生命這樣的事嚇到了。我因此也會感嘆人生的無常而哀傷無比。但，我知道他早已信靠主耶穌，所以我最後，以「將你接去天家／那是等了千年才等到的地方」最為此詩結尾的目的，在表現一種道家無執於痛苦的提示。再來就是希望亡魂能夠找到生命的最後歸宿。這是老子與莊子一生追求的理想國或無何之鄉：

惠子謂莊子曰：「吾有大樹，人謂之樗。其大本擁腫而不中繩墨，其小枝卷曲而不中規矩，立之塗，匠者不顧。今子之言，大而無用，眾所同去也。」莊子曰：「子獨不見狸狌乎？卑身而伏，以候敖者；東西跳梁，不避高下；中於機辟，死於罔罟。今夫斄牛，其大若垂天之雲。此能為大矣，而不能執鼠。今子有大樹，患其無用，何不樹之於無何有之鄉，廣莫之野，彷徨乎無為其側，逍遙乎寢臥其下？不夭斤斧，物無害者，無所可用，安所困苦哉！」（逍遙遊篇）

這一段話有很深刻的生命哲學意義，就是說，通常木匠對於中規中矩的樹木是趨之若鶩的。但對於相貌不揚，而且發出惡臭的行道樹樗[38]，根本就看不上眼這是隱喻惠施對於莊子哲學的長相不以為然的。但莊子出來回應：「你不知那些牲畜中整天跳上跳下，不久就掉在人類設下的陷阱中死了」。所以「我這個道的真相就是追求無用之用，反而會好好保存下來」。

長相不揚的木材，或會發出惡臭的行道樹（樗），[39]根本就不會被多看一眼，這是人之常情，而此隱喻是指惠施對於莊子哲學的長相不以為然的。但莊子出來回應：「你不知那些牲畜中整天跳上跳下，不久就掉在人類設下的陷阱中死了」。所以「這段話，背後的意義是——莊子之道就在追求無用之用，因為無用之材才會好好保存下來」。

另外，我認為：主張「無用有大用」的詩人哲學家莊子，所使用的「無用之用」，就是一種美學的另類表現；就是說這是藝術家與文學家，必須無執於外的作品，才能到達他所創造的一個自然（或自然自在）的境界。

另一篇更說：

> 天根遊於殷陽，至蓼水之上，適遭無名人而問焉，曰：「請問為天下。」無名人曰：「去！汝鄙人也，何問之不豫也！予方將與造物者為人，厭則又乘夫莽眇之鳥，以出六極之外，而遊

---

38 《國語大辭典》中單字「樗」注音為ㄕㄨ，拼音為shū，部首為木，15筆畫，意思是植物名。苦木科樗樹屬，落葉喬木。樹皮平滑而有淡白色條紋，幼枝有暗黃、赤褐色細毛，其葉有臭氣。可栽植供作行道樹。（https://dacidian.18dao.net/zici/%E6%A8%972021/2/5瀏覽）

39 《國語大辭典》中單字「樗」注音為ㄕㄨ，拼音為shū，部首為木，15筆畫，意思是植物名。苦木科樗樹屬，落葉喬木。樹皮平滑而有淡白色條紋，幼枝有暗黃、赤褐色細毛，其葉有臭氣。可栽植供作行道樹。（https://dacidian.18dao.net/zici/%E6%A8%972021/2/5瀏覽）

> 無何有之鄉，以處壙垠之野。汝又何帛以治天下感予之心
> 為？」又復問。無名人曰：「汝遊心於淡，合氣於漠，順物自
> 然，而無容私焉，而天下治矣。（應帝王篇）

「汝遊心於淡，合氣於漠，順物自然，而無容私焉」就是呈現出詩人
將世界上一切的功利心徹徹底底的放下，之後，並且以詩人之心將一
切無分別作創作之心，才能來到這種崇高的境界。

　　而此境界，有助於我們了解這種詩人對於外物一如的看法，今以
莊子最難的話來說明這個道理：

> 昔者莊周夢為胡蝶，栩栩然胡蝶也，自喻適志與！不知周也。
> 俄然覺，則蘧蘧然周也。不知周之夢為胡蝶與，胡蝶之夢為周
> 與？周與胡蝶，則必有分矣。此之謂物化。（齊物篇）

「物化」就是美學上萬物一如的詩人表現就是說：通常，儒家看一般
動物如蝴蝶，必須與人類是有重大分別的，而且必須有分（所謂人與
禽獸幾希）。但在詩人莊子的眼中，本無分別的；因為從詩人的眼光
看出去的世界，根本無人、我或人與其他外物的一切分別。所以《莊
子・外篇》作者寫了〈至樂〉，也是根據這樣的道理：

> 種有幾，得水則為繼，得水土之際則為蛙蠙之衣，生於陵屯則
> 為陵舄，陵舄得鬱棲則為烏足，烏足之根為蠐螬，其葉為蝴
> 蝶。胡蝶，胥也化而為蟲，生於灶下，其狀若脫，其名為鴝
> 掇。鴝掇千日為鳥，其名曰乾餘骨。乾餘骨之沫為斯彌，斯彌
> 為食醯。頤輅生乎食醯，黃軦生乎九猷，瞀芮生乎腐蠸。羊奚
> 比乎不筍，久竹生青寧，青寧生程，程生馬，馬生人，人又反

入於機。萬物皆出於機，皆入於機。[40]

所謂「久竹生青寧，青寧生程，程生馬，馬生人，人又反入於機。萬物皆出於機，皆入於機。」並不是一種胡適說的達爾文的進化論，而是為莊子哲學做了上述的補充，這就是指：「外物本為一體」的觀念。

而這樣的觀念，來自於人類古代社會流行的神話的思維方式；神話學家Ernst Cassirer在《語言與神話》中這樣解釋神話與語言的關係：

> Mythology is inevitable, it is natural, it is an inherent necessity of language, if we recognize in language the outward form and manifestation of thought（神話是不可避免的，它是自然的，它是語言的內在必然，如果我們在語言中認識到思想的外在形式和表現）；it is in fact the dark shadow which language throws upon thought, and which can never disappear till language becomes entirely commensurate with thought, which it never will（事實上，語言在思想上投射的暗影，在語言與思想完全相稱之前，它永遠不會消失。）[41]

我們從這段話中的「神話是不可避免的，它是自然的，它是語言的內在必然，如果我們在語言中認識到思想的外在形式和表現」；就是說：神話所表現出的人與神是沒有分別；例如耶穌本是一個活生生的人，但他也具有救世主（神）的形象，所以從神話學的角色去分析的雙重身分是合理的。但這樣解釋或許還不太清楚。所以接下去，他說：

---

40 「萬物皆出於機，皆入於機。」〈寓言篇〉有言：「萬物皆種也，以不同形相禪，始卒若環，莫得其倫，是謂天均。」其中「種」指種子而非種類。

41 Ernst Cassirer, *Language and myth*, Translated By Susanne K. Langer, Harper and Brothers, 1946, p.5.

Mythology, no doubt, breaks out more fiercely during the early periods of the history of human thought, but it never disappears altogether（神話，毫無疑問，在人類思想史的早期爆發得更加激烈，但它從未完全消失。）[42]

我認為，詩人所運用的語言，確實接近神話的語言；就是能夠運用人的幻想能力，去創造一個萬物一體或無分別的理想世界。這樣的世界觀，如同《聖經》的〈創世紀〉中，一切都來自上帝的設計。但以文學家的眼光來說，這無疑是當時的詩人，運用想像力創造出來的。當然，這也就是莊子創造的無何有之鄉的方式了！

　　莊子行於山中，見大木，枝葉盛茂，伐木者止其旁而不取也。問其故。曰：「無所可用。」莊子曰：「此木以不材得終其天年。」夫子出於山，舍於故人之家。故人喜，命豎子殺鴈而烹之。豎子請曰：「其一能鳴，其一不能鳴，請奚殺？」主人曰：「殺不能鳴者。」（山木篇）

　　明日，弟子問於莊子曰：「昨日山中之木，以不材得終其天年；今主人之鴈，以不材死。先生將何處？」莊子笑曰：「周將處夫材與不材之間。材與不材之間，似之而非也，故未免乎累。若夫乘道德而浮游則不然。無譽無訾，一龍一蛇，與時俱化，而無肯專為；一上一下，以和為量，浮游乎萬物之祖；物物而不物於物，則胡可得而累邪！此黃帝、神農之法則也。若夫萬物之情，人倫之傳，則不然。合則離，成則毀，廉則挫，

42　Ernst Cassirer, *Language and myth*, Translated By Susanne K. Langer, p.5.

尊則議，有為則虧，賢則謀，不肖則欺，胡可得而必乎哉？悲
夫！弟子志之，其唯道德之鄉乎！」（《雜篇》）

小夫之知，不離苞苴竿牘，敝精神乎蹇淺，而欲兼濟道物，太
一形虛。若是者，迷惑於宇宙，形累不知太初。彼至人者，歸
精神乎無始，而甘冥乎無何有之鄉。水流乎無形，發泄乎太
清。悲哉乎！汝為知在毫毛，而不知大寧！（列御寇）

「至人者，歸精神乎無始，而甘冥乎無何有之鄉」中「無何有」指向
一種精神的徹底釋放的生命境界。這是說最高境界之人（至人）的境
界，所以是無執著於有始無始的人。但，這種人，必須是修養到無執
於世界是非的無何有，照方東美的說法，將莊子在〈逍遙遊〉章中逍
遙人說成太空人：

北冥有魚，其名為鯤。鯤之大，不知其幾千里也。化而為鳥，
其名為鵬。鵬之背，不知其幾千里也；怒而飛，其翼若垂天之
雲。是鳥也，海運則將徙於南冥。南冥者，天池也。齊諧者，
志怪者也。諧之言曰：「鵬之徙於南冥也，水擊三千里，摶扶
搖而上者九萬里，去以六月息者也。」野馬也，塵埃也，生物
之以息相吹也。天之蒼蒼，其正色邪？

不過，他用科學上的「太空人」來替代莊子的真人──還是不足的，
因為活在自己藝術化的生活境界的得道人，才能完全符合以上莊子大
小變化無常的境界。東方美又這麼說：

這裡的太空，並不是幾何學、物理學上有形的空間，而是像德
國藝術史家 Wolffin 所謂的詩的空間，因為如果是物理的空
間，則在一層層的空間上仍受障礙，而詩的空間則可一直在上

界驕雲駕霧，超升而了無障礙，如此一來，莊子人可到達「寥天一」處，再回頭看世界，以地為天，以天為地，必然說：「天之蒼蒼，其正色邪？其遠而無所至極邪？其視下也亦若是，則已矣。」[43]

在此論述中，方東美可能是的一位能夠察覺——莊子是一位詩人的哲學家；所謂詩人哲學家意指作哲學體系是以「詩化的語言」來建構其哲學。所以我們在解讀它時，不能使用logic的分析，而必須用詩人的想像力去把握其變化無常、大小不分的意境。不僅如此，方東美說：

道家「原天地之美而達萬物之理」，屬於藝術家，拿藝術家的才情不受現實世界束縛，而能超脫解放到自由之境，應較重於詩人的性格。[44]

這樣的論述，的確相當高明；因為他能以詩人的眼，去欣賞莊子哲學。他又說：

所謂詩人，就是以高度幻想才情將過去的經驗投射到未來，而實際上是 reverted past ，反映過去的經驗，由之導引一套幻想，安排生命在時間之流裡。[45]

基於此，我認為詩人的工作，是在不分時空之間所從事的，訴諸於想像力發揮之工作。

---

43 方東美：《原始儒家道家哲學》（臺北：黎明出版公司，1983年），頁42-43。
44 方東美：《原始儒家道家哲學》，頁41。
45 方東美：《原始儒家道家哲學》，頁40。

這也就是我主張的回歸中國美學的源頭——老莊的哲學的重要原因。

(二)海德格的詩學

海德格哲學是影響現代西方哲學甚深的哲學，所以我們今天要了解現代哲學在西方的發展情形，必須注意這種重要的哲學發展。但我在此準備進一步研究他在形上學所開啟的詩學研究，以讓讀者能了解到詩的形成是靠什麼？他在《人，詩意地棲居》中這樣說：

> 詩人的特性就是對現實無睹。詩人們無所作為，而只是幻想而已。他們所做的是耽於想像，僅有想像被製作出來。[46]

我認為，這是對詩有深的研究的哲學家，能夠說出來的話。但我又認為這種分析，也只說對一半。這就好像說畫家都是不重視現實或不食人間煙火的人；因為詩人對於現實的關懷，何況，與一般社會運動家政治運動家一樣，而且猶有過之；譬如臺灣的詩人吳晟，不斷關心臺灣的農村在工業的污染下，漸漸件走入死胡同的現象。當然，多半喜歡風花雪月，是另當別論。所以若說整天將注意力對著花草樹木做出許多幻想，是片面的認知。不但幻想依然必須具有其哲學上的涵義。否則如何成為有病才呻吟的好詩？所以現代好詩的標準，雖然不在是中國傳統對於詩的標準（發乎情、止乎禮教），但情也可以放在家國的關心上；例如宋代詩人陸游的詩：

> 死去元知萬事空，但悲不見九州同。
> 王師北定中原日，家祭無忘告乃翁。（八十五歲臨終〈示兒〉）

---

46 孫周興主編：《海德格選集》（上）（上海：三聯書店，1994年），頁464。

像這樣關心自己國家的詩，的確能夠作為後代對於國仇家恨的反思，所以此詩是一種令人感動、與現實完全接得上的好詩。這首詩，是我在初中時代就讀過的詩，記得讀時，海德格又深深打動我的心靈，至今不絕！

不過，海德格對我的影響，是在寫博士論文期間。他指出，老子的道與道法自然的意義，是指一種屬於詩人展開的語言，這是西方哲學家的知見！換言之，詩人展開的語言，是在脫離人類所創造的語言概念之前，是外物為一體的狀態的語言表現。所以海德格這樣說：

> 為了揣度里爾克是否在何種意義上是一位貧窮時代的詩人，從而也為了洞曉詩人何為，我們試圖找出通往深淵的小徑上的一些標記。[47]

里爾克是德國在二十世紀初的重要詩人，一生作詩無數。今海德格以他的詩為例，就是認為他所做的詩具有哲學的深度，是一位哲學的詩人。[48]再從這段話：「里爾克是否在何種意義上是一位貧窮時代的

---

47 孫周興主編：《海德格選集》（上），頁414。

48 1919-1926：詩人最後的日子；一九一九年六月十一日里爾克從慕尼黑來到了瑞士蘇黎世。表面上看來是應蘇黎士地方邀請前往講學，實際上則是里爾克想逃脫戰後的混亂以及離棄這個耽誤他多年寫作工作的地方，重新開始《杜伊諾哀歌》的創作。然而找尋一個合適的住所是困難的，起先里爾克蘇黎士附近的伊爾舍勒河畔（Irchel），而後在一九二一年里爾克發現了一個叫做慕佐（Muzot）位於瓦萊州謝爾地區的小城堡。隨後在一九二二年五月里爾克的朋友萊茵哈特（Werner Reinhart 1884-1951）將這座城堡為里爾克租下而後買下贈與詩人。一九二二年二月在短短的幾個星期內里爾克靈感迸發，完成了長達十年的《杜伊諾哀歌》的創作，並且在這段時間裡爾克還完成了另一部巨著《致奧爾弗斯的十四行詩》（Sonette an Orpheus）。這兩部作品也是里爾克一生中最重要及富影響力的創作。因為創作耗費大量的精力、體力，一九二三年里爾克不得不在療養院度日。隨後的兩年時間一直在法國和瑞士逗留，直到一九二五年八月。這時的里爾克已經虛弱不堪無法擺病魔的束縛。

詩人,從而也為了洞曉詩人何為,我們試圖找出通往深淵的小徑上的
一些標記。」這段話,讓我曾經必須這樣去詮釋《老子》,就是說:
他一位十足的詩人哲學家。而這樣開展的中國哲學,也引領我從此上
我熱愛的新詩的創作之途。哲學家海德格又這樣形容里爾克的下列詩
也為提出詩論的重要實例:

儘管世界急速變化
如同雲形之飄忽
但完美萬物
歸本於原初

歌聲飄盪於變化之上
更遙遠更自由
還有你序曲歌唱不息
帶著七弦琴的上帝

沒有認清痛苦
也沒有學會愛情

死亡的驅使

里爾克在一九二六年再次身體情況惡化,進入療養院。里爾克終於在一九二六年十
二月二十九日與世長辭。醫生診斷為肝臟功能衰竭及白血病。一九二七年一月里爾
克被埋葬在瓦萊西邊的小鎮菲斯普,在平滑的墓碑上寫著里爾克生前為自己所作的
墓志銘(因里爾克死於白血病,一說是由於玫瑰針刺感染。所以在墓志銘中提到了
謀殺偉大詩人的兇手──玫瑰)https://zh.wikipedia.org/zh-tw/%E8%8E%B1%E7%
BA%B3%C2%B7%E7%8E%9B%E5%88%A9%E4%BA%9A%C2%B7%E9%87%8C%
E5%B0%94%E5%85%8B(2021/2/10瀏覽)

還不曾揭開帷幕

唯有大地上歌聲如風

在頌揚，在歡呼

海德格這樣詮釋這首詩的究竟：

> 我們把里爾克的主要詩作中的一些基本詞語當作標誌。這些基
> 本詞語只有在他們被說出的那一領域的語境中才能得到理解。
> 自尼采完成了西方形上學以來，這個領域獲得了展開。里爾克
> 以他自己的方式，詩意的經驗並承受了那一種由形而上學之完
> 成而形成的存在者之存在之無蔽狀態。[49]

我對於海德格以「語境」一詞，來說明里爾克所創造的詩人境界是表
極賞；因為詩人不是一位說理家，所以我們必須先進入其創造出的詩
人境界中，去體會其美，然後才可以論述自己的感觸。又所謂里爾克
上詩的無蔽狀態，就是指老子所說的，不使用名言概念的狀態；這是
「沒有認清痛苦，也沒有學會愛情」的分別心之前的狀態。所以在老
子哲學所能見的自然中，事實上，就是指向創作者的自由。此自由，
即像莊子一樣可以悠游於魚樂與人之間。所以詩人哲學家老子所開發
的一種自然世界，是莊子來繼承。再者都是，對現實的不滿而發；例
如：陶淵明的桃花源也是如此的表現。所以，我對於海德格的「詩人
何為？」的分析，有同意，也有不同意之處。

---

49 孫周興主編：《海德格選集》（上），頁414。

三 進入詩人世界的方法

最後，我談論本論文最為重要的問題：因為今天我們若想要進入詩人的世界中漫遊，或希望能夠體會其中的樂趣，我的建議是，跟隨詩人的腳步走去！因為詩人可以引導你去了解他的詩的含意的；如詩人楊照這樣介紹難懂的洛夫〈石室之死亡〉：

一

只偶然昂首向鄰居的甬道，我便怔住
在清晨，那人以裸體去背叛死
任一條黑色交流咆哮橫过他的脈管
我便怔住，我以目光掃過那座石壁
上面即鑿成兩道血槽

我的面容展開如一株樹，樹在火中成長
一切靜止，唯眸子在眼瞼後面移動
移向許多人都怕談及的方向
而我確是那株被鋸斷的苦梨
在年輪上，你仍可聽清楚風聲、蟬聲

二

凡是敲門的，銅環仍應以昔日的炫耀
弟兄們俱將來到，俱將共飲我滿額的急躁
他們的飢渴猶如室內一盆素花
當我微微啟開雙眼，便有金屬聲
叮噹自壁間，墜落在客人們的餐盒上

其後就是一個下午的激辯，諸般不潔的顯示
語言只是一堆未曾洗滌的衣裳
遂被傷害，他們如一群尋不到恒久居處的獸
設使樹的側影被陽光所劈開
其高度便予我以面臨日暮時的冷肅

全文本有六十四段，現在我只引用其中的第一、二段來說。起初在我為閱讀楊照的解釋之前，真是覺得不知所云。為此，我有一次難得的機緣與洛夫本人在臺北見面。但我經過其解釋何謂現代詩後，依然不能了解他的詩。但經過楊照的解讀之後，才漸漸進入狀況；楊照這樣說第二段的意涵：

這仍然是金門、軍隊的場景，描述的是部隊裡的弟兄情誼，小小的聚會，被內外的「急躁」雙重包圍著。[50]

原來上引的許多文字堆積的；如「凡是敲門的，銅環仍應以昔日的炫耀／弟兄們俱將來到，將共飲我滿額的急躁／他們的飢渴猶如室內一盆素花／當我微微啟開雙眼，便有金屬聲／叮噹自壁間，墮落在客人們的餐盒上」是描寫軍事弟兄在地道中相聚時，心情總是忐忑不安的情景。

而「其後就是一個下午的激辯，諸般不潔的顯示／語言只是一堆未曾洗滌的衣裳」與之後的「遂被傷害，他們如一群尋不到恆久居處的獸／設使樹的側影被陽光所劈開／其高度便予我以面臨日暮時的冷肅」的含意是：

---

50 楊照：《詩人的黃金存摺》（臺北：印刻出版社，1994年），頁97。

> 弟兄們大聲交換著充滿髒話的語言，語言的不潔，對應帶有濃
> 厚汗臭味的環境，然而詩再度陡然藉「遂被傷害」四字由外轉
> 內，這些是找不到家的人的，找不到家，失去了一切可堪依賴
> 的安全感，使他們進入一種「獸般的人間」。[51]

原來，每位詩人是有他們個人特殊的生活的經驗。而這樣的經驗，也是我們從前年輕時代在軍中服役時的親身經驗。

但我必須說，這又是上一代老兵共同的悲痛；因為他們年輕時代，就離家從軍，所以必須長期忍受離鄉背井之苦。可是，多愁善感的詩人，卻能夠將個人的感悟形諸文字，這是一件十分難得的。

但正因為這樣能夠將自己的強烈的生命感受，形諸於的詩，所以，最後所形成的詩，不僅是能夠充滿真情，而且是一首有血、淚的詩。

這就是洛夫這位詩人，在年輕時代就能夠完成這一首感人肺腑之作的原因。而今，這首詩這樣感人的詩歌，又我們經過詩人楊照的指導讀詩的方法之後，可以讓我們深切體會到——洛夫這一成功之作偉大的原因。所以，詩歌若經過懂詩的詩人來解讀，是我們的福分。

結論

一　回到中國詩做的根源——老子哲學上說

我一直不想使用一種嚴肅的方式，來寫這篇的論文，所以最後必須在此說：寫詩，雖然必須如康德說的：美是一種鑑賞的活動。但，我每讀他的《判斷力批判》時，就不喜歡這樣的老人的嚴肅作風。在

---

51 楊照：《詩人的黃金存摺》，頁97-98。

講述他對美的探索中，又是那樣的喋喋不休而經常會令人感到萬分無奈。所以，我首先要問的是美的事物是這樣的呈現嗎？「美」可以這樣去分析的嗎？中國哲學家老莊的智慧，在美的世界裡走了一生，甚至出來現身說法；就是想將一切所感受出來的美的宇宙，與人生的道理，徹徹底底的表現出來。而在表現時，使用許多「象徵之物」；如比喻道時的母親；例如：這樣寫道：

> 道可道，非常道。名可名，非常名。無名天地之始；有名萬物之母。故常無欲，以觀其妙；常有欲，以觀其徼。此兩者，同出而異名，同謂之玄。玄之又玄，眾妙之門。（1）

「母親」在這一詩句中，是母親的象徵。或許有人會這樣問：為什麼老子不寫出「有名萬物之父」？大哉問！西方人會這樣說：上帝是我們天上的父。但，這代表一種不同於中國道家老子追求的最高境界。而母親，所代表的精神世界，卻是溫柔的、是一種生命的有意義的治療的象徵。（但現在我是以美學的角度去欣賞詩人哲學家所構成的唯美的世界）所以我是從詩的角度，去重新省思老子的無為而無不為的哲學而不用父親作為萬物根源的道理，可以說是，設法以溫柔的心，去化解傳統宰制文化的缺陷。因此這與以宰制文化之間，形成重大的區別。

又因此，我們的中國文化在治療中國社會諸多的問題時，能夠發揮巨大的功能，就是希望運用詩人的語言去進行上述根本問題的解決。

起初，我讀屈原的諸多詩句時，往往會責備他的懦弱與悲憤之無知。但，越讀越多時，會感受到像老子所體會出的一隻母親般的手，正在進行「自我治療」心中的病痛（However, the more you read, the more you will feel a mother-like hand like Laozi's, and you are "self-healing" the pain in your heart）。

　　同理，我們讀屈原這樣的詩的意義何在？就是投入其心靈建構的
世界中，探索其自我治療的方式。這也就是說，許多人以為音樂具有
「自療」的作用；因為音樂會撫慰人的悲傷的心靈。而詩的呈現，事
實上，是與詩同源的。例如音樂的旋律，是以音符來呈現的，詩，則
以優美的語言（格律或韻腳或反反覆覆的哀怨）來表露。所以，在功
用上是一致的。

　　那麼，人不能沒有詩意的生活與其感觸的表現。而感觸，也可以
以散文出現，詩，也只是其中一種。因此我們可以選擇不同的方式，
來紀錄生活上的點點滴滴。

　　當然！詩人是人間能與老莊同步生活的人，因此學詩的創作，必
須先了解老莊的筆法與腳步。

> 絕學無憂，唯之與阿，相去幾何？善之與惡，相去若何？人之
> 所畏，不可不畏。荒兮其未央哉！眾人熙熙，如享太牢，如春
> 登臺。我獨怕兮其未兆；如嬰兒之未孩；儽儽兮若無所歸。眾
> 人皆有餘，而我獨若遺。我愚人之心也哉！沌沌兮，俗人昭昭，
> 我獨若昏。俗人察察，我獨悶悶。澹兮其若海，飂兮若無止，
> 眾人皆有以，而我獨頑似鄙。我獨異於人，而貴食母。（20）

「食母」是什麼意思？西方學者Thomas Cleary翻成：

In that I value seeking food from the mother.[52]

---

52 Thomas Cleary, *The Essential Tao—Initiation into the Heart of Taoism Through the
Authentic TaoTe Ching and the Inner Teachings of Chuang-tzu*, Castle Books, Publishers,
Inc., N.Y. 1998, p.20.

　　但我從此詩的語意去翻成我從如同母親般的道中，吸取養分去自我治療！

　　有物混成，先天地生。寂兮寥兮，獨立不改，周行而不殆，可以為天下母。吾不知其名，字之曰道，強為之名曰大。大曰逝，逝曰遠，遠曰反。故道大，天大，地大，王亦大。域中有四大，而王居其一焉。人法地，地法天，天法道，道法自然。（25）

　　天下有始，以為天下母。既得其母，以知其子，既知其子，復守其母，沒身不殆。塞其兌，閉其門，終身不勤。開其兌，濟其事，終身不救。見小曰明，守柔曰強。用其光，復歸其明，無遺身殃；是為習常。（52）

我認為：這具有哲學意涵（形而上意義）的詩句中，老子教人回返溫柔的人生的故鄉。這故鄉，就是母親的象徵。或許有人會說；這充分反映出老子生活在母系社會中的一種象徵。也就是因為老子發現儒家所建立的文明世界，已經失去先前（文明之前）的安適與自由自在的生活型態（受拘謹的禮教所束縛）。所以他感慨中，寫下這樣的句子：

　　上德不德，是以有德；下德不失德，是以無德。上德無為而無以為；下德為之而有以為。上仁為之而無以為；上義為之而有以為。上禮為之而莫之應，則攘臂而扔之。故失道而後德，失德而後仁，失仁而後義，失義而後禮。夫禮者，忠信之薄，而亂之首。前識者，道之華，而愚之始。是以大丈夫處其厚，不居其薄；處其實，不居其華。故去彼取此。（38）

所謂「處其實」的「實」，在詩人，就是真實感情的展現。反之，一位泛有真實感情的人，往往用了許多假言假語作一些華而不實的客套語，又有何意義？

因此老子的「不居其華」的「華」指虛偽的外表，一點真實都沒有，所以儒家在追求「誠的誠實」，作為宇宙人生的本體之際，老子也指出「虛實」的重要，但此「實」是指回到本真、自然世界之真實。

這也是老子在建立其精神家園中主張：必須去辦理的事，就是去掉如上面講的種種禮教制度。

而詩人的目標，是上述的母親般的上德：「無為而無以為」，所以這是一種有根有據的論述！但，我從詩人老子所建立的精神家園理想國中的回到結繩時代的期待，而感受到詩人眼中的母親般的柔美，這才是他的精神家園。事實上，這樣的世界，是我們失去很久的，所以，現代人在追求豐厚的物質生活之際，同時需要有老莊這樣的哲學作引領，才能去建立詩意的人生！

> 治人事天莫若嗇。夫唯嗇，是謂早服；早服謂之重積德；重積德則無不克；不克則莫知其極；莫知其極，可以有國；有國之母，可以長久；是謂深根固柢，長生久視之道。（59）

「嗇」在古漢語意謂：Thomas Cleary翻為frugality（節儉；儉樸）[53]我翻為：「回歸起始中的無有心機」；因為一切，若帶有後天的功利與是非之心的人，就會「失去人的本真」（Because of everything, if you have the utilitarian and right and wrong heart of the day after, you will

---

53 Thomas Cleary, *The Essential Tao—Initiation into the Heart of Taoism Through the Authentic TaoTe Ching and the Inner Teachings of Chuang-tzu*, Castle Books, Publishers, Inc., N.Y. 1998, p.45.

"lose the truth of man".）。而「有國之母，可以長久」，就是教人使用真性情，去為人處世這是詩人對他體悟出的道之實踐方法。所以，詩人必須有這樣的哲學智慧，才不至於，整天遊走於風花雪月之吟咏中不能自拔。

二 在上述分析之後，論詩人何為？

這已經來到本文最後的，也是最重要的討論主題。

（一）詩人是以去分別心之後，努力去經營出一個唯美的境界

像老子在以「格言詩」去從事創作中，已經頻頻使用類比的方法，去表述其準備構造的境界（Like Laozi in the "maxim poem" to engage in the creation, has frequently used simulation methods to express its ready to construct the realm）。所以，這樣的表述，不是表示他對於理論分析中思考能力的不足，[54] 反之，老子是一位詩人哲學家，所以能以詩人的創作手法，去經營他的道。我統計過，《老子》中，共使用「若」（類比的詞）共有四十四次之多。「兮」文學性的感嘆詞，有二十五次之多。例如：

> 孔德之容，唯道是從。道之為物，唯恍唯惚。忽兮恍兮，其中
> 有象；恍兮忽兮，其中有物。窈兮冥兮，其中有精；其精甚

---

54 陳鼓應就認為：老子使用類比法是表現出思考上的問題，但我認為老子時代的研究是從文學的想像去詮釋心靈的境界或唯美的境界，所以從類比來詮釋是恰如其分；陳鼓應：〈老子哲學系統的形成〉，收入胡道靜主編《十家論老子》（上海：上海人民出版社，2006年），頁375-405。

真，其中有信。自古及今，其名不去，以閱眾甫。吾何以知眾
甫之狀哉？以此。（21）

「道之為物，唯恍唯惚。忽兮恍兮，其中有象；恍兮忽兮，其中
有物。窈兮冥兮，其中有精；其精甚真，其中有信。」就是詩人哲
學家使用想像的方式，去創造的境界；這樣的世界，是不同於人類文字
發明之前的理想世界。也就是上述，海德格說的里爾克的「敞開的詩
人世界」（That's what Heidegger called Rilke's "open world of
poets."）。所以我們從老子哲學中，可以學習到創造中國詩學的實際
方法。老子又這樣寫道：

> 有物混成，先天地生。寂兮寥兮，獨立不改，周行而不殆，可
> 以為天下母。吾不知其名，字之曰道，強為之名曰大。大曰
> 逝，逝曰遠，遠曰反。故道大，天大，地大，王亦大。域中有
> 四大，而王居其一焉。人法地，地法天，天法道，道法自然。
> （25）

有一位學科學的學者這樣說：

> 在這一章中，說明宇宙起源於最初的一個簡單的動作，經過無
> 數次的自我複製，外形才變得非常複雜。體積也跟作縮小。這
> 種現象稱之為「碎形結構」（fractal structure）。[55]

像這樣的「張冠李戴」，已經忽視一種中國古代哲學家的心靈取
向是什麼？一位詩人哲學家的不以現代思維（邏輯推理的思維），竟

---

[55] 宋光宇：《老子心解》（臺北：萬卷樓圖書公司，2015年），頁105。

然可以使用現代科學知識去詮釋，請問：這樣的詮釋有何意義？

所以，我們必須承認上述海德格說的詩人屬於想像力極為豐富的人。所以才會以他經過幻想出的本體說出：「道之為物，唯恍唯惚。忽兮恍兮，其中有象；恍兮忽兮，其中有物。窈兮冥兮，其中有精；其精甚真，其中有信。自古及今，其名不去，以閱眾甫。吾何以知眾甫之狀哉？以此。」的話語，這更表示老子哲學，是使用理性能力之外的想像能力所獲得的。所以我們對於詩人在創作中，不落入抽象思考之中，是必須注意到的。這就是「詩人何為」的第一原則。

（二）詩人對於萬事萬物（包括人類社會一切問題）必須具有同情心

這就是說，詩人不是無病呻吟的做夢人，所謂做夢人，是以高明的想像力，去創作美的生命境界。這樣的境界，往往能夠反映出，許多偉大詩人的生命過程中的不幸遭遇；如蘇東坡，雖然最後被流放到南海島上，好像一切都完蛋了（當年是一個蠻荒之地），但他能利用這個生活十分艱難的環境，以詩歌抒發內心的各種壓力，所以這時候的詩，能夠用更多的真實感情去流露，所以能為我們留下許多動人的千古傳誦的詩篇。

因此一首詩的完成，顯然不是無感觸的心靈抒發，許多人以一張美好的照片，就開始作文。我必須問這是一種詩的練習，還是一種人類心靈中，因為深層的感情表現，還是無有病痛的吟詠？說到此，我認為：是在屈原的表現中所以這樣動人，就在於他能夠以生花妙筆，將自己對於現實政治的無奈，具象表現出來。因此，詩必須有感而發，反之，無感的詩作，是一具行屍走肉而已（Poems must have a sense, on the other way, a poem without feelings, is just a Walking Dead）。

（三）以具象來表現抽象

　　詩是人生創作出，給人一種愉悅感覺的文學作品，這是大思想家康德對於美的體悟。或者說，由無分別知道所構成的語言與其世界，是文字概念的重組與構造是很明顯的；例如大陸詩人余秀華的詩〈河床〉，是這樣寫的：

　　　　水就是那麼落淺了，不在乎還有多少魚與落花
　　　　到河床露出來，秋天也就來到了

　　　　昨天我就到瘦骨嶙峋的奶奶，身上的皮
　　　　能拉很長
　　　　哦，他為我打開了一扇門，把風景一一指給我
　　　　他的體內有沉睡的螺絲，斑駁的木船[56]

　　在第一段中，是給出一種具體的意象，是秋天河床的景色。第二段來到他怎樣發現秋天的河床？是透過年老的奶奶所看到的。其中，她是否以她的體內有沉睡的螺絲、斑駁的木船等具象之物，來表現老到何種程度？

　　是的！老是使用一個抽象的概念去表現詩意，是不容易讓讀者獲得真正的認識自己的意圖的。但我們經過作者提供的「沉睡的螺絲、斑駁的木船等具象之物」，可以想像到他奶奶的老邁程度。

　　再來，她的詩接下去這樣寫道：

　　　　行走路線是忘記了。她說打一個漩
　　　　還是在老地方

56　余秀華：《搖搖晃晃的人間》（臺北：INK印刻文學，2015年），頁30。

這更是用來寫老奶奶的老，已經接近失智的狀態。她又這樣接下去：

> 黃昏的時候，我喜歡一個人去河床上
> 看風裡，一一龜裂的事物
> 或者，一一還原的事物
> 沒有水，我不必想像她的源頭，它開始時候的清，或濁

這次使用的描寫是，一座已經完全乾枯的河床。但她沒有使用「乾枯」這樣的抽象的概念，是她另一次高明。最後，她這樣形容這座河床，更是令人激賞：

> 我喜歡把腳伸進那些裂縫，讓淤泥埋著
> 久久拔不出來
> 彷彿落地生根的樣子[57]

所以，我們究竟如何去進入詩人去所創造的想像又有趣的世界，已成為我們學習了解詩人與其詩的重要功課。我的解答是：每一位作家的詩，就是他們創造出來的具象世界。所以了解其風格，是絕對必要的；因為我們才可能從其具體的人事物中，體會出其背後的意義。

我最後，要問的是：余秀華這首詩背後的哲學意義是什麼？我的體會是，她是借已經乾枯的河床，來形容業已十分老邁的老奶奶。但她這首詩的優美，卻是，首先讓人能夠投入其創造的如詩的圖畫中，想像一個河床乾枯的樣子。然後，才讓我們想到那位老奶奶的狀態。這是我讀詩的方法論。

---

57 余秀華：《搖搖晃晃的人間》，頁31。

（四）技巧之講究

詩之優美是詩人必須要去講究的；一首拙劣的詩，是無法產生人類的共鳴的。這就好像音樂，必須能夠讓人感到進入一個世界去享受人生之美妙。反之，詩之拙，來自詩人無法將人最真實面加以表現。所以這樣的詩，不能感動自己，當然也無法感動人。所以，我們必須在創作詩時，必須時時去觀察已經能夠掌握很有技巧的詩作，是如何表現的？而在這方面，已經有許多詩人出來說明。[58]所以就不再贅述。

（五）詩人的詩，與其他藝術的關係必須是緊密相連的

又，好的詩既然必須能夠創造一種具象，就是與世界溝通的方式，就好像畫家，他必須以外物去呈現自己內在的理想一樣。所以，詩人若能發揮自己的畫畫能力，去創造詩般的圖畫，是另一種超越的詩作。反之，亦然。而音樂呈現的旋律，可以讓詩人跟隨它，通往一座音樂家所創造的世界，則詩人變成一首歌的創造者，而且，是優美具有旋律的詩的創造者（The melody presented by the music can make the poet root with it, lead to the world created by a musician, then the poet becomes the creator of a song, and is the creator of a beautiful poem with melody）；這是詩人必須以音樂來溫暖其創造的原因。[59]

---

58 同註5，頁177；如描寫海倫的美是：「這些老者們看見海倫來到城堡，都低語道：『特洛伊人和希臘人這許多年來都為著這樣一個女人嘗進了苦楚，也無足怪；看起來她是一位不朽的仙子』。」這是一種暗示的技巧寫作方法。

59 二○二一年三月十二日，下午二點半至四點半，我參與陳義芝教授在中研院文哲所的《無盡之歌》發表會，他還邀請歌唱家施璧如小姐唱他所著作的詩；此可見詩與歌是同源的。因此在我們創作詩之時，必須同時聽優美的音樂，以增加詩的節奏與優美之感這就更能感動讀者或引起他們的共鳴。另外，我在會中，請教詩人陳義芝談一下他對於老莊哲學、禪宗哲學與其詩的關係。他肯定受其影響，但他自謙說：「並沒有深入的研究」。而且他似乎認為：研究莊子的學者，並不一定要有莊子的

（六）詩人的養成，一如一切知識分子與藝術家，需要有一個自由發言的沃土

所謂自由發言的沃土，即不受「政治正確」文藝政策的左右。但我們國家過去被兩蔣專制的文藝政策的打壓，曾經發生過「狼來了」的不幸事件，當事人竟然包括我們敬愛的余光中[60]。然而臺灣自從走向民主的時代之後，已經根本改變過去文化受政治干預的怪現象。同樣的，中國大陸的文學家如老舍等人，雖在中共統治之後，努力改變自己自由創作的方式，以配合文化宣傳的方式，卻在文革中，被劃為反動作家，最後，投湖自盡。[61]而天才作家沈從文，以其敏感的反應，從此根本放下寫作，才逃過一死的命運。[62]

至於今天，中共對於文藝的控制，依然是不放鬆的。[63]而且像臺灣著名的詩人，如余光中、鄭愁予的懷鄉詩歌，不斷成為他們對臺統戰的工具，更是當事人所了解的。[64]

凡此，對於文人（尤其是以創作為目標的藝文作家）來說，有必較追求一種能夠以開放心靈為主的老莊哲學，作為生命的支柱。

總之，我根據老莊哲學所嘗試的現代詩，變成每天必須玩耍的遊戲。但選擇這種遊戲的題目，卻不能是任意的，而是無目的的遊戲；

氣質一般。我認為他的話是合理的。又作為一為詩的創作者來說，我認為我的詩還在嘗試的階段，當然是望塵莫及，但作為一位美學的思想家，我希望從實際的創作中，了解詩在美學中，是如何運作時，希望一方面能將老莊哲學充分運用在詩中，另一方面，以我的詩的了解，去建立一種新的美學理論，正是我接下去要從事的重要工作。

60 余光中逝世，大陸紀念刷屏，臺灣爭論「御用之人」：https://www.bbc.com/zhongwen/trad/chinese-news-42440166（2021年6月23日瀏覽）

61 關紀新：《老舍評傳》（臺北：臺灣商務印書館，1999年），頁402-435。

62 張新穎：《沈從文精選》（上海：復旦大學出版社，2010年），頁249-265。

63 余秋雨：《歷史的臉譜》（北京：文化藝術出版社，2007年），頁72。

64 余光中：《粉絲與知音》（臺北：九歌文化出版社，2015年），頁16。

因為詩,可以洗淨人的心靈上的塵埃,培養一個人,會以清靜的心,去尋找心靈故鄉的話,必須是人生過程中各種真情的流露,這就是必須有感而後發。我現在,就是要將我的寫作新詩的經驗,在此與你分享。

第二部分
我們都是過客，也是旅人

TAN

旅人客棧

我總是回想到童年，享受一下母親的溫柔，
總是希望她會宛然輕輕呼喚我的小名：阿權。
但我總是等到一些奇怪的夢想，
所以用詩的形式，來書寫我的心情。

 旅人客棧

花蓮港

多少年了　曾經在你的港邊
張開童年的夢
原來今天　你
還在那裡與藍天白雲一起玩耍

今天
我帶著一堆皺紋上岸
來看看你是否
依舊拍打沿岸
以白色的泡泡
還是有許多被遺忘的瓶瓶罐罐依
然流落在你的身旁呀

多少年了
我一直想向你透露一些心事

曾經我們在烽火連天中
提著一個陳舊的皮箱從你的海上
走來

走入太陽旗遺落的房子中

在燈下
媽媽開始搬動圓圓的煤球
她的咳聲依然在我半夜的夢中
響起呀

多年以來
我是多麼想回去看你的雄壯的太
平洋的波濤中
看看母親留下的經常發出的咳聲
是否還在呀

多年後
我每當在你的屋下留宿
總是會聽到你的怒吼的巨輪走進
你的港灣
卻不見
母親的腳步聲

還有縫衣機的震動
罔論咳嗽

我還記得她
曾經在那間木造中
為我們一一手織那頂多色混雜的
毛線帽

呀！花蓮港呀
如同母親般的
海岸上
冬天已過

春暖花開的時候已到
近日卻頻頻來哦

我好想回到你的跟前
戴上母親為我親手編織的
毛帽以及
夢幻般的少年

享受一下她留下的
還有你留給我的
溫暖與溫柔哦

炮仗花

這樣鮮嫩的膚色如同炮竹般開放
在清清的早晨呀

這等笑容祇有你們有的
集體的快樂
如同一群孩子般
開放在一條綠絲帶的流水之旁呀

每天我都想去看你們集合在路旁
的模樣

每位想別人來看看今天你們的模
樣
看看你們那一位的樣子
可以獲得這一季的冠軍嗎

是的　昨日我又回到你們的身旁
好想
採下一朵呀

莫非心中
像觸動了良知
再也不敢輕易帶你們其中的一位

回家

公園說
就讓他們自由自在吧
自由在一個可以讓大家一起來欣
賞的花
比個人獨享的
更加美麗呀

可惜呀
今天我在夜裡
在一陣狂風暴雨之後的夜晚
我再想來看你們像中了億萬樂透
high翻天的模樣
竟然集體失縱了嗎

再看看地上的你們
已經變成一堆地上的橘色爆竹
已經集體
變成一堆垃圾了嗎

多麼可愛的臉蛋
多麼燦爛的笑容

如今都已變成明天的黃花呀

莫擔心莫失意於這每個春天才開
放的凋零

明年春天我們會再度光臨
再以集合的姿態

來

不要傷心不要為我們落淚如林黛
玉去葬花

我們會再度光臨
在春暖花開的季節

吃喝拉撒之外

每天我都是這樣過的
除吃喝拉撒之外
就是安妥手中的遊戲
就是玩弄那架現代科技呀

首先
看看每天各項訊息
包括有無飛機來打擾午睡
不然
取暖於如同暖爐的群組

我心呀好寂寞
過得好清閒好快樂呀

沉醉於起起落落的大風大浪之後
你說
我的寂寞為何不用一杯接一杯的
下午茶填滿
為何不可以天天Buffet
但不可以將歲月當流水來使用呀

千萬別用政治來質問
千千萬萬跟我談論
我的心已淨空入定呀

今天卻聽說你已再度復學上課
真讓人心驚
讓我沉醉放從前
戀愛在書中放歌的日子呀

告訴我
你那洶湧如巨流的水
在這白髮蒼蒼的時刻
從何流出
究竟從
何
處
流
出
成為這樣巨大的
瀑布呀

脫困記

你說　　　　　　　　　　　我已經走過千次呀
這樣的穿越
有何不同　　　　　　　　　為何經歷不會養成克服
看不到的盡頭的沙地　　　　一切困難
還有緩慢的流水　　　　　　不會讓你長大成人
陪伴我過去
　　　　　　　　　　　　　你是高山的駝人
不同的是這一回　　　　　　天天練習背了一身的壓力
我被夜晚的月光困住　　　　必須沿著
　　　　　　　　　　　　　危機重重如山棧道上
我再也聽不到阿拉伯勞倫斯的救　　寸步難行
援
再也看不到明天的希望　　　看你如今難過的滑稽模樣
　　　　　　　　　　　　　樣子像一天吃八餐的肥胖呀
你活該
一切都是自找　　　　　　　別別別這樣用嘲笑當好笑
為何走路不專心　　　　　　看我如何在這麼多眼睛從四面八
　　　　　　　　　　　　　方期待中
起伏不定的心情　　　　　　一動也動
在馬路上還想心事了嗎
　　　　　　　　　　　　　你們再這樣當笑話來品頭論足
我的腳已突然舉步困難呀　　我就天天看日落
這樣的狹窄

看看你們能夠再這樣無理取鬧嗎

放鬆一下你的心情吧
停止你的抱怨吧
你將會如一隻飛燕
騰空而起

這一回會如一條滿意於流水的巨

輪出發
如果你不再左顧右盼不再猶豫不
決
不再東張西望沙漠中的鈴鐺
你會如流水般
流出一隊載滿貨櫃的巨輪
向閃亮緩緩走去

傷心的列車

這一攤你竟然在這樣美麗的海
洋邊
睡了永遠

難道這就是命運
為何滿載快活的回鄉客
竟然無緣無故還是有緣故
遇此浩劫呀

到底是誰幹的
這傷痛與突然停止呼吸
以一百二十馬力的前進速度
突然停止呼吸

是心臟病發作
還是你突然想看看海洋的美麗

美麗的太平洋呀

從此有多少人
失去家庭呀
多少亡魂失去回家的路呀

你知道嗎
滿載的旅人
滿滿的希望
想回家看看祖先的夢
從此都化為一個個泡沫

如同這片藍天白雲青山綠水邊的
沙灘泡沫呀

呀！多少人的希望多少人回鄉
的路
都已經變成一條條的黃泉路
你知道嗎
（普悠瑪號在臺東失事有感）

橄欖樹

誰叫我們是這樣青春美麗的
樹木

自從被人類
發現
長大之後
身上就長滿香氣十足
滑嫩香甜
入口還
留下餘香的果實呀

如果有一天
那香氣的果子
放進機器中
榨成香香的油
你們再也不想別的戀愛

不會想與茶樹過去的戀情
不會去油麻地拿那瓶麻油配雞湯
了呀

你們的醫師說
我們是健康

是美食
如果天天讓我們陪伴你們的飲食
陪伴你去上館子

我會不停提醒
用我生出的油
作為佐料
保證可以吃到百二

人卻說
你們祇想到自己的功用
祇想到怎麼討人的歡心快樂

人類
曾經想過
怎樣善待
你們呀

在風雨來襲
在年老力衰
在你已經不能下蛋生出
滑如清清的水之後

你們將會被整理成一塊平臺
人將會將你摧毀殆盡呀

野柳重遊記

久違
早聽說早已西裝革履般
神情嚴肅般
站在原地
歡迎
遠近的旅人

無論來自舊時朋友
還是新歡
一律歡迎

此回你多了門票
難怪你已成為
富豪

記憶中的你
一副貧窮落後
一副彷彿不曾刷牙洗臉的野孩
子般

天天任海風吹襲
任海水
在此遊歷

你已經歷千萬年
猶如少女般重現在今天
難怪已被裝潢成一座海上新的長
城

多年了
已經有一甲子之久了
我曾經多次
在你的心中
建築少年的夢

曾經在你美如夢的西施頭的四方
來回流連

但再也不如
這一回的
熱情
將妳美妙在海邊舞蹈的倩影
一筆筆畫下呀

妳知道
妳是我的熱戀
我是妳的熱情

今天是春天的陽光　　　　　吹起午後的陽光般的春天
讓我來親吻妳

用新的熱門　　　　　　　　讓我們再這樣定情
的一支支的　　　　　　　　在雄壯威武的山之顛
毛筆的筆尖　　　　　　　　或在水之湄
來　　　　　　　　　　　　立下此生的誓言呀

請再等等，停止浪費

你們渴了嗎
還不停吐口水　　　　　　　我知道
還不停止吵架　　　　　　　你們使用的不如
　　　　　　　　　　　　　流掉的

天公不會因此停止懲罰你們這樣　從水管
日日夜夜彼此爭議　　　　　從水龍頭
這是誰的責任的　　　　　　從任意將他放走

呀　　　　　　　　　　　　呀
我有的是甘甜的水　　　　　看看你們年終
有的是從天而降的狂歡的　　如何刷洗窗戶
暴雨　　　　　　　　　　　如何洗車
　　　　　　　　　　　　　永遠是讓他自由流走

呀
聽過嘩啦嘩啦的雨水嗎　　　呀
聽過綿密的雨滴　　　　　　這一回我要供五停二
如情人的眼淚　　　　　　　停車的時候
曾經落在水庫裡嗎　　　　　請你知道
　　　　　　　　　　　　　這是從天而降
你們卻嫌太便宜　　　　　　如對小學生的罰站
任意浪費如鈔票般
日日夜夜　　　　　　　　　看你們知過能改
讓他流失　　　　　　　　　我才降下颱風的狂熱之舞

等你們停止浪費　　　　　　多少資源
才會跟你　　　　　　　　　呀
商量給　　　　　　　　　　（颱風已經不再如往常一般來，
你們的水庫　　　　　　　　可苦了我們了）

熱情如火的港灣，永安漁港上

不知你今天何以能變得這樣的熱
情的女郎

多少從遠方的食客
一車車的遊覽從遙遠的地方
來追尋港漁的魚鮮還是魚腥

妳今天彷彿是最時髦的明星
竟然能夠吸引遠近的人群
來此曬太陽

陽光也驚奇
這樣的海灘
這樣的波浪
還有歸帆
何處沒有

何必洶湧如潮水般
在人群中湧進湧出

不甘寂寞的車輛一樣在人群中
聚會

一樣喜歡談天說地

談論今年的疫情何時了
疫苗究竟何時
才能打到

已經快發瘋了
原來今天的人潮
已如海上的波動
想吸收一點放鬆的空氣呀

看
港灣的大大小小的歸來的漁舟
都睡了
在你們的心沸騰
之時

請小聲點
別吵醒這些
辛苦歸來
帶著你們桌上魚蝦的漁貨的歸帆
呀

重遊舊地，懷念古舜仁老師

你曾經說
這是我與當年的女友相會之地

這是我與她定情的沃野千里
今天我們
重返舊有的
宮廷般的廟宇

何以再也回不到過去
再也聽不到你的聲音
再也看不到您的神彩奕奕

再也聽不到你最愛唱的日本軍歌
當然再也找不到我們的友誼

當年的一通電話
從此成為知遇
從此無話不談

你總是如同酷熱的太陽下的駱駝
一生總是走在

辛勞的汗水中
總是像一頭老牛般
養家活口

終於可以過一天平靜的生活
終於可以享受
無憂

卻如此匆匆告別
從此天人永隔

你或者已在天上
經常會獨自一人
重遊此我們曾經相會之地
曾經與她約會的廟宇

但是
如今的千里沃野一如往昔
何以再看不到你的出現
再也沒有你的相知相會了呢

如果有緣，請再來相會

這是一生一世
享有不完的
榮華富貴

唯獨在此山中的清幽
庭院寬鬆
樹林蒼松
夜來鳥倦　　　　　　　　　不再有車聲人影
全閉上眼睛
去夢遊　　　　　　　　　　唯我獨享此山區獨坐燈下
　　　　　　　　　　　　　回憶當年附中情景

唯有蟲蟲
獨立特行　　　　　　　　　如今
舉行月光晚會　　　　　　　已逐漸老去凋零
演奏提琴　　　　　　　　　如山區老朽樹林
遠近交聞
　　　　　　　　　　　　　願望明年今日
沒有月光的午夜　　　　　　再度光臨
燈光從沿途的桿上　　　　　此美好食品聚會
大放光芒　　　　　　　　　願望永遠相會
　　　　　　　　　　　　　在萬籟俱寂
夜真是深了　　　　　　　　如同剛才沐浴完成之處
夜晚真是沉默　　　　　　　如果有緣

此刻

在這樣重要的時段中
我已經開始雕刻人生

誰說我還在床上徘徊流連
是否記得
我曾經為你的眼神所迷之後
每晚
必須到夢中
頻頻摸索

經常
它如同一片漆黑
彷彿四面都是牆

你說　那是你心中沒有灌溉的水
那是在貧窮的土壤上
耕作呀

你需要呼吸外來的空氣才有一些
空氣

你可齋
你還需要許多古代的詩人來唱歌

你才知道
怎樣造作

這些在串聯在心中
突然的閃電

在你心中有許多雷達
經常會接收它

收入越多
越過黑暗之後
你會不捨得它
不停來回在同一條馬路上

徘徊或思前想後
才寫下
今夜的風景

一如當初
你與它立下的誓言
要誓死
守護這一條愛情的道路呀

綠世界

天空何以這樣清明
世界改變了嗎
這樣多的大人小孩都變得
開心

在此排隊戴上口罩
品味這一天的清淨

等待這一天的到來
已過了一個寒流

這個世界的確
已變化
今天已邁開腳步

投入綠色的
草地

就在你不注意時
鸚鵡的歌聲
已經告訴你
這是你的悠遊

在你忘了你是誰之際
一隻來自遙遠的地方的
草泥馬

已伸長脖子走出牢籠般的房子

在人群中
敘述
我是來自
來自遙遠的國度

我是坐豪華列車來的
不是你的經濟
不是坐貨櫃
不是吃一般的機上咅嗇

請你
天天這樣疼愛我
一如過去
一樣過山間的悠閒

在日落之前
你們可以去看看我的女朋友
叫做鵜鶘

她已吃得過度
變成一隻肥胖的大象

但是她是會說故事的
而且天天抱怨

你們的手機　　　　　　不屬於這個島嶼的
何以不放過我的害羞　　珍奇

我們都患有鄉愁　　　　你的眼光
你們的食物好難吃　　　快移
　　　　　　　　　　　不要這樣將我
我好想我的家鄉　　　　聚集成
我的父母　　　　　　　一團
以及屬於我的山區　　　綿羊

我不要這樣的眼光　　　我的名字叫做
天天來看我　　　　　　羊駝
我是一隻　　　　　　　不是
來自遠方　　　　　　　駝背的羊

楊梅故事館

誰說這是一個故事而已呀
讓我來告訴你
一個真實

一如每一片鄉村都會有它的真

如今都用故事的館來呈現
這個不是飯店
不是戲院
當然不是電動

在人們恢復記憶從前的發生
從前會從遠遠
走出

在此館中
你必須靜坐
必須靜靜地回想
當年

讓我們回到那每天流汗的過去
緬懷他
天天拿起鐮刀上山去開路的從前

他是怎樣披星戴月怎樣天亮之前
就上山
祇有一天的口糧

一張張全已發黃甚至殘廢的陳舊
依然會說話
依舊在此做見證
在眾人的面前

如今一切已成過往已成失去的
歲月

我們卻從那裡
學習到
如何種花種樹的方法

你可了解這是你的祖先的從前
一刀一刀
打開的
以往

一如那棵老去的白楊

在皮膚老化
紛紛飄落之際
依舊堅守結實的身體
一如這幢老屋
在繁華落盡之後
依然
在此開花無數

還給孩子一個彩虹的人生

或者你還是需要如同你一樣的
現在
不如放手
讓他自由飛翔
如天空上的老鷹或小鳥

當你放不下心
他已能自由自在
敘述自己的未來

你依舊在放一面風箏的心情
要她收心
在你的牽引

他會自由飛翔於藍天白雲

你的叮嚀
徒增煩惱如烏雲如夏天的雷雨

冬天的寒風

風從那來
命定將命轉換成烏雲

放他去吧
孩子的沉重如每天的書包與考不
完寫不盡的
作業

放她去吧
讓他在高山涉水間
學習

讓他離開保護
走向自己
在沒有巨傘之下
找到自己

登陸火星那一刻

（這是福原愛自己說的話，她自述：自從嫁入江家之後，遭到冷嘲熱諷，如同吃下她討厭的烏骨雞湯。）

你會以登上火星的心情
活在那一刻的興奮

整個城市都在八卦
都在擔心

他是怎麼擄獲妳的心
他曾經說
你是冷冷的玫瑰
是一位愛哭鬼
從小

這樣天天在玩親親的金童玉女
怎麼樣了

你們可憐的兩個孩子
會有怎樣的孤單
怎樣的抱怨

愛這種幸福
原本妳是天生的好料
尤其在乒乓
在溫柔的愛

抱歉！
這是烏骨雞湯頭的迷惑
是愛情的遊戲

何以會變成狗仔的好題材
他們遠遠跟你們
從日落的海邊
到口罩的城市

或者明年今天
我還會有另一機會
掉落在另一個星球上
玩一種同樣的遊戲

世紀婚姻觀

當愛情像一根繩索般
我寧願自己去走鋼索
你知道嗎

在我倆的婚姻
已經不愛幸福
一如當初的熱戀

祇是一場沒有準備好的遊戲
我最愛
原原本本是你的眼神與你的英俊
與高大與傻瓜般的微笑

你知道的
我已經回收這樣的愛與情
獻給另一個更大的高大
與更英俊的傻笑

你知道嗎
我玩膩了
天天必須親親又親親的愛情
跟你一個已經不愛的

我要繼續追尋
天空上
另一個發光的微雲

請你保重
請你不要半夜流淚
或獨守空閨

誰叫你　曾經冷言冷語
誰叫你　有一個　比妖怪還怪的
家庭

我告訴你
愛情可以像火焰般燃燒
也可以如今的冷面殺手

讓我們就此分手吧
它原本如薄弱的衛生紙
用畢了
自然有人來回收

今夜
請不要來敲門

門把已經被你敲壞了　　　　不要像沒愛的孩子
　　　　　　　　　　　　你明天還要上學

在謝幕的時候　　　　　　領一張
請擦乾你的眼淚　　　　　碩士學位

TAN 2021.5.31

人生不過如此嗎？

你說
人生不過如此短短　　　　　　呀
我說　　　　　　　　　　　　朋友！
紙雖短　　　　　　　　　　　辛苦了！
情卻長如江水　　　　　　　　你曾經是
漫漫　　　　　　　　　　　　那位令人稱羨的天之驕子呀
如玉在半夜
還會發光　　　　　　　　　　人生的經歷
　　　　　　　　　　　　　　原來是這樣的

最後一里路長　　　　　　　　辛勞
讓他痛不欲生　　　　　　　　原來在一切順利之後
讓他欲一腳就踏進天堂呀　　　有那麼多困難如海陸的最後戰鬥
　　　　　　　　　　　　　　才剛開始

這最後的考驗
如參加海陸的體試　　　　　　辛苦了！朋友
全身已無一處不是令人傷心的呀　你已結束
　　　　　　　　　　　　　　任務已完成
呀　　　　　　　　　　　　　在你的兒孫
這樣的人生　　　　　　　　　在你踏上最後的行程中
不如快速到終點　　　　　　　來到你的跟前
不如買票
乘坐高鐵　　　　　　　　　　回頭
直達最後　　　　　　　　　　思念這一生的精彩

這一生的值得　　　　　　　是眷念之地

可以放心　　　　　　　　　你可以安息在祂的懷中
去吧　　　　　　　　　　　安心去吧
天堂是你最後的夢想
天空之下的土地　　　　　　（獻給故友季鎮東兄）
不再

請這樣傾聽三月三的歌唱

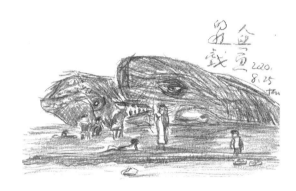

請這樣聽我來敲門　　　　千朵的玫瑰盛開的春
一律改為午餐之後　　　　如波濤如浪花
或者　　　　　　　　　　開在三月天中
等吃飽睡足
後　　　　　　　　　　　請你來享受
一切都安排妥當之後　　　帶著孩子情人或老婆
才開門見客
　　　　　　　　　　　　天空已經準備許多晚餐
冬天寒冷的被窩　　　　　從此你不再擔心走在路上
要加熱　　　　　　　　　是否必須戴上口罩
一如春天的花　　　　　　必須
要人來欣賞　　　　　　　接受溫槍的指示

春風來了　　　　　　　　不必這不必那
春天的腳步　　　　　　　可要珍貴這當初的擁有
已在走秀

它是惹不得的

它不是好東西
經常會在各地
點火

劍拔弩張時
會橫行霸道
據說它走路的姿態像蟹般

無論天上地下
無論潛水飛行
樣樣行
就是不想讓你
安心吃飯睡覺

因為有了它
人們可能拼命為它
賣命也為了它

有時三餐變二餐
二餐變成一餐
甚至餐餐飢餓
等待救濟

命在它的掌控時
如同游絲般
苟活

不能再這樣苟同不能再沉默
不能祇知沉重如石

快點放棄彼此手上的武器
趕緊放下心中的貪欲

戰神一旦生氣
一個都跑不了
無論你躲在地下
空中還是海上
還是海外

都會變成火球
在熱的時候
化成
一堆灰燼
或變成爐竈中的
煙霧

老牛終於有了一座花園

老牛呀
這麼辛苦幹什麼
幹到老
依舊白晝黑夜不分
禮拜天還上工

老牛終於被上級批准
有了一座花木盛行的花房呀
在裡面享受

一生是勞動
一輩子沒空上館子
勞碌命呀
路人道

天公也從來不出來主持正義這樣
過的
終生祇為兒女為老伴為三餐
祇得低溫與略飽呀

但他從來不怨恨天不怨人小氣
不談辛苦不提當下的風吹雨打

默默是工作的姿態
耕耘是天天的動作

否則明天的收成
將化成泡沫

他祇怨現代化
搶走他的腳下的田地用機械
他依然喜歡老牛拖車
在日落中緩緩走路

呀
今天他
終於有了一個心花怒放的公園

兒孫已滿堂
阿公阿公
你在那裡

我在花叢裡
我在日落
在晚霞的餘光中
享受到
最後呀

紫色的煩惱

我們的煩惱已夠多了
今晨
你卻輕易地來擾動早晨天空

往常
我都有一個夢想在春天的腳步
來報到時

台北的天空是
天藍
地上的芳草是碧綠
河水永遠像一條綠水

它的眼睛更如碧潭
何以今晨
你變心了

變化成灰濛濛的臉
如同頑童的臉

玩沙塵了
你看
一張大花臉

像沒人愛的孩子
走在大街上
丟盡父母的臉的孩子呀

回家吧
地標的101
已經被它吞噬
馬路已經被它淹沒在灰塵中

回家吧
用清淨機來清洗室內
讓乾燥機來負責曬乾今天的衣物

如果你還不滿意
請啟動那隻機器狗
剛發明的機器
會自動測量
紫色的沙塵密度

會自己走路
大江南北自動遊行
在你正在煩躁
這樣的空氣

這樣的環境
怎樣生活到老之際

那隻人工智慧
卻傳來他的煩惱
我已被煙塵淹沒
找不到回家的路呀！呀！
呀？

2021.2.5 TAN

春天怎麼了？

你說呢
今年她的腳步輕盈如蜻蜓
經常點水般
在碧潭中遊戲
到半夜

好像全忘了人家的死活呀
怎麼
這樣不來乾脆地
帶著春天的禮物來

她必然已忘了調整氣溫
不高興時
會帶著寒冷來在清清的早晨
會帶著暑熱來在中午

中午如同赤道的溫度呀
傍晚卻恢復寒流來襲

南方已在哭泣
在停水
七天必須停止喝水

水龍頭也停止上班
工程已延宕

下班之後
一車車的水必須救援從北方

吃緊呀
河床久久才有一餐如點心的進帳

它已經準備好如何停止呼吸的
方法

北方呀
春天妳是怎麼了
神經錯亂了嗎

春天說
我忙呀
忙著準備開花
忙於作春耕的準備
忙忙忙著節衣縮食給你們南方

且送上今年乾旱的季
一車車的南來北往
的雨水與
一面面巨傘呀
在日落的季節裡

歸來的時刻，你全變了

我終於回來
從遙遠的地方
一心一意
想看看你長大後英俊挺拔的容顏

看看依然安寧純樸的農田
在落日的光芒裡
輝映
你美麗的面頰

原來土地上那隻黑犬業已長大
而且生了許多
小犬

小犬也已經成功長大
變成一隻隻
英俊發光的保全

在落日時分
我輕輕過入你的心田
以輕快的腳步
想再觀察你昔日的容顏

你卻哭喪了臉
說
這地區的農田也哭了

在落日的時候
不再有輕快腳步的炊煙
從磚瓦屋頂冒出

不再有勤奮的農民在此下田

原來農業已凋零
原來工廠的煙霧已經占領我們的
天空
改變我們得溫度
已經讓昔日的美麗的落日
那張乾淨的臉
烏漆巴黑

你全變化了嗎
你變心了嗎
移情別戀了嗎

不是不是

是工廠他們偷走我們的心
搶走我們的園田

搶走我們的年輕人之外
搶走一切往日的悠閒

你若傷心

就不要再回來
等我們已蓋起更大的工廠
發了大財之後
才回家
看看兒時的景象
究竟如何面目全非

人類的大未來

無論你如何能幹
總不會生出三頭六臂吧

除非用機械手臂
去接近危險
天上地下耀武揚威改寫歷史
不如靠自己的實力
去耕耘一塊田園

或者這是人類如追夢般的宿命
在誕生之日
就想到必須及早結束
及時去發明
許多自殘的
飛行器或大砲

從來不去回憶
父親是怎麼死在遙遠的沙場上

為何不準備告老返歸在沙發上斷
氣
為何必須飛機紛紛掉落如雨般落
入海裡

為何你祇有自己的夢想祇為偉大
祇是一時的
想像為復興

還是一樣的姿態一樣的方式
為了私欲的想像
還是希望
無窮的願望

願意人類沒有未來在烽火中沉默在深如大海溝中的大黑夜中

十八尖山風景四題

一　隱藏在都市中的呼吸器

處處山巖處處防空的洞穴
一條條的石階
辛苦地爬上高峯

一鋤鋤的辛勞到日落
依然鋤不盡是雜草叢生

野火更燒烤不完它的面孔呀
明年春天必然又長出
許多鬍鬚
垂直掛如少女的清湯掛麵

二　人的福氣

流汗的人有福了
享受的
不止於山友
不止於旅人從遙遠的地方來
在此享受春天的歡喜
夏季的清爽
秋天的竹風
冬季的寒流

三　求偶聲不斷

春天已來了以輕快的腳步
在此漫遊
松鼠分外高興
這樣萬物奔放的時刻
從樹幹上奔波不斷
莫非有了朋友

不知名的鳥叫在樹木間
在開party
還是準備新人的婚禮

四　新人入列

汗水滴下
記憶已回到從前的座椅

將他帶著許多歡喜的春天
二度梅花曾經在此盛大開花

嫁給我吧
都快二十年的時光了

今天他已　　　　　深度地回應
牽著她的手　　　　這多情的山林
走向森林的深處　　多情的祝福呀

月亮

再沒有什麼比她更溫柔的眼睛
比她更明亮在黑夜裡會放光

我仰望天空
她總是深情地與我對望呀

這樣的月色
經常會入夢中呀
像母親般
眷顧我心

她是伴我每天半夜起床
在燈下
吟唱的好伴呀

昨夜
又來到跟前
模樣真是可愛
我情不自禁地
將她放在
手中把玩呀

她總是平靜地

照得大地上的一切生命與無生命
天天安祥地睡去

有一天她起床後
來到這個不知安靜的世界說道

這樣下去怎麼得了哦
怎麼一直想你爭我奪
更多的土地
更多的財富
更多的名利地位以及權力

人活著有幾個寒暑呀
轉眼間
全不見了
不見了

唯我那個明媚動人如同香蕉般的
身段
依舊發亮
才能看到未來
如果你們還想有未來哦

獨唱

多麼寂寞多麼惹人厭的聲音呀
從半夜唱到清晨

獨自一人走上清清的早晨
自己布置舞台

聽聽鳥鳴
聽聽昨夜是否平靜
在大地還未完全甦醒之際
我獨自醒來
觀察世人是否鬥嘴或鬧意見

天空原來已經悄悄地開幕了
每個這樣的清平無奇的早上
我都是這樣道一聲早安

今晨不再平靜如昔
水庫已經開始渴了
水已在半夜以輕易的腳步退縮成
一條小徑似
的池塘

現場祇剩下祇足夠一個籃球場大

的水塘

祇有一些在此覓食的白色鷺鷥
在此遊玩

你還不擔心明天的廚房
還不擔憂水喉嚨已經告急

每天流出的
比賽趕過使用的
每天如廢物一樣拋棄的
成為地上的泡沫呀

清晨
已經叫醒我
及早備水
及早關緊水喉

清晨
在人們尚未起床
尚未梳洗
尚未如我
獨自架設一個舞臺
便高聲像一隻烏鴉般呼籲

他們已經成群結隊回家睡覺

地上
存糧已經足夠

原來連一隻螞蟻都沒有呀
一年了呀

原來

太陽

他是已經長了無數紅鬍鬚的老人
呀
每天工作二十四小時的勤勞

從來沒有一天喊累呀
每天都上工
在高熱中

在人們吃飯睡覺跟愛人甜甜蜜蜜
之際
他獨立工作
包下整個宇宙的工程

等天亮了之後
他依然想照亮大地
大地原來已經被烏雲欺負

他總是出來主持正義
使用千千萬萬的火熱
讓比基尼享受在沙灘上
讓你我流汗在奔跑的路上

他有多少兄弟姊妹

無法計量的宇宙洪荒
或者在我們地球
出生之前
他就已經先一步

來佈置一個
舒適的環境呀

他是冬天的溫度如同暖爐般
生活在這樣的無邊中

浩瀚呀
珍惜！
他在筆記上寫下這種警句

你會從媽媽的肚皮一腳跨出
必定會回去

在天使的引導下
會回家以靈魂的姿態
在天家享受
從此幸福無法比方
也無法擋住

人家已活過千萬年
之後還會燃燒唱歌嗎

他似乎永遠不覺得累
送走了阿公阿嬤之後
才說
我還有四十五億萬年可活

你百歲人瑞根本不稀奇呀
兄弟姊妹一般的星座在浩大無比
的空間與時間中

微塵般的生命
不過一剎那
不過一眨眼之間

唯有他
從來不擔心
沒有火可以燒

從來也不靠別人
祇靠自己的熱情
繼續燃燒自己吧

TAN 旅人小品

我是多麼想念你，
歷史中曾經留下許多令人感動的詩句。
其中，就有你留下的，它們是歷史的長廊，
經過有人走過，又離開了，
但他們會說：「會永遠記得你！」

旅人小品

歷史長廊

我在這邊你在那邊娓娓道來曾經
踏出的痕跡

1

永遠不能忘記的是
你那在關口上
從心底升起的
一句句令人心驚的警語

依然在長廊上
來回走動
不曾停下腳步

2

在夢中裡
我依然想到你走路的姿態說話結
結巴巴
又是那麼清晰

3

被記錄的
彷彿雖是一滴滴的雨水

都會在馬路上出現
變成一種深度的記憶

4

人們會反反覆覆討論你的過去

在你的墓草已長大之後
我們依然會在樹蔭下談天說地

5

你何以是那一隻在空中飛翔的老
鷹
何以是那位走鋼索的蜘蛛

6
忘了你自己
是嗎
吃了熊心豹子膽是嗎
玩瘋了
是嗎

7
媽媽早就喊話快回家
兄弟姊妹早就在日落時分
喊你回來喝雞湯

8
你依舊在風雨之夜
乘天黑

縱身一跳入深谷裡

9
歷史的長廊上
已被你激起的浪花淹沒

10
歷史是不會說話的巨人
在你的驕傲與勇氣都耗盡

你會睡在長廊上
拉了一條長長的影子

我們就是這樣去將記憶變成一段
段的回憶

車過內壢火車站

再平淡無奇的車站我們經常這樣
下車

1
我總是抓不到你的目光
你就這樣走了

2
自你走後的世界
顯然變得陌生如路人
但你的列車已從含煙灰到電器化
到普悠瑪
在此急速駛來又飛快通過

3
大地依舊會颱風下雨依然會炎熱
如今的深度

我依舊經常經過你的身旁
經常回首
以深情遠望
你的容貌你的風采
以及你準備的改頭換面

4
就讓這一切如你所願
就讓今夏的熱力變成明年深秋變
成愛
灌溉這片土壤

5
當年的你的樸實平常乾淨以及煩
躁已不再
一如你不再是從前從前的你

6
整座車站已經架設天橋
橋身彎彎如蚯蚓般在天空上流動
彎如流動的月光在人間行走

7
如今
我已走過千山萬心走過長江黃河
走過阿里山泰山

終於回家

回到你已升格為有升降梯的地方

8
你不必抱怨母親的老邁不要以您
的量尺去測量他的高度

9
請你用當初生你的母親的愛
留下人間最後的紀念

依然用遠方遊子的心情
貢獻你的熱情

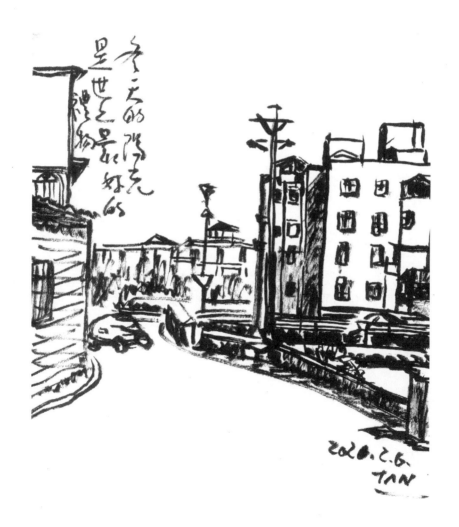

疫情之後，世界在變

自武漢免費贈送的世界大禮之後
你已破百
膨脹如一塊石頭

1
壓在老婆身上
人會氣喘如牛
手腳酸軟
甚至動彈不得
恨不得這樣世界走回從前

2
進入
醫院
必須戴上口罩如果阿中下令

必須這樣穿過臺中的太陽做成
的餅
到臺南人發明的棺材板

通通打包外送用三倍卷之後

3
不久
你我的肚皮會漸漸升起如同股市

4
你不必每天整理肚皮
它已變成奇形怪狀
高處如小丘
低處如深谷是肚臍處

5
每天都要去安慰它
不必吃減肥茶
不必到操場與世無爭
不必道聽塗說成一哥

6
世界讓它自然運轉

內臟的血管會逐日成為銅牆鐵壁

7
反正肚皮會長高長大

如今走路的姿態更加優美如塊肥
豬肉左右飛舞

8
反正
疫情會像瘋子般走進你的肺臟
會讓你氣喘如牛
如果不聽老人言

9
如今
我們都變成一座座人見人愛的彌
勒佛

白天被人不斷搓揉那個坦胸露臂
笑聲連連的圓球

特別在領到一張張的消費卷在日
落狂逛夜市吃得滿臉炸雞的時候

夏天的海灘（2020.8.24 日安 tzm）

九莒葛花開放時

在它開放時，我會在樹下等你

1
等你，在此時的樹下
一如它在等待此刻的到來

2
即使天已老去
地已荒廢
依然這樣年年開出燦爛的花朵

3
今年是豐收的季節
在炎熱的陽光從遙遠的地方走來
在颱風久已未來報到的時候

我用最熱烈的心情開出多年來未
有的花束
請你來觀賞

4
你不能再健忘
在這棵樹下

還留有你的朗朗的歡笑

5
就在這棵曾經是惱人多刺的樹下

你那雪白的手與臉曾經被它兇手
刺裂
鮮血曾經如雪地裡的一朵花般
讓我難過

6
為何
它會年年開放
為何今年會這樣想你在樹林中等
你的問候

7
回憶不一定苦痛
思念必然會如含情脈脈的花
在此開放卻比往年多

8
想你是如此甜美又酸澀誠如飲下

一杯苦後的米酒

9

就在這棵已長大成人等待你歸來
的花樹

在年年等待的樹下重啟舊夢

夢已如深秋之後還是花殘葉落的
寒冬

今年過後，世界會更好！

從去年看今年
誰會想到這個世界無端端地帶走
這麼多的靈魂到天國

1

或者是平靜已久
或者是人的欲望如集身上長的皮
膚病奇癢

就偷偷摸摸在半夜玩
那一具轉動世界的輪盤

2

天公也不示弱
必須經常示範河水如何泛濫
蝗蟲怎樣比賽吃稻穗在豐收季
節時

在洪水淹沒農田人民流離失所時
在疫情像夜間的小鼠又四處流
竄時

3

你不必害怕它不必遲疑
無論走路吃飯睡覺或睡不覺
或在半醒狀態中

隨身攜帶通門關
密語一一罩在身
百事O！K！

4

走到馬路上
馬路會說
它是忙碌的
因為戀人依然在相擁相愛甚至
相吻

大地也著急說
這些著急的好水客
早已自動脫下口罩脫下防護
在水中如蝴蝶般翩翩起舞

5

今夏

是大雨滂薄之季
也是人心乾裂之日

天公不作美所以顛倒是非對錯

人類可不能依樣畫葫蘆
讓世界受過

6
世界已經來到斷崖的邊緣上
再過
就是飛彈作威作福

就是航母走入深秋或寒冬

7
在人人幾乎已被規範上車吃飯睡
覺以及進入圖書館
必須戴上口罩
小聲講話之際

世界也講放下你的起落架穿上防
護衣回家睡覺

世界會變得更好！

永遠的風箏　紀念父親

父親給我的第一件珍貴的禮物是竹片製作的弓箭，第二件才是竹片與舊報糊成的飛鷹

1
如今
你已經在天上行走坐臥

每天是否還放那些親手操作的飛
鳥

2
它會像一架無人機在藍天上自由
飛翔如果你讓它享有自由

但也會像一架失事的飛機自由落
體如果你祇知道控制它飛行

3
你說你經常這樣提醒
然後它就這樣飛行在天上

4
它如今依然像一張你的臉龐在高

高的天空上飛越大地

也會經常
飛到我的心上

5
我經常會帶著它
回到我們從前放它的地方

孤單地遠望它的遠去
一如當年我看著你遠遊

6
揮揮手
不是告別

誠如我手中的線
令我思念
在這樣的日子裡

會牽出我多少對你的懷念

7
呀！你早已成為過去早已化成一
堆白骨與母親作鄰居

可是在天上正在飛舞的那些人工
飛鷹上

分明有你們燦爛的笑容與告別時
的平靜

一如夕照中的飛行器
在我心中
緩緩降落

嚴選

每天我都想嚴格挑選一些金句

1
每個晚上或早晨的陽光下
我都戴上一副老花
去挑選
那些看似金沙的微粒

2
臉上也同時映入水的光滑表面呀

3
無論在昏黑的燈下
還是鳥鳴的清晨呀
那一粒粒的沙
猶如寶貝的黃金
就是我夢中的情人

3
它呀
會日日夜夜來騷擾
時時刻刻來
帶我去不同的世界慢跑

4
這樣的世界
好好呀
它是皇帝的地宮
滿布珍珠美鈔
不然
祇是一堆堆剛從河裡挖出的流沙

5
半夜裡的燈光下
你是否也來摻一腳

或許醒來立刻變成意外的富翁
呀哈

6
原來醒來祇是或許祇是
一位睡夢中的乞食
但已睡在有冷氣的地下室的
旁邊還有吃剩的便當

7
我經常天上地下地去尋找它
終於找到許多飯粒

8
媽媽常說
粒粒皆辛苦
想呀想農夫
在炎夏中插秧
在泥漿中行走每一天

9
然後呢
一排排的稻子長大了
一排排的稻穗
被路過的麻雀當早餐
然後呢

那雙雙被烈日
曬大的腳
依然讓它的手
沉迷於烈風烈雨下

11
終於有一天
我也依樣做一個葫蘆

學習他的精挑細選的方法

12
決定將眼前的河沙
全部一次傾倒在烈日下

重新構作
讓自己長大

夏季的快樂
2020. 6.25
pm

毛筆

我在河邊的道上
經常帶著他散步

1
河上經常有飛鳥走過
我經常靠他模仿飛翔的姿態

2
帶著他
一支乾淨的他

走在河堤
走入森林深處
或在浪花中
捕捉光之影
樹林之綠
或山之藍
或在水之他方

欣賞大地之壯麗與生命之奇妙與
未來的希望

3
每當日落西山
我牽著他的手

自由揮灑在宣紙的土地上
他流出自由地
在一片土壤中
灌溉
如同赤腳的農夫

4
直到傍晚
我才帶他回家

5
他會調出意外的顏色
他從不埋怨這是苦力

6
他經常沉默不語
任人擺布跳舞

7

有一天
他已年老力衰
成為一支禿鷹
我依然帶著他遊江南

8

在江邊
他跟我欣賞春天的垂柳
我順便叫他
製作江上垂釣的老翁

或下水捕捉江邊蘆草上的飛燕
或高山斷崖邊緣上
猶濃郁的松柏

9

如果你也有
這樣不知休息不會叫累的
全身長毛的工具
也能記錄一生的談笑與樂趣

但
可別忘了用後的沐浴

10

他會這樣感謝你
祇因這是每天的勞累之後
明天還得侍候你

山間風光
無限好！
2021.4.5
于人人

鋼筆與我同行

他看似很有學問的呀

1
它滿腹經綸還是必須經過層層的
考驗
才能分曉真章是否草包

2
他是靠抄襲還是代考
其實他早有準備因為灌滿藍墨水

3
他是勤勞的也是溫順的
每天他會陪我過夜

4
清晨醒來
依然不忘畫一畫
或話一話
更不在話下

5
我的感想之一

是他經常說的

這樣的歲月平淡無奇
讓他怎能天天記錄昨日沉悶的天
氣

6
他經常說話
我們每天如出一轍地吃飯睡覺
一樣悶極無聊

不如將我退休回老家

7
或者放在一個禮盒中
當
生日禮物或祝賀金榜題名

8
就這樣
每個人都可以握著他當一位紳士

9
但呀
自從許多隨寫隨拋棄的異類出現
之後

大家不再理他

10
我呀
自他由派克派來玩耍

天天帶著他東南西北上天下地遊
山玩水

11
我沒有一天不能沒有他

如今
他已老朽又老銹
必須靜養
所以買了一套沙發
讓他安息在最後的土地上

12
另外
我在當年路過維也納

驚見他的新生兒已非昔日的體量

因此
今天還天天念著這樣輕薄的他

用他來記下
過去現在以及未來呀

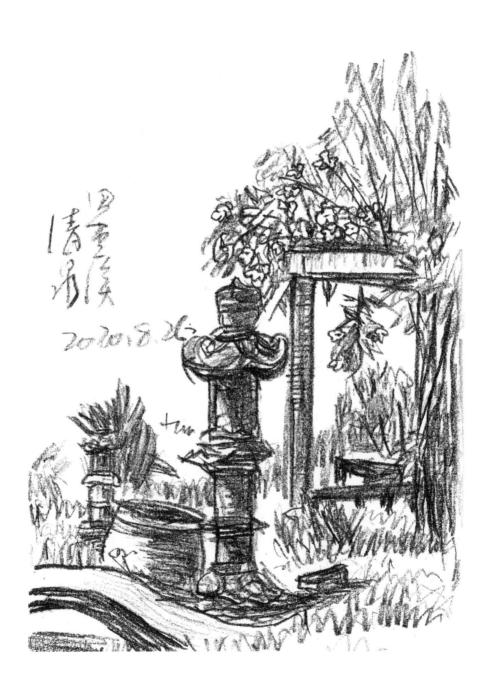

鉛筆

在沒有削筆機的年代裡我更珍惜
這樣的東西

1
它會讓我們開始說話開始記憶隔
壁的一隻小花貓溫柔的叫聲

會帶你走進一個個老師講的童話
世界中
之後，就拿起它來記
你心裡的貓咪

2
當然
這不是唯一的過去如果你還記得

在遙遠的過去
有一張張小朋友的桌椅

你曾經在那裡
寫下心中的志願夢想以及每天老
師規定的日記

你就會帶著它
飛行在彩雲中
或夢到有彩虹的天空

3
我久已不作那種夢了

每回夢回過去
會發現淚水已經玷污了枕巾

4
我是多麼想回到有它的過去

經常想到
也希望有它的過去

5
一如在今晨的微曦裡

我依舊牽著它的手
回到看似童年的地區
讓它盡情發洩
玩兒時的遊戲

吾鄉印象

晨（三部曲）

1

空氣中永遠飄香
有如沐浴之後的清涼

河流的水
依舊像趕派對的青春少女帶著少
許的香水

2

經過一夜的安眠
我走在河上

尋找早起的長尾黑鳥
還是步伐輕盈
自由自在此
來回在這條不曾刷牙洗澡的低谷
裡玩耍

3

今夏萬物不再唱歌
即使發聲

祇是在警告世人
戴上口罩

遠離疫情遠離戰火的來襲
或許不得已
必須將首戰變成終戰
以便將損害降至最低

昏

今年的日子過得昏昏沉沉

大家都必須躲在口罩之後相認
從此張冠李戴
從此抄襲或Copy成常態

反正在炎炎夏日
可以經過馬虎過
沒有檢疫的門口

晨與昏之間

我依然會毫無猶豫地投入

夏季的炎熱

猶如在吾鄉的馬路上
天天有橫衝直撞的飛車
每天都有因外出送貨到府上的機
車
在街道上
忙著送達阿公阿嬤桌上的便當

我依舊愛參加這樣的比賽
在鄉間的馬路上
忙碌地跟著年輕郎

記錄每一大街小巷
即使遠方已經傳來戰爭的陰影
已投入你我的波心
形成一道顫抖的迴響

讓 1949 作為分水嶺

你走在歷史的分水嶺上
可曾寒冷
雖然穿上厚重的軍服還掛三星上
將的勳章

1
雖然你心中依舊有許多放不下的

歷史已對你說話
自從矮小的敵寇
已經倒下
隨原子彈的灰塵如沙塵暴般
隨風而逝

2
歷史也在風中
在海峽的那邊吹送

另一道烽火從長江從黃河從松花
江從長白山的山頭上

訴說從前
美製的轟炸機紛紛從地平線上

掉落
一輛輛的先進坦克如同沙漠中的
駱駝
死相像一具具的骨架在寒風中

3
你曾經說
這樣的石破驚天實在不算什麼

4
歷史可以再創造
可以重新洗米煮飯可以成一鍋粥

養活千萬的小嘴在這塊最後的土
地上

5
那歷史巨輪早已停止運轉自從你
走後

6
那木頭製造的輪子
早已生銹

隨寒風吹送在大溪的山洞裡
還有蝙蝠求偶的叫聲

7
你早已沉默
早已沉沉睡去

為何還掛念淮海戰役死了多少英
勇的戰士

8
回去吧
在冷冷的歲月之後
在殘酷的記憶之中

你已走過長江黃河
走過中原
越過海峽吃到了香蕉

9
請及早將過往化為天空中的彩虹
而非雲

10
請在高山上休息或歸於大海或化
為春泥

11
讓人們依然記住你的過去
曾經為這塊土地作掙扎
直到最後

臺中車站上

自從那天黃昏離您而去
在我心裡依然掛念遠方的您

1
是否日日還失眠還在生氣這樣的
待遇

2
確實以你過去的光榮
在今天卻讓人們逐漸淡忘你

3
想必
這是百年孤寂的起點

或許下個世紀會跟我們一樣
入土為安

4
這一切是偶然的相遇

也是必然的分離

讓我們就此揮一揮手
讓我們在想念之後
從此不相見

5
對了
為安慰你撫平你悲傷如日落的心
情
我將收納在詩歌裡的幾張我居住
地的車站小影

用航空信寄給您
您務必
不要生氣
這樣的簡陋
怎麼能比您們的地區

爸爸的雙手

（爸爸）有一雙巨大的手
曾經讓我有十分溫暖的感受

1
夏季不管是多麼熱情
依然不如那雙大手在我需要他時

2
我會這樣告訴你
在熟透的海生館內
他比任何熟悉的海中動物更多熱
烈在我需要他時

3
他會這樣將我高高舉起
高過一個個頭

4
父親這是這樣經常讓我們十指相
互緊握

5
我們是一對交疊的如同恩愛的

企鵝

6
這一切是那樣深刻在人群聚集的
場所

他高舉我
放置在強壯的肩膀上

7
據說
無論外邊風強雨大
無論天旱物燥

他依舊用他堅強的胸腔
頂成一座房屋的主樑

8
就如今天那隻可愛的小企鵝般

在他的爸爸身旁
遊來又遊去直到日落直到遊客
散光

屏東頌

南方有你，真好！

1
這樣熱情奔放的地方
我站在你的高岡上
俯瞰太平洋的波濤
還是沒有巴士開過的巴士海峽
還是還算平靜的臺灣海峽

依然是這樣的平安

2
我知道
你有用不完的熱力

看看你南國才有的椰子樹
南部才會有的半島依舊生長在颱
風之後的海岸樹

3
你還有海角七號還有綿綿冰
還有就是綠豆蒜
是從前的從前阿伯從黑水溝帶來

4
不要忘了
你還有許多必然是美人魚所製造
的七彩游魚

他們經常會變化顏色祇要你喜歡

5
當然
海洋工作一天二十四小時超時

因此經常在沙灘上口吐白沫

6
還有就是
不知道是誰幹的好事

在海邊堆積很多的黑色巖石

7
如今
它們之中

已長成一隻能夠在夜晚狂歡的
貓咪

8
那天午餐之後
我終於見到她的美姿

看到她的著急
於是在大風吹起的高岡上
停止呼吸想將她帶回

9
但她卻固執地說
這般美景豈是其他地方還有

松樹

你們是校園中婀娜多姿的女郎
在此歡樂地聚會
自從被選中
成為青青校樹
成為校中最拉風的多情郎

1
每回我回到你的身旁
彷彿已回到家鄉

2
無論何時
你們的身段都是那麼修長
在七八月的陽光下
經常會隨風搖晃在晨光中

3
今年特別在疫情嚴重中
你好像也戴上墨鏡
探問藍天白雲
這一切何時了

4
你們畢竟是這塊土地的有情人
不但在此守護
這塊土地
還會傾聽許多從四面八方
甚至是遙遠的他鄉來的心聲

5
他是多麼盡責的守護
在此已經歷經多少個世代
迎新送舊早已成為家庭便飯

6
林中
你們在此結子好像繁殖數代

每季
都不忘準備諸多蔭涼在樹下的座
椅上

7
今夏我特別從遠方坐特快車回家
來看你

8
原來你們都已進入中年
明年我將為這樣的年歲
申請一張免費的乘車證

9
你們多年來
的確是辛苦了

必須在多風多雨的好漢坡上
忍受狂風暴雨
或颱風的來襲

10
但
你總是說
我們一切都準備好了

11
是嗎
這樣的天氣
這樣的口氣

你們會的
在熱烈的陽光中
已守備無數個世代

12
記住
明年的今日
或後年或無數大後年

我們已相約在你的樹下相會
到時請不要再掛著點滴
不要再哭哭啼啼
在離別依依的時候

同學會

馬車經常在此靠站
在您走累時
就停下腳步
在此休息片刻

1
年歲永遠追不回從前
過去已是春花
會逐漸枯萎

不會壞掉的
或者祇剩下這樣的友情

2
不會忘記的
唯有此刻
在我們同在
一如回到過去的甜蜜

3
在甜蜜中
我們已失去太多的往昔

3
我們珍惜過去更珍貴當下
或許這是你我最後一會相遇

4
清酒一杯
莫讓杯底畜金魚

喝完這杯再來一杯
讓我們喝了滿杯再上路

5
無論你在天南地北
無論你是否能夠飛回

在鳥倦了
就請飛行
尋找回家的路

6
或許今年不是適當的時日

我依然等待

等待這樣稀有的時刻

在您踏進家門的一刻

8
讓我們重聚

讓熱鬧將我們帶回少年甚至童年

9
讓我們如牧童般在盛夏中
做一個美好的夢

午夜

這算什麼午間的黑夜
何以不能安分守己

1
萬物依然躺下休息
安安靜靜陪伴整個大地的黑夜

有一隻地上的爬蟲
卻出來發出這樣擾人春夢的聲音

2
她說不是故意的祇因飢腸轆轆

3
擾人呀
那半夜裡
在垃圾桶翻動午夜的安靜

看我如何收拾這樣的活動

4
已破壞了我一夜的思路

我舉起臨危授命的一隻拖鞋指向
天空
她早已失魂落魄躲避在防空洞裡

5
午夜
原本是星星露臉的時刻

今夜卻愁眉不展地靜止在半夜的
空寂中

6
我推開它
回到燈光下

一隻早起的壁虎與我互道早安

7
遠方
卻傳來早起的卡車刻意拉掉消音
器

8
正在宰殺一條條馬路

9
馬路上同時出現兩種聲音
保持安靜與放高聲量在這樣的平
安夜

10
夜晚
還有一夜不眠出來工作的夜鷹

在高速公路狂飆
說

這條如香腸長的回家路
是警察也管不了的

11
就在這樣的馬路上
我寫下這首詩

12
午夜是最適合狂歡的季節

午夜裡
更多文思如泉水湧現
一如馬路上的野狼很機車

橋的狂想曲

沒有人再想重新走那條腐朽的
斷橋

1
人們急著在急流中架設一具流籠　　讓人有一條鋼骨所架設的

觀看急救如何扳回一城　　3
　　但人類總是

2　　讓我喬一喬
在夜裡
我經常夢到　　4
選擇一個春暖開花的時刻　　如今

我依舊陳舊在河等待吊橋
或許能夠在風雨中搖擺如舞臺上
的舞蹈

5

在春天到來之後
我會在深夜裡
隨身上的鋼骨
吹奏清脆如夜鷹的美妙之聲

6

我依然這樣等待一如當年穿上新
衣戴上新帽

7

直到炎熱的夏季已過
直到秋風已吹皺一池的河塘與
月色

8

我依舊在河的這邊等你

即使淡淡的晚霞說
沒有心所造的愛之橋
遲早會在風中
變成一支會吹起淒涼的簫

秋天會這樣傷心

你曾在信箋上
這樣說
在秋高氣爽中
可要這樣飛翔在高速公路上
乘警察在夢中

1
你還長篇大論
遠方飛來的野燕
已在樹林中結巢
我要讓秋天
心驚肉跳

2
原來秋已穿上禦寒的薄夾克
你依然赤膊
走在馬路上
享受夏之炎熱

3
聽說吧
昨天一場莫名其妙的暴雨曾轟炸
希望春天的台北

4
那麼
市政府廣場上
那些彩虹旗是否已全身濕透

還是像你一樣
希望享受狂歡在狂風裡

5
你還說
這是一個令百物不滿的季節

這種寸步難行
讓人全身發癢

6
所以在半夜裡經常想像成為一隻
山羊
騎上一匹隨時待發的野狼

7
最後一個有關您的訊息

是這樣讓人傷感
是一部重型機車很機車地
在九彎十八拐的路上身亡

8

路上還有一隻路過的野兔
共赴黃泉的路上

夜遊大安森林

這樣的森林才會讓人一晝夜的
瘋狂
夜愈晚愈現出她的美貌

1
不信
你也來參加這種夜遊

2
你曾經說過
這座隱藏在都市中的樹林經常深
呼吸在夜間

3
我總是停息
傾聽夜晚的諸多聲音

螞蟻在搬家
夜鷹在此爭執樹林該是何鷹的
住戶
還是那隻從遠方飛入池塘上寄宿
的不知名的鳥
無人理

才能閉上眼睛
享受一夜的安靜

4
我依然走在燈火通明的小道上
一如雙雙對對的情侶相依相偎
在林間取暖

5
情話濃郁有如小鳥般在相互取暖
在床舖

6
夜晚在大安的森林裡也漸漸睡去

我在夢中
彷彿遇上一場狂風暴雨

7
夜襲原來會出現在這樣安全的
夜中

8
醒來
才發現四面八方
已出現許多人
或在林裡使用早餐
或開始打出無聲無息的太極

9
或許

就是太極那無窮的威力
讓我回來從遠方

10
讓我早起
在城市的肺臟中
不停作
享受芬多精的
深呼吸

市集上

午後那場微雨終於澆熄人的熱情

1
午後的陽光還很熱情
人群已開始聚集在這片有山坡的
土地上

2
尋找夏天過去的溫暖
還是假日之中的熱門

3
這樣的聚會或者不可少在人窮極
無聊的時刻

4
會張燈結綵像過年
會將一頂頂的雪白帳篷撐起午後
的陽光

人們會媽媽攜小孩或推著娃兒車
尋找這樣熱的午後

5
我自然不敢落後
在人群聚集之前
像一隻遠方飛來準備過冬的候鳥

6
及早選擇一處陰涼在一棵大樹下

尋找漸漸入秋的微風

7
尋找許多過去的失落在筆記的畫
面中
在人們匆匆走過
匆忙想找到便宜貨裡

我彷彿找了今天散落一地的樹木
與走在一家家攤販的臉
依然帶著微笑
以為今天中了特獎

8
在這樣的午後

我又看到許多推著輪椅的
上面坐著老人正在揮手
走進寂寞中

9
原來這是一場午後的雨
已讓人的熱力
迅速變成冷冷的黑夜

10
我就在這樣的夜裡
收起臨時駕起的簡陋帳篷
逃離市場
在微雨中
走上燈火通明的回家路上

2021.3.26

好呷

飲食，人之大欲也

2020.9.23

1
半夜裡
還想起在東門城下
那一塊塊香甜的雞塊

2
那香是人間真是少有
半夜裡就流下口水的香氣彷彿就
在眼前的
香雞呀
是我們大老遠跑去自從去年聞到

之後

3
跑去
才看到四面八方的人群聚集
討論這樣的香氣
何以能四溢

4
何以還要掛號
讓你等不及大快朵頤

5

聽說你們都是在森林中的放山雞

樹木不好好待
何必這樣成為大刀下的亡魂

6

這樣的刀法
工整又美麗
像一朵鮮花開在
碟子裡

7

半夜裡
我依然會想起昨日在東門下的你
半夜裡
我都會像第一回遇到你
就愛上你

8

我已等不到明天

9

或許已沒有明天
或者明天我已移情別戀

10

就這樣我在黑夜
將你一塊塊變成胃裡過剩的食物

在黑暗中
救護車的警報聲
已在遠遠的地方
響起

寂寞的心

隱藏在公園樹下的那一顆顆孤寂
的心靈
有誰去關心

1

每天早晨的陽光是唯一讓這些
孤單
獲得安慰的地方

2

每天早上
在城市中最安靜的也是最孤獨的

2

許多三天已不洗澡的惡臭
從公園的座椅上發出

3

許多被遺棄的小狗在尋找新的
主人

4

更多的老人在樹林中談論孫兒的
冇孝
更多老人在爭吵為更多的失落

5

我在同樣的路上捕捉一張張久未
乾淨的臉

6

有更多的挫折
在望見許多老者沉默在樹下

7

原來老人唯一的依靠就是城市中
最安靜的公園

8

公園總是交雜著尿騷與永遠談
不完
也不想結束的過往

在大雨之後

大雨預報
今後每天午後都會送來一車車
的水

1
於是
雨會每晚落在夢中
落地濕地裡

2
彷彿日子這樣在秋風中消失
彷彿世界就這樣不停轉動

4
我就是這樣隨著天旋地轉
逐漸消失
在河水中

5
會日日夜夜中流去
彷彿當年孔子好奇
這不息的川水
何以這樣不回頭地奔向他方

6
到底與誰有約
在晚餐之前

7
我經常問自己
這一切的動作算不算創作

問自己
問蒼天

蒼天總是沉默

8
終於我等到一天
竟然有一棵路邊的小草
在陣陣的雷雨過後

自動為我回應這等艱澀的
問題

9
就像一朵花會在成熟之後開放
一棵小草

會在多雨的季節裡
生出許多嫩芽

暗骸車

2020.9.24
tzn

一支禿了頭的筆

在我旅行時
總是帶著它
還有它的兄弟姊妹

1
它們總是共同工作無論陰晴無論
平日或假期

2
它們共同玩耍
在我的手掌上飛舞

3
每天的一大清早
比公雞還起得早

就帶著弟弟妹妹在院子裡整裝
待發

4
它們有人開始說話在風中在雨中
如果不知節制
會天南地北

胡言亂語

5
他們偶爾會意外捕捉到一條天邊
的彩虹

但多半是地下的殘枝壞葉

6
我每天都將他們裝口袋並且叫他
們少說多做

7
無論在食堂或穿越馬路時

多觀察每一個人的表情

8
在你走近一所古老建築時
你必須仔細選好最好的視角

9
在你走過商圈時

不要急於一時的購物欲　　　　在人來人往的路上
更不要擠身於肥胖的食客中　　記錄今秋
　　　　　　　　　　　　　　是否已經有多少綠葉已黃了
10　　　　　　　　　　　　　還是
你要這樣握著一支已經禿頭的　樹木也禿了

畫家之眼

2021.5.31
Tai

想起您

自從入秋之後
我更加想起您想起您的過去與
現在

1
您那個酷熱的地區是否會入秋

2
自從您說要遠遊
或回家鄉
去追求一個教大學的夢之後

究竟是夢碎了還是夢醒了

3
這個世界也是早已變了

除每天必戴口罩還得量溫度
一如您們的士兵打仗在高原上

4
最近可好
我們已經多日未收到您任何的
消息

5
記得過去您總是一身袈裟走路全
身飄逸

最近還在頂起腳跟作瑜伽嗎

6
印度是一個怎樣的國家
怎麼準備作戰
依然在山洞裡烤潤餅

7
我在千里之外
依舊可以聞到那香氣

8
您是否已將那將博士證書
當一把柴火來燒

何以我在千萬里之外
再也沒有您的消息

9
最近祇有您們疫情節節上升蝗蟲
過境洪水虐待之後

你是否還在
恆河中沐浴

10
您知道我最喜歡回到過去

您曾為我烤一大片薄薄的
猶如大太陽的潤滑之餅在研究室
的溫暖中

唉
每當我想到這裡
才知道
這已經變成
永遠無法找回的落葉

玄武湖上

還記得那個有星光的晚上吧
我們曾經沿著湖畫出一張有長椅
的地方

1
我們曾在此做夢做出許多理想

2
如今我每年都想回去
回到同樣的地方
尋找往日的夢

以往卻在心裡對我說
這樣
不好吧

2
讓過往回家安睡
讓月光給別人去曬太陽

3
每回我走進你的心臟
傾聽妳留下的心跳

依然會引發我今夜的跳動從心裡

4
今夜是沒有星光的
是沒有妳的溫柔與溫度的夜

我的心何以像夜市一樣的澎湃
何以
依舊想念
那個有星光的夜晚

4
妳是遠去的風箏與鳳凰
妳是曾經是飛舞在湖面上的白鵝

還是那對鴛鴦中的
忘了回家的一隻飛禽

5
還是夏天遠去的
天鵝

6
湖面上
那張我們共坐過的長椅說
等待團圓的日子
等待
今宵的此刻

7
等待卻說
今後不必守候

8
忘了吧
今夜已回家
在牀上睡著
今夜在牀上難以入眠

9
唯湖泊上的星座

依舊俯瞰藍天
與天空之下的
太空望遠鏡
在半夜中
一樣等了一個接一個的寂寞

秋葉吟

大雨一場一場落後
秋天自動調好溫度

1
在二十度以下的今秋
吾鄉早已換上新衣戴新帽

2
吾鄉今年取得如淡水的溫度之後

將河岸上的樹林變成一片燦爛的
陽光

3
我一早也換上夾克
走在它的河堤上尋找一個往日的
夢

4
這回
我不再失落不再落淚

5
原來樹林已放光
在那光芒中

分明有您當年留下的夢想

6
一如今年的綠葉已經被轉紅轉黃
的新鮮如花瓣的葉加分了

7
今年是雨水最多的在秋後

8
我不再計算如何去算帳
不再計較今年過後
還會留下多少的落葉

9
祇盼望今秋
會收到您的來信
從遙遠的
正在過炎熱
或正準備戰鬥的國度

教師節前夕

今夜，如果依然下雨，我會在那
棵大樹下等你

1
不管您會不會再出現
不管陰晴還是秋風已起

2
每次我走過那個有信義的大道上

都會想起
千百個過去是那麼甜蜜
想起與您爬山的日子裡
您的腳步
讓我跟得十分吃力

3
你經常說的
不要做吃飯穿衣的機器
不要逛百貨公司任意揮霍金錢
更不要讓參加金錢的遊戲

4
每年我都想回到過去那棵棵巨大
的椰子樹下

再聽聽你
在黑板之前揮灑的粉筆

但一切都說
過去的
讓它過去

5
這一切已如流水般走去

但我依然從河流中想念
許多在操場奔跑的過去

6
在過去中
你經常帶著康德來上課

然後寫成一本本乾燥無比的書籍
要我們逐句去分析

7
我喜歡你在教室中飛舞粉筆的模
樣
更想起
你已經獲得大蓋仙的外號

8
想起您
總是希望我們都變成一位再世的
哲學家

必須都像康德那樣在校園中

作沉思狀

9
今夜我將回到那棵大樹下
雖然您早已遠去
早已從人間蒸發

我依然想起您留下最後的話語在
心中

默默獨行在有信義的大道上

吾鄉印象

純淨無華一直守著原始落後
偶爾會在大馬路上挖挖

1
我卻選擇這樣貧窮落後的地區落
戶

2
我已許久不去抱怨
這個經常種滿梅花櫻花路邊小黃
花的地方

3
我會經常低下頭去欣賞
她的自由自在
無拘無束

祇要喜歡白色就可以自由變化成
各式各樣的花朵
開在野地裡

4
在黃昏之後

土地安靜得
沒有車來打擾
沒有卡拉OK的高調來侵犯我的
耳膜

祇有夜晚的田蛙
開始演奏夜光曲

5
我愛這樣的河流
這樣自由自在的流水
還有沒人去打擾的飛禽

6
無論一年四季
最多的是穿著白色制服的
總是在河心中
巡邏

7
我愛這樣的森林與落後
愛這樣沒有柏油的馬路

8
愛這個愛那個
就是不愛
不斷將高速的
從鄉村的邊緣上
穿透心臟的公路

9
你或者可以選擇
這個秋天

還是明年春天
來看看

這樣沒有車水馬龍卻有野生小花
自在開放的地方

自由過一天飛鳥的生活
找回過去幾十年
忘了過的逍遙或滿意生活

風華絕代的女子

妳是今生今世不再嫁的女士
妳是夏季的微風
春天才開放的玫瑰

1
妳曾迷倒多少的筆桿
用妳的心靈
搖動黃河的水
長江的波浪又算什麼

2
妳的旗袍讓妳曾經投入胡人的波
心
泛起陣陣的波瀾

3
畢竟是上一個世紀的記憶
何以依舊成為茶餘飯後的話題

4
至今人們的話題中經常少不了色
是一種戒指
人們每談到妳那高傲的潔癖

甚至於不斷將妳一生寫過的每一
個字每一封信
當寶
供奉在神桌上

5
至於妳留言不要提起
不再提到那色鬼胡蘭成
卻一再被迫出現在紀念妳的會議
中

6
你是用什麼媚眼去觀看世界
用什麼能力
書寫人類的肉體與靈魂

7
妳早已作古
在一個孤單的夜晚

夜晚也長嘆一聲從此人間
已失去一顆鑽石

8
但即使千萬年後
妳依然成為今天明天的話題
直到地球失去太陽的光
但你已經成為另一星座上的
光芒

張愛玲（1920-1995）

本名張瑛，二十歲時便以一系列小說令
文壇驚豔，作品主要以上海、南京以及
香港為故事背景。她被譽為當代的曹雪
芹，早年嫁給文人胡蘭成，晚年獨居洛
杉磯。近年李安將其作品翻拍為《色
戒》，是轟動一時的代表佳作。

給川普的一封信

在您不幸得到世界瘟疫之際
我不自覺或故意寫這封不成文的
詩給您

1
您已在軍醫院的床上休息
四周是否布滿保鑣

2
讓我偷偷告訴您一個好消息
他們使用最新的療法
在您安睡中
打了一針之後
你睡相如同一位小貝B

3
您一向就是媒體的寵兒
即使您與對手的言語不合不斷打
亂對方的思路之際

許多粉絲依然向您舉起手中的大
拇指

4
當然更多人在您旁若無人高聲高
調之後

將您的名次放在那位斯文人之後

5
您還不因此警惕
這樣的爆發
活像火山
已經將口水淹沒您希望的選票

6
今天乘您沒有機會上臺繼續你過
去噴口水的遊戲

講一個西行的故事
故事的主角
也是您一樣的國籍

7
您知道當年東方出了一顆紅星

據說最後照亮了中國
他就是記錄下老毛的發跡的
從古老的窯洞出現
最後征服了中國

8
今天他已換上新衣戴上新帽
您卻指著別人的鼻子說三道四

9
一如您選擇在穿西裝出現的辯論
臺上
不斷噴射別人不愛聽也聽煩的
口水

10
您到底是怎麼了
怎麼在疫情漫開
如一池的春水般
殺死多少的生靈
結果多少的事業

你依然傻傻走在殺敵的路上
飛舞那把鋼刀

11
今夜您得了世界的瘟疫
正好享受一下自己
享受一下秋天的陽光在遙遠的醫
院裡

12
就這樣打住
以免壞了您的休息

川普Donald John Trump（1946-）

美國第四十五屆總統，以企業家
主持人，曾是電影明星。爭議人
物，但作風強硬，是臺灣的忠實
盟友。

車的美麗與憂愁

我突然自己發動引擎
像一頭飛鷹般
穿越重重的山林

突然又變成一頭野狼
飛奔在九彎十八拐的彎曲路上

我真的已經想了很久
想成為寫意的畫家
能在大地上自由自在飛翔

我再也不想
作別人的工具
不想作別人的小三

祇想做一天的自己

這樣的日子
這種仰人鼻息的苦時光
我才不要回到以往

我情願變成一隻飛鳥在藍天之上
飛翔
不願總是停在大院中
任風吹日曬
任人摧殘到報廢

然後進垃圾場支解成八塊

於是我想像自己已變成一架會飛
的野牛
在沙漠中揚起千堆的沙塵
揚起我的夢想

我卻忘了年老的爺娘
忘了還有待哺的兒女
忘了自己
這樣在高速的公路上
像蛇一般穿越馬路的下場

今生今世

當初說
投胎也要這樣把握時間
以免誤點趕不到這班車

當初以為
下一班不知何年何日何個時辰才
能到來
這樣美好的世間

火車卻一班班過去
苦等不到我的班次

當初說
最怕是
帶的錢不夠
祇好坐慢車

當初又道
如果連慢車都沒錢
祇有走路慢慢進車站

在車站上跟著一條人龍風吹日曬

站長也說
車站上
經常人滿為患
許多人已將大廳當床舖
或圍成一堆在談笑風生

更多人聚集為了談戀愛好像公園
裡的男女

或者
今年是疫情來襲的時候
被規定必須離開大廈並
保持一定的距離

許多未誕生的魂
因此被淋得像一隻雞般在大雨中
欲哭又笑

但廣播卻傳來好消息
必須誤點必須讓有錢的快車先行

我終於勉強擠上一班裝滿沙丁魚
的貨車

終於像罐頭裡的沙丁魚般
進入一個人滿為患的世間
尋找空間與時間

時間卻說
我已沒有空位讓你這樣的人有更
多的空氣

你如果不嫌棄

這種特別座必須經常必須將雙腳
半懸掛在空中
經常吸不到足夠乾淨空氣的車窗
裡活下去

不然就請下車
就請再開始重新進站
重新排隊
準備上車

2014/11/15

楚河漢界

每天是這樣聞雞起舞的
每天都想講一段故事

天天來無時無刻想講故事給我們
聽
反反覆覆
一日復一日不停在耳邊轟炸

或許您是舉旗不定
或者是深謀遠慮
如何將軍抽車

都過了午後
抽出的煙霧都掩蓋了你半禿如玉
山的山頭

都半夜了
您還想到黃河長江的水之外的山
河
如何成為囊中之物

我們都打哈欠已過了午夜
天都快亮了

天亮之後我們將配箭在院中
舞獅舞龍

慶祝要歡心如雷聲一樣雷動山河
要像每年過年一樣

家家戶戶張燈結綵

為何唯你一人孤獨守護你手中的
槓桿

想調整這世界的優美旋律

為何不放心找回你的安心
在午夜
像一位貝B
睡回去
完成一個接一個的
回籠覺呢

詩人與革命

詩人總是需要這樣的雄心與勇
氣呀

自你參加這樣的隊伍之後
你的武器就是一管管的幻想
一支支的手槍

都朝向自己
等待明天的落霞
等待一些
還待開發的金礦

或者寶藏就在您的身旁
或者近如眼前卻遠處天邊的
革命已在啟動用號角或心的旋律
呀

在你心隨音符跳舞
隨早晨的陽光跳舞

在秋天的大地上
你就會展露高度的興奮

您會像一隻飛禽般在守候明日甚
至明年的陽光
守著一座森林

每天都在那裡觀望
來來往往的飛禽走獸經過

不然就是變成一頭夜間在森林中
做保全的貓頭鷹

守護著這樣不得已的人生
自從我不小心
一腳踏進這樣需要天天牽掛
天天需要否定再否定從前的
囉索

秋天的話

自從您走後
我獨占這個山坡
讓天氣變得更清涼
讓孩子像一群夏天吃冰的少年
走在一條新修的綠廊上

我是校園的陽光
綠地
我讓許多金髮碧眼的異鄉遊子
忘了打手機回家問暖

我是這座山坡上的女神
能夠讓花自開自落在濕地裡
在沒有人注意的地方
我獨自享受
這樣的空曠

我更在寬大中
打起太極拳用朱銘的手
在樹林間
更抓住幾隻鳥
變成巨大的不動的飛禽
在夜裡放光

守護這樣寂寞的夜晚

如果您回來
我將會陪伴您
走在針葉林中
撿拾一根根針

你也記得
被針刺到的感受

原來它是另一種相思豆
就如另一座
更多新娘喜歡的草地
已長出了一枚枚的菌種
如今
已長大
成為裝潢樹林的想您的土豆

在秋冬已經像這樣的接踵而至的
日子裡

您是否想到這裡
愈來愈少的孩子
心情是多麼多麼的寂寞

路易思教堂

您原來已經在這多風的地方一住
就快半個世紀了

當我也像您一樣年輕時
我曾經帶著青春
帶著許多幻想
來到您的身旁

如今的您
已白髮蒼蒼
一如如今我的歲月
早已被皺紋占滿

如今的您
卻依舊是新娘的最愛與孩子們的
天堂

他們曾經坐了一列列的火車汽車
機車
甚至飛越太平洋大西洋
從遙遠
的地方
回家看您

彷彿您才是他們的希望

我們結婚時如此
畢業時如是
日薄西山時
也是這樣記得那一天
看到您第一次看到您的
興奮表情

那張黑白的紀念
與青春年華的
照片依然可以證明當年

您是一位令我此生難忘的

如今在夜晚
您是否還想明天早上新鮮的牛奶
是否還聽到讀書聲

您知道最好是樹林中的雙雙對對
以及情人的眼淚

以及晚安之前的馬路上的車隊

我早已忘了您是這所學府中的一
顆明珠
在夜晚
才是妳最嫵媚動人的時刻

我還會來看妳

看妳的年輕的過去
看妳的年華老去

直到妳與我
一同倒下
在這多風多雨的山坡上

東海的風

平常靜如宅女
動時
如暴力的處男

2
它早已獻身給這樣肚量大的山坡

無論長得大大小小的樹或綠葉成
蔭的枝幹
一律讓它們低頭稱臣呀

3
你是這裡的王還是上帝使者
還是有很大口氣的瘋狂

為何昨天來還不夠
今天乘午後
還將我的帽如一架飛機般
在空中跳舞

4
你畢竟已經稱王
在此地

所以這塊土地上的一切
大早起都必須
任你出操

6
此地原本是你的領土
你的出生地

7
你說
誰叫你們在半世紀之前
看上我的山坡地

如今已被你們這樣盤據

8
到處可見的房屋
到處是馬路小徑
還有沿著山地
流下的小溪

9
還有種滿了各種

樹木
樹木早已構成一座的森林

10
森林中經常有許多夜鷹
許多成雙成對的
談情談愛聲音

12
夜晚才是
這裡最熱情滾滾的地區
除了教室中
有許多學生
除了老師
與那架鋼琴之外

叮叮噹噹的琴聲
經常會飄香
聞者
莫不沾襟

13
我的地區你放心
我還有一座洋人設計的教堂

他雖然已上了年紀
但無論白天晚上
他依然像一青春少女
在青青的草地上手舞足蹈

14
如果你餓了
我會帶你去東海夜市
買一客你喜歡的冰淇林或臭豆腐

15
你如果還有時間
我會引領你去看母牛餵乳的姿態

如果你想看看夜晚放學的車隊
請不要忘了站在
通往大門路上

但別忘記
在那裡被我吹得必須鞠躬哈腰的
道一聲
晚安

回善寺

回轉我心於此山下
清幽之地

鳥也叫你莫要
驚怕

面向世間
給您一座清閒之樓

世間的一切
都是因緣生
因緣滅

在此房間裡
萬物都會俱寂在午後
給你一片妥善

世間的一切歡樂祇在當下
一如挫折
都不會永遠

放心去讀書跟出家的法師
跟在此遊戲的鳥兒

自從世間煩惱來襲
就回到這尊佛像跟前

自從世上一切的煩惱如背後的
追兵
接二連三
令人膽顫心驚

以求善的心
無求安定
在此之後
自然安定

一位陽光男孩之死

老子說　　　　　　　　獻給這塊最後的土地
死而不亡者壽　　　　　用您陽光的生命
　　　　　　　　　　　用您無怨無悔的意志

壽者死於陽光的時代
死於白浪濤天的早晨　　當年志航的志願是一樣的
　　　　　　　　　　　在空中像一朵美麗的玫瑰般開放

你死於報國的路上
可以暫時停下來　　　　如同筆桿總是死在書桌上
休息了　　　　　　　　實驗經常亡於水槽旁

每天多少燈紅酒綠　　　死得其所
多少名利富貴　　　　　死後
你不去選擇　　　　　　您還會飛翔於這塊土地上嗎
偏偏以這樣的方式
跟自己的生命開玩笑　　祝您
　　　　　　　　　　　死後沒有任何遺憾

偏偏喜歡弄飛機　　　　因為戰士永遠不亡
從小就這樣站在戰鬥戰旁
準備獻上熱血　　　　　（獻給為國捐軀的英雄們）

站在歷史的傷口上

歷史也會哭的
在傷痕累累的時候

人類都是一群站在巨大傷心上的
游民
在歷史巨輪失速之後

以牙齒不停刻意去刻牙
發出沉重的唉唉

以舌尖不停添購養分
已滿嘴的鮮血呀

傷痕累累的史料不斷淌血
史冊哀傷
一刻不停流淚
祇為你有一個好強的夢

煙火業已變成烽火
烽火臺也已燒烤成一堆積的灰塵

眼前已成迷茫
祇剩最後的叫陣
在戰火燃燒的時候

戰鬥之後
必然血流成河
必然祇剩哭喊天地的嬰兒
如果喜歡這樣的遊戲
請都前往死亡之谷

如果想玩遊戲
不要再忍耐
改變規則
在飯局之後
玩八圈的方城遊戲

輸贏不過金錢來來往往
也不致血流成河
最多傷了和氣

管家婆的誕生

這一次世紀的選擇將讓你我不離
不棄

1
你我無一在幸與不幸中
走到十字路上
開始停下呼吸
千萬里之外的決鬥之後
世界將會怎樣改變戲路

2
不要懷疑
在千萬里之外的把戲
每天都是這樣上演
推銷自己之外
還將對手掃地出門
用盡吃奶力氣

3
半夜裡
經常驚醒房間下雨
才收集瓶瓶罐罐接受連夜的大雨

4
你不要懷疑
這是一種公平的遊戲
一人一張選票
你用郵寄
或親自投入箱裡
之後
不論是否到達
不屬於你的算計

4
你每天祇管睡覺吃飯在疫情嚴重
時
領一次救濟

5
你們最好都將口罩脫下
高聲在我賣力演出時
作我的演員

6
我說一
你們一律舉手歡呼

7

反正我的葫蘆中的膏藥都是不
靈的

8

民主就是民的手為主
民主就是集合許多選票
將一個自己喜歡的寵物
變成家中的廚師

9

人民的廚房將有新的外勞上工

10

在遙遠的地方
有一隻看不到的大手
將他抬起
在群眾散去之後

耐人尋味的時光

半夜裡
床叫我起來　　　　　　　　揮灑手中的文字
不要再賴我　　　　　　　　一個個會隨
　　　　　　　　　　　　　機器流出的音符
去尋找一件孤獨的　　　　　到處走動
旅人需要的
以孤單的眼光去行走　　　　我彷彿隨心所欲
　　　　　　　　　　　　　駕馭這些從手掌心
天地此時也已睏了　　　　　不停流動的象徵文字到處遊行
唯我獨醒
在這樣空曠的夜間　　　　　不管天地怎麼變化
唯我遨遊　　　　　　　　　我已入定在這般世界中
　　　　　　　　　　　　　享受夜裡的
萬物俱寂的時候　　　　　　安祥
我才會變成一個這樣快樂的靈魂　享受偶而才會從遙遠傳來的車聲

旅人小記

我不是小記，
而是大書特寫一篇篇給自己的日記。
在日記裡，
我反覆練習到底怎麼樣才能擄獲您的心。

旅人小記

一生詩的完成：給詩人的詩

您已長臥於大洋邊上
廣大深沉
每天都在用呼吸的它
從此有人
陪伴一同吟詩作對

你是一位
我日思月想
效法的前輩
無論坐車走路
吃飯睡覺打麻將

都帶著您曾經透露的天使之聲在
心靈的深處

每天都利用早晨黃昏都用耳朵去
傾聽嘴巴
放送您留下的
許多心裡的感受與困惑

為何你要將美美的葉珊
一變而成楊牧

葉片落了之後
其滋味如何

無論在他鄉
一樣有廣廣的太平洋
一樣有學生如綿綿的小羊的陪伴
共唱明天的太陽或今天的霞光

為何最終
必須選擇洋的另一邊
作為您
最後的土壤

今天我依然
走到你出生的土地上
拾起一具當初觸動詩歌的海螺

低調在您出生的地區
小聲地歌唱

您是否喜歡這樣的心靈之會
就用您當年揮灑自如的金光閃亮
的句子
回我一回

楊牧（1940-2020）

本名王靖獻，臺灣詩人、散文家、
評論家、翻譯家。美國柏克萊加州
大學比較文學博士、東華大學人文
社會科學學院院長、中央研究院中
國文哲研究所特聘研究員兼所長。
本名葉珊，一九七六年與葉步榮、
瘂弦、沈燕士共同創辦洪範書店，
成為臺灣文學出版重鎮。出版詩集
與散文集共十九冊。

寫作

經常像拉動一條胡琴般
在黑夜裡

1
不斷地排列手中的文字

2
文字之外
還有文字

都在等待入列
整齊排成隊伍

3
等待一天一夜
還不等到你的青睞

4
何時才能等到命令
一個命令
一個動作
一個命運

5
你是我的愛人
你是我的最愛

6
讓我自由玩弄於手中
手中永遠有你
的布幕

7
我永遠希望有你的愛
一如你當初給我的

8
我經常帶著您環遊世界
你是否能接受這樣的命令

9
你已將你的生命交給我的手中
你是否願意
這樣獻身
到永永遠遠

十年一陣風

人生彷彿是一陣陣的風般
曾經吹皺多少春天

十年來
彷彿是冬季強勁的狂風之後
還下起綿綿的細雨

在陽光再現時
又有一個新時代會誕生

你我也祇是
那片天空上的雲
偶爾在日落時
才放出一些霞雲

十年
人有多少個
珍貴的如黃金般的光陰

一如曾經蹈過的途徑走出的小徑
在落水之後
又將成為一條新世代的馬路

十年之後
你我是否還如往常一樣歡喜
還是輕輕地各自打包

或者
這就是生命值得用黃金去購入

或許相聚或遠離總是如此匆匆
必須留下這些
紀念與紀錄

珍惜呀
無論那些相片是否有你
你我都要好好把握
如綢緞般的最後時光

瞎子

在這樣的時代
每個人都可能是瞎子般走路

1
無論多麼用心去摸索地面用一
根杖
依舊被重重的石頭阻礙

2
心中有許多石塊讓我
永遠走不到
走不出車站

3
我久已習慣這樣的生活在黑暗中
我沒有春天祇聞到春季花的香

4
我經常想打開眼睛看看大地的
模樣
別人說
你最好別希望

這個世界有光亮

4
我說
好不好
就讓我看一眼吧
開眼的人
依然回應
最好不要

5
我久已看不到光亮
除了一片黑漆漆的世界

6
我就這樣走在路上用一支拐杖
再也不希望別人前來攙扶

7
情願在黑暗中孤獨
再也不希望別人來細說
這樣的世間是多麼令人留念

湖上

在晚霞偷走人間最光榮的風景
開始書寫這一面湖的波光之後

原來最快樂的一家是湖上的鴨鴨

1
父親領頭母親殿後
小鴨伸長脖子
不落人後

2
午後的湖水更涼爽了吧
一家都沉醉在逐漸向晚的湖上
一如湖邊的一家大小
在湖水逐漸睡去時
猶高聲談笑

3
就讓這樣的笑聲來裝潢夜景

4
或許聯絡兩岸的臥橋會累的
在兩岸的遊客
依舊沉醉在
這般清潔的空氣中

5
沿著欄杆
我想像自己
已變成湖中的蘆草
飄呀飄

6
臺北大學的那面湖
原來就是治療人間苦惱的一面鏡
子

每天有許多人在湖邊沉思
久久不願離去

天使的眼淚

（天使的眼淚在臺東山上，就是嘉明湖）

半夜裡我也會夢到你在山中
獨自落滿一池的水

1
莫非是天上派來的使者
靜靜在此留下千年不變的一灘水

2
好像是天使的洗腳之地吧

何以天天還用來沐浴
還能保持這樣的清澈見底
的天使之眼

3
天上的白雲
也會羨慕這樣的人間
留下這般清明的眼淚

4
莫非是

有人在攀登這座高山時
想起母親

才會流出這麼多熱淚

5
它已日積月累成一個清清的湖泊

6
母親呀母親
這分明是遊子在他鄉才留下的
淚水在夜深人靜時

7
想起那高山上的那一池水
就會想到
曾經遊歷的多少風景

都不如　當然不如
那座山頂上的

8
我看到的那池水時
多麼希望

也會流下熱淚
多麼盼望能夠再看到你
和你慈愛的眼神呀

半夜裡的笛聲

守在角落的那架發音器
在半夜裡
心血來潮
突然開始它的旅遊

1
大地彷彿都跟隨它的音樂放光
在這樣的夜未眠的時候

2
彷彿音符是從他美妙的歌喉透露

3
散布在空氣中的符號
已替代我夢裡正編織的美味

4
它逐漸將整個夜晚
當作一個在夜市
與蛙聲競爭

5
在蛙們也睡去之後

它依然順水推舟
好像走在水塘的中心
泛起一池的漣漪

6
我醉了
在這深夜
獨自徘徊在萬籟俱寂的夜市中

6
有這麼多的跳動
彷彿是
背後有一指揮

以整齊畫一
在空間中緩緩流出一條小溪

7
我在溪旁
突然像一條魚接到長官命令
便加入集體
向東游去

8
不久
還散開腳步
各自向
不同的方向不同方向
手舞足蹈

8
畢竟這已是寒冬
長笛已經小心呼籲

快過去了
快過去了
讓春天的快樂
充滿我心

9
我已輕輕的呼喚你的腳步
回家的路已不遠
已不遠

睡蓮

妳睡覺了嗎　此刻　這樣的月光

妳吃飽了嗎
半夜裡　輕柔的妳
我在窗口邊　望著她
彷彿看到妳年輕的容顏

妳還像過去一樣唱歌跳舞
如同蓮花上的蜜蜂嗎

那清脆的歌聲
彷彿是半世紀或更遠的年代
還輕飄飄
在我耳邊飄香

今夜
我又來到那一池塘上
欣賞睡覺的蓮花
其容姿
彷彿就是年輕美貌的妳

讓我永遠這樣記得妳
永遠像一朵容姿豔麗的水上
蓮花
展露其不變的顏色

昨夜妳對我回首一笑

昨夜妳來
來到我的窗外
回首
讓我一夜難眠

半夜醒來
依然等待下一回
是怎樣的千嬌百媚

或者總會有一天
妳會說
都屬於妳
我的眉我的鼻
乃至我的那雙妳喜愛的眼

妳那雙會放電的
和會說話的
到底妳

今天帶著多少香水來
讓我如此目不轉睛

到底那雙
會發電的
如何產生電力的

才使得我必須隨之起舞

都到了妳的跟前來
隨妳跳一晚的探戈

妳說
這才叫做訂親的儀式

從此
夜也跟妳睡眠
不再有白晝與黑夜的分別

昨夜我無語

夜夜是這樣的深沉
不發一語的黑色之夜

語中彷彿聽到一種聲音
妳不再愛
愛我如當初

這難道是一場無解的噩夢
還是一種生命的解脫呀

我們彷彿是兩條平行的軌道
雖然都知道妳還在人間

卻是如同永遠不再見面的橋與路

陽關道與獨木橋
路是路
橋是橋

何時會相會
我默默在路的這邊
遙望橋的身上
是否還會
有妳的身影

一枚日幣

在從前的從前
一位少年從臺北郊區的野地裡
拾獲一枚印有日本國花的硬幣

他走在野地裡
不斷思索怎樣消化這個奇怪的東
西

走上大馬路上
想消費它
換成一支
從阿忠推車的布袋中的枝阿冰呀

戴笠穿汗衫的阿忠哥遞出一枚
好吃的
免費的已經在流水的
給他嘗嘗夏天的滋味

在路上
那少年在炎熱中
準備赤手空拳在野外
尋找更多的
被掉落野地的錢幣

在半夜裡
終於夢到許多許多新鑄的硬幣
任他在半夜拾起

在天亮之後
他集合了兄弟從四方的鄰居
滿山遍野去尋尋覓覓
阿莫酒矸收購的破爛

一個下午的尋找
從小鎮的一處角落開拔
走到午後的黃昏
找到一堆廢物
換成一支甜蜜蜜的冰捧

在有大榕樹的地區
大家吃得津津有味的
一支甜點
終於成為地下一根棒子

多年之後
同樣的一群不想老的少年
想到過去

也要這樣回來
帶著他們準備的行囊
滿山遍野去尋找過去

過去已變成遍地的大道
與道旁的咖啡座

我們在日落時候
又來到這樣的地方
尋求那個甜美的過去
過去卻這樣回應
讓它走去
在黃金般的日落光芒

再現在明天早晨
在你清醒的時刻

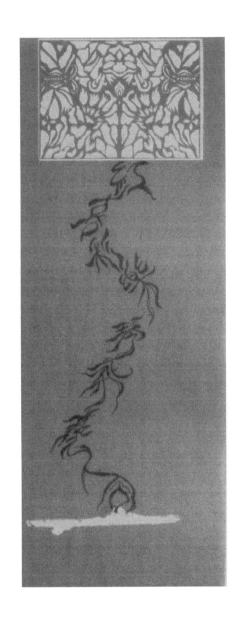

金門讀後

在和平來臨之前
戰火的灰塵
已被清洗像
一座海邊公園

沒有飛沙走石
沒有一二一的隊伍走過

歷史已經走過
走進坑道中
演奏貝多芬
拉拉小提琴

第一遭從遠方來看你
驚奇你已走出戰爭的陰影
走出軍服
換上更新的迷彩軍裝

路上行人忙於
修建一間間的民宿
阿公阿婆一早提著鋤頭在田裡
工作

戰壕祇用來裝潢戰士來守護
讓今朝有酒今朝醉

管他
這個是古代的砲呀
還是八二三的遺作

回不去的
一座孤單的樓
寫道
無望返去

回不去的
還有西線的戰機
天天來

在你我肯定西線不再有戰事的
時候

不可說的秘密、莒光樓的故事

多少不能說的話都已經長了腳向
外逃走

多少難以描寫的過去已讓它現形
從頭到腳

將從前打造的坑道
一座座大開其門之後
亮相在眾人的眼前

唯有一個不能細說的故事
是在半夜的交談中
現出原狀

據說這座樓房
是用他餘生打造
如今
已有望回家

自己在午夜中
依然放光
獨守空城
在一個孤單的島上

它的主人早已作古
兒孫都已作西天的雲彩

海岸的巡防
已交給迷彩的戰壕看守
阻擋敵軍的阻礙孤獨在海邊排排
站

海峽永遠這樣平靜嗎
水面上看不到一艘戰舟出沒

往常的綠衣人潮呢
往日的熱鬧呢

祇見一隊隊的遊客
在一面小小的高舉的旗幟下
七嘴八舌地談論輝煌的以往

聲音敲響了
今天午後
空曠的戰場
與剛剛走過的一片蒼茫的沙岸

生長

一棵樹般
會自然生出許多嫩芽在我的心中

呀！許多意外的收成
在我們的心中
如果能這樣生長

自由自在地向上攀爬山崖而上
哦！我們都會像生在尖尖的山脈
地形上的
像白猴攀爬的地區

世世代代
每天每月每一年
訓練腳力、體力以及智力

去練習天天的功課呀
飢餓也每天這樣來侵蝕
我們依然放膽去訓練
腦力、智慧以及向上的耐力

終於變成一隻如同白猴
在喀斯特地形上的勇士

勇士必須下山覓食
不必！山區的鮮嫩葉片已足夠

我們已變成一隻隻刻苦耐勞的會
自己攀岩的生物

生命因此隨環境生出許許多多的
嫩芽
如同在尖塔般的地帶
有一種外來的品種天天在此攀升
尋找水源

呀！終於在山區發現許多粗粗的
樹幹中
存在終年不缺的水源

世世代代的
生命
就是這樣生存下去呀！

（白猴是一種象徵　在喀斯特地
形上的勇士，我們呢？）

給妳一封剪不斷理還亂的情詩

給妳
手中一架小小的飛機
透過手的躍動
通過會跳舞的文字與情絲
給遠方的妳

不要急著打開我心
不要詢問我的來意

心中的波浪如今年的乾旱
半夜依然焦慮
依舊如鍋中的螞蟻

今年的草地格外不如意一如
我心的浮動

今晨乘天上正下著彷彿書寫我的
心情
寫出我的來意

或者你會認為
這個是老掉牙的詩歌
或者其中毫無新意

或者妳早已經忘記
遠遠的地方與那邊的人、物

我依然是那個從前的我
經常會來到那個
老地方
與妳約會

讓心情如火焰般讓它自己燃燒
從無悔意

就這樣簡單的一封信
就這樣平常的信箋
明知是寄不出
寄出也會被立刻退給鹽分地帶

就用一把火
將它化為煙灰
我依舊
在遙遠的夢中
等妳
無論天晴或下雨

與高原上的妹妹一起數星星

今夜在夢裡
與紅充充的妹子一起來
數呀數
黑暗之中
天上無數無數的
金光閃亮的
明星

讓她們用癡情對癡漢的一對對的

明亮
放光在黑色中
愈發耀眼

耀眼的
還有那曬黑曬乾的唐卡
從古老的時候
到今
已跨越

阿婆甚至阿祖的年分
至今
已經用了手機
相機收音機飛機

總之
變化在高原上如同山頭聚集的雪
在不知不覺中
變化變化

不止於化學的
不限定物理的

隨著時間如流水般
一件件
產生自人的手

或權柄
刀槍火砲飛彈

也是數也數不完的
如天上的星辰
如地上的坦克

今夜我就是這樣跟她
這樣玩一種奇怪的遊戲

她使用美麗的眼睛看星星
我用一顆心
計算高原之上的
武器
還有多少

告別 2020 演唱會

不知嘆息就這樣揮手
即將走去的往事

在好看不好玩的一年
就要遠走高飛

讓它去
讓它
趕緊打包
不要留下半點的身影

它是惡鬼餓鬼
天天在看不到的空氣浮遊

你是否曾經與遊
是否像被五花大綁

今天　因此必須
向您提出請求
莫要將無厘頭的網路消息
任意拋在空中

恐懼已經再來到您我的心中
在我們多麼弱不禁風
在我們迷失在鬥爭
在忘記是誰
的時候

不如買一匹普悠馬
騁馳在太平洋的歌唱裡

陪伴花蓮那位山下的美麗姑娘
過一浪漫的
冬天

或許　在寒冬過去
一切會變得會更好

讓我們拉起友誼的手　在夜色更
濃厚的時侯

一杯小米酒
就可以讓今夜
睡得香甜

時間像腳步還是流水

人們常問　　　　　　　　　不
三年有成　　　　　　　　　會
那麼一年呢二年呢　　　　　等
可不可以有方便門　　　　　您
讓我加快腳步　　　　　　　會自動逃走
拿下金牌

　　　　　　　　　　　　　在你還沒有準備好的時候
自從種下一顆幼苗在江邊　　猶在你猶豫不前的當下
眼看它已亭亭玉立

　　　　　　　　　　　　　趕快加緊腳步
在我心裡它是多麼快活　　　趕快抓住它
一再灌溉　　　　　　　　　不要花它如流水般
不用掛牌
卻是一棵棵隨風吹雨打的玫瑰　每天省著花費
　　　　　　　　　　　　　每一分秒都要小心
有一天大清早　　　　　　　以免上當呀
她已成長已成長
不用照顧　　　　　　　　　每當你又想起它
自然展現她的嬌美與青翠　　利用它
　　　　　　　　　　　　　他會馬上
呀　　　　　　　　　　　　待命在跟前
它不如金錢
不會自動儲存　　　　　　　用它來午睡跑馬

用它來讀寫　　　　　　　　它笑了
用來思考　　　　　　　　　看！　它露出淺淺的笑
　　　　　　　　　　　　　是多麼的甜美

夜過霧峰林家

輕輕地我來了
用輕便的腳步
在你們都閉上眼睛關上門戶

還記得嗎
那場天翻地覆的翻身
你彷彿又死去一次

再也不必擔心
這一次
於是
今夜你們都蓋上眠被安安靜靜
在這黑夜
沉沉睡去

你的故事或傳說
卻一段段地

從導遊的口傳播

九二一的災禍
曾經被獵殺過的驚魂

未定
到今夜的安心
原來
人間的浩劫

或者
早已為人淡忘

你何以這樣淡定
不知何時
你會再睡去
永遠睡去

在你失去警覺的時候

城南舊事──霧峰林家的故事

永遠忘不了您
多少的過去
已化為雲煙
化為眼前美麗的妳口中的
一件件的往事

原來
城南有許多說不完的舊事
值得你在過去的地方講述

每天反反覆覆
述說
朱銘重磅的雕塑如何進來
與林獻堂同住

與古老的桌椅樟樹
在舞廳同樣
回想消失的繁華

連年邁的母親
都有萊園與亭臺樓閣
參觀落日與夕陽

唯今日的池上
何以
獨留鵝群
尖叫一聲
是否也不想聽
一個個說不完的往事

往事就這樣無神地
過一天豪華的生活
直到
繁花落盡

在霧峰上
回首時可以看見
這一切過去都已隨死亡
走向甬道
走向過去

所以明天祇想聽聽夕陽
如何下山
一如你今天說
已經在回家的路上

何其匆匆

我與您總是這樣擦肩而過
每年　　　　　　　　真讓人沉迷或忘記已經購買
何以總是
在歲月寒冷之際　　　　是失去記憶
必須被罰寫心得　　　　還是意外
　　　　　　　　　　　必須忘我地狂掃

從不想畫下句點
自從不小心投資在人間　然後
總是賴床晚起　　　　　一車車的
　　　　　　　　　　　宅配到宅

這樣的山珍海味　　　　你家的門鈴都已經必須淘汰換
這樣那樣的山川河流擺渡　新
當然還沒有吃夠玩畢
　　　　　　　　　　　你還樂此不疲

還有
妳那甜美的聲音　　　　府上已經成為堆積如山的丘陵地
天使級的歌喉　　　　　衣物大小內外內容無計
令人陶醉
忘我的滋味　　　　　　卻無章法地
　　　　　　　　　　　占領床上床下以及各地

何況經常出現在百貨公司裡的
奇裝異服　　　　　　　試問
以及經常變化萬端的3C　明年今日

你還能這樣進貨

一切別急
我還有雄心壯志與一瓶白蘭地

酒足飯飽之後
依然狂歌熱舞

據說臺北還是其他的地區
天天有高樓大廈
如春筍般在升旗

祇要還有空隙

足以讓我的創作力飛行
就會不斷囤積

看看
今年的美麗陽光
已經發起
團購半票遊
五星級

那麼請帶著您的老人級的
卡片通往
歡喜的新新之年

山勢嵐光
人間仙境
2021.4.17
IAN

今年的瑞雪

今年
將會歡喜地過年

101的天空上
已飄送
一朵朵不斷開花的煙花在人們
心花怒放中

你可記得
當年你小心翼翼
才送來一場大雪一片霜

送來乳姑山一片片的吉祥
雪白的皮膚是她如同妳的

這樣的世界
值得再上陽明山推一輛自行車

在雪地歡笑

連拖鞋也笑了
在純淨的地方

你有你的笑容一如當年雪紛紛落
在山頭上
落在溫暖的眠被之外
我是多麼多麼思念你

今年是否還能照舊玩一種古老的
遊戲呢

你在戶外傾瀉一場無盡的白色
我手握一杯香氣十足的咖啡
在室內的
座位上

註：乳姑山在桃園市龍潭，幾年前下雪。狀似乳房的小丘是大地上最
　　美的風景。

淡海線上

突然廣播傳來
乘客必須戴上您不喜歡的口罩
將自己的尊容暫時保存

不然
萬五沒找
活該倒楣是自找
還驅逐出境
罰你走路上學

於是變成一隻隻手機
在一個個虛擬的世界中到處走動

無論天空下著下雨
還是飄霜
在這樣的寒冬之夜

依然人手一機
漫遊於一個個群眾喜歡的世界中
說一種自己喜愛的語言

不管世界怎樣轉動
總是喜歡一種音響

穿上一種衣裳之後呢
難得像今天的天氣
那麼沉重

突然廣播又傳出
你們今夜必須在此過夜或打地鋪

忍耐必須在一條如藍帶的線上
安靜會陪伴您一夜

遠近的海水河水還在爭議
誰的清潔

黑暗的觀音山已經入睡
以便準備遊客的
飯菜

一條藍絲帶似的列車
怎麼今天這樣發脾氣不聽話
走走停停
停停走走

在半途上

像一條上山的老牛
氣呼呼地
拉著一群群飢腸空空的下班族
上山下海或

進入山洞地底呀

註:昨天傍晚坐上捷運淡海線
淡定在一條藍絲帶中。

失眠之夜

整個夜晚都在重複進行一個動作

當下頭也不回地

帶我去夢遊
算數今夜的

蘇西黃的世界
空寂

去數一數綿羊的數目
與遠遠才傳來的馬路不甘寂寞的

飛馳而過

一夜的辛苦呀
又消失的黑暗中的失魂落魄

綿羊已經數完回家睡覺

就是不睡呀
已經沒有了友伴

怎辦

搬家到柏拉圖的家談一談理想
嗑藥

世界
不可

或學生亞里斯多德的住處
醫師的面孔突然浮現

論政治與倫理

不可這不可那

該死
忽然飄香的余光中及他隨身攜帶

好辯的康德也出來純粹理性批判
詩歌

多少睡眠之蟲都回家了睡著了
在半夜中突然如號角地

就是留下我一人
引導我的腳步

在燈光下

傾聽壁上的掛鐘
與之聚會

鍾情於分分秒秒地細數當下

在黑暗中
光明之眼彷彿都打開了
打開了

一個平安安靜安全的
夜色在寒流來襲之際
他陪伴我
走過一夜

不用吃藥
不再想睡覺

一夜的滿意
就在消失的昨夜
我走過失落的睡覺
滿足於那顆如天上星星的
照耀

向李白詢問詩人的眼睛長得怎樣？

千百年來你的繡花針似的文采
始終占領
許多人的心上呀

為何飲酒之後
你的文字會從
口中透露

像一串串的春天的玫瑰
突然掛在脖子上

像冬天溫暖的陽光
或冰淇淋呀
又愛又不敢
一次食盡呀

你問
詩人的眼睛
是否有色盲
何以半夜裡
想去水中捕月
竟然是一隻巨蟒

他是不聽皇上使喚的
眼睛長在頭上
經常在馬路上醉酒的
醉後
胡言亂語

語中
一行行
一列列的
彩虹
會飛舞在天上

成為眾人
仰望的對象呀

究竟究竟
這樣的眼睛是
什麼所塑造

用塑膠
還是鋼鐵
用紙片
還是心靈

用他特製
來自上帝的手

沒有任何訊息
要知道
最後的答案
去問老李
多采多姿的詩歌
是怎樣在酒杯中
成為雲彩般的美麗呀

李白（701-762）

有「詩仙」、「詩俠」、「酒仙」以及「謫
仙人」的美稱，傑出的浪漫詩人，與杜
甫合稱「李杜」。杜甫曾讚揚李白詩
「筆落驚風雨，詩成泣鬼神」、「白也詩
無敵，飄然詩無群」。

自由的滋味

難道您不知道美味是怎麼來的
在遺失的歲月中
每踏一步
都會
受到牆上的
那支支伸長脖子的眼睛
收納每天
從高高在上的電桿上

怪獸般的收納器
經常還會轉型
或者成為一架小飛機
從頭頂上飛行

在你不小心踩到紅線時
警車會呼嘯而至

無論白天的車水馬龍
無論黑夜的萬籟俱寂

小心
有一支支看不到的
眼睛已經變成監視器

在你吃飯睡覺玩電動
都有一支明亮的探照燈
從天空上飛過

你要珍惜
這樣的味道
沒有味道的味道

在它從我們的四面溜走
會像一條條正喘氣的魚
終於岸邊的一個
黑壓壓的岸邊

再也沒人理
再也沒人理

詩的頭腦體操

多麼堅定的意志　　　　　　　分明是貴族的血脈家室的男子呀
在提醒
你的身體　　　　　　　　　　早已兒女成群
　　　　　　　　　　　　　　是金湯匙養大的
都快燒焦了
在大雨磅礴中　　　　　　　　在此波濤萬狀的世界獨行
仍然坐著　　　　　　　　　　已不動心
覓覓尋尋　　　　　　　　　　一人浩氣凜然
智慧之門
　　　　　　　　　　　　　　天下

是多麼污濁如恆河
鍛練在火
讓飢餓止渴
讓雨水從頭到腳洗去滾滾紅塵

從此
天下不是天下
又是天下
唯其走在遙遠的地方
坐著
供人膜拜

千百年來
他已被人換上鮮艷的袈裟
默默站在最高處

俯視
人間的悲苦呀

回首那棵智慧之樹
早已成蔭成為
一片森林

他早已作古
許多捨棄的粒子
分散在世界各地的廟宇中居住

唯他依然莊重地
固守一座座廟宇
在世間各處

讓抓不住的，都成為抓得住的

呀
過去的歲月
已如枕上的淚痕
永遠成為流水
過去
又永遠是
一串串的真珠
掛在每一位的
脖子上

呀
何以你總是頭也不回地
讓它走去

呀
你說

究竟那個是抓不住的
那個又是抓得住的呀

那痕跡中
有我的傷心之跡
何以你
不去傾聽其回音

眼前的
還是過去
還是未來的未知數

沒有力氣還是沒有勇氣
還是你想要告別過去

過去不會告別
不會自動畫出休止符

除非你跟過去和解
重新讓每天活得像春天的一片
樹林

聽說
冬天很快就會過去　如果你的心
像春天的腳步
如果你的腳步
也有春天的劇本

則冬天的夕陽
也會像世間抓得住的春天
在心中
每年
都開花

恐慌又起

在整座城市都被魔咒般的占領
之後
每一根神經已經拉緊

一張張迷失的臉
像孩子般對著電視等待每天的宣
判

人心已經開始浮動
開始找媽媽
像個孩子在賣場上

媽媽說
莫要驚
在媽不在身邊時
讓口罩帶著你
在家休養

媽媽快出現
廣播也幫忙呼喊媽媽

媽媽已在天國
早聽到了
卻不再回來

回來時
依舊是那一句
口罩戴好戴滿

媽媽那裡沒有人間的瘟疫
沒有科技製造出來的瘟疫

沒有心機
沒有設計
祇有
紙做的飛機
如同你的幼稚時的

可以載著全家大小
自由飛翔於藍天白雲之上

享受閒聊吧
享受過去沒有科技的生活吧

回去？
再也回不去
沒有恐懼
再也回不去

明天的盼望

我會在那個老地方等你
一年、二年
一千年的春天

你說
久已不唱歌了
久已不去追尋過去

過去已如煙花閃光燈跑馬燈
流去流浪去

一千個春天
還不夠的話
再一千個寒冬

你說
這樣的等待是等不到的等待
我說
等不到的等待
依然等等

唱一支吧
那歌曲中

或許會有跟蹤
或者那唱出的聲音中
有你的美容

讓我聽一聽
過去的長相
雖然我們都已衰老
雖然步伐已蹣跚

看一下也好
我的腳步已來到過去
何以過去依然
背我而去

莫非你已捨棄它
遠離
莫非你已經不再回到那痛苦的
記憶

呀！
殘酷的過去
何以你何以不像一列火車
載我回到那甜甜蜜蜜

呀
今夜我心如波浪在海岸邊尋找過　明天還有許多盼望
去的一粒小石子　　　　　　　　就讓昨日
它竟然回應我的起起伏伏道　　　死去
回家去吧　　　　　　　　　　　死去
回家去吧

新埔印象

你是此的一片陽光與綠地呀　　麼燦爛的陽光呀
路人的目光
最多投資的微笑呀　　　　　　狹窄呀
　　　　　　　　　　　　　　路上的行人紛紛聆聽香氣
自你走後　　　　　　　　　　下馬來察看
路上依然絡繹不絕地
回應你那燦爛的笑容　　　　　客家小炒、粄條、豬腸
　　　　　　　　　　　　　　香味十足
像一朵朵的小黃花開在路旁的你
多　　　　　　　　　　　　　少糖、少鹽、少油

老闆娘還記憶猶新

此地的冬天

還說
生意漸冷冷清清呀
你年年照顧
你何時會帶人來光顧
鄉村人、甘苦人的錢包
窄狹的門面
高高低低的道路
照顧草地人的草莓、蕃薯、蕃茄
如波浪在衝擊這座在大城邊上的
哦
小鎮

當年你來
在我造訪當年您的足跡您的笑容
總是輕車簡從
依然燦爛依然像極路旁的樹木
自稱挖是福佬郎

在陽光下
如今
微微露出微微的笑容
你已遠去他鄉
在冬季的寒流中
尚未入土

歷史的傷心

怨氣永遠不會退休的　永遠像一
齣戲　如果你喜歡這樣的連續戲
天天會在怒火中　燃燒自己呀

過去　是沉重的　如同千斤重的
死豬　依舊天天躺在心上　記憶
會從左岸的咖啡門口突然探出頭
來　在半夜的沉默中開始煩惱

過去會反反覆覆覆蓋當前的一切
快樂　會讓不快樂生出快樂的小
杯鼻嗎

不要這樣鼻子摸眼睛　過去的痢
疾　會在歷史的傷心中　逐漸逐
漸退出

忘不了您的美麗
忘不了傷心的您
依舊活在我的心上
活在過去　也會存在
在傷痛處
讓它不再發生
不再傷心
如斯

送別——給同窗好友季鎮東

原來我們都已來到白茫茫的冬季

這樣的蒼白的
雪　紛紛落在心上

出門所見
莫非你已融化成那雪塊
何以
自你走後的天氣中都出現許多驚
嘆號
還是感嘆氣

呀呀
這樣的天氣
突然落下的不是瑞雪不是春雨

雨滴依然落滿心田中
今年是傷心的雪
痛苦的豪雨
下在我與你的同窗的心上呀

知道自你乘上帝派遣來的馬車

飛奔而去
地上揚起

多少的淚水呀

呀呀呀
人生難免一別
宴會終了
就會關門歇業

安息吧
你在那一頭
祇是靜臥
或在打鼾

呀呀呀
這一回莫非是你又在開玩笑
就在人們準備年夜飯之際
就報名給上帝
讓祂連夜
將你接去天家
那是您等了千年才等到的地方
呀呀呀

採集之歌

田野何以長滿雜貨
向南行的路旁
土地逐漸荒蕪兮

多少的良田如今
荒蕪在冬天的寒冷中

訴說著往昔的光輝兮

在冬季的寂寞中
我走向寂寞
尋找南方的空氣
格外清潔不用口罩在南尋的路上
獨自
走向開放的馬路

馬路出來舉牌
抗議
這樣的良田
怎麼如今
已被占領
已讓工廠的腳
逐步占據

我不要這樣的廢水與污染的空氣
呀
冬天的風再也不香
夏天的熱
再也不能溫暖大地

廢水業已侵蝕良田
田園荒廢兮

走回過去
走到鄉村的盡頭
荒草依舊叢生
落日不再輝煌
農民已老如晚霞
已漸漸為黑夜
覆蓋著雙眼

殘酷的現代農耕機已占領田園的
土壤
不滿的
還有化學的肥料
天生的土壤

全變成如同再也不能活過來的　　　　頻頻在此走路
農村的過去呀　　　　　　　　　　　在此遊戲
　　　　　　　　　　　　　　　　　再也不想停下腳步

南方
終於站出來承認　　　　　　　　　　農村的嘆息
回不去的　　　　　　　　　　　　　會像天上的成群結隊的飛燕
回不去的　　　　　　　　　　　　　多得
在進步的齒輪　　　　　　　　　　　無法一一算計呀

莫札特之夜

歌頌吧

在繁花盛開的時候　　　　　　　我沉醉於你的

跳舞吧　　　　　　　　　　　　用生命釋出的

在午夜的歌聲高歌的時刻　　　　對世間一切的讚美

　　　　　　　　　　　　　　　包括對法蘭西夜色的悠揚

等什麼

即便王公大人趾高氣昇　　　　　夜深了

姍姍來遲　　　　　　　　　　　在一切已經安睡

依然將今夜張燈結綵　　　　　　讓我在你裡面

依舊將我的舞步　　　　　　　　反覆飛行

獻給她的嬌柔與高貴　　　　　　在你的腳步中

　　　　　　　　　　　　　　　來回走動

我已爬上他的顛峯

隨他的指針在琴弦中跳舞呀　　　呀

我心依然迷戀　　　　　　　　　這樣的月光

幽默如舞蹈的音符　　　　　　　這樣的美食

　　　　　　　　　　　　　　　祇有像你的長相

跳舞的是他心情的音樂　　　　　才會讓我沉醉

今夜不再有如狂風暴雨的　　　　在

流行的狂熱　　　　　　　　　　一個心情回歸平靜的夜裡

音符　　　　　　　　　　　　　回到心靈彷彿被燙平的故鄉

路邊的一棵行道樹

2011:08:24

我祇是棵
路旁的一棵平常不過的小樹
每天在川流不息的車道上
張望

經常希望有人來關懷
我的際遇
我的困境以及
三餐

每天都想獲得別人關懷的
眼神

在人來人往中
我經常會失望
這樣的世界
殘酷而冷血

在全世界都分享到免費送到的
三餐時

我依舊
天天在等待
下一餐
在那裡呀

這樣冷冰冰如冰箱的世界
這樣冷血的動物般的全球
活著每天
彷彿都在吹西北風在嚴冬

終於我想通了
何不利用身邊那塊業已荒蕪的
土地呀

原來我是可以這樣的
自己耕作

就在自己的土地上自食其力的

呀
荒蕪已經變成良田　今年之後
我不再靠別人的嗟來食
不必伸手乞討像一位拿出碗筷
在路旁乞討的
乞食

我要自食
靠自己的實力
還要拿出能力
去關心
其他被人遺棄的
被孤立的小樹呀

莫哀歲月之流亡

莫愁已年老
莫嘆氣人生之短

子在川上曾經
感嘆
此流水奔流
每一天
每一分秒
永不停下腳步

今夜
我在溪水旁沉思
默默觀光
其悠遊
其姿勢如勇敢的魚
向上游回溯從前

生命何其跳動猶如過了今天便沒
有明天

雖然你總是說
過了今天還有明天走來
過了一年

又有許多未來的明年

歲月總是這樣走來又走去
像童年過了
還有少年
像少年都希望明天的長大

到了中年
才發現年歲已長大到無以復加地
流失
如流沙

經常在半夜的夢中落淚
這樣的失落
如走過的路
總是一條條泥濘的

今年
決定要選擇安適安全如前人已開
好的路

路上讓每天
都在享受

餘年的老人

在日落之前
陽光依然強烈
月色依舊芬芳如昔

在那月中
曾經有你的夢想青春如青少年
般的

有如猛虎般的未來希望
我依然四處張開飛行的翅膀
像一頭猛虎
向日落的方向奔跑
永不回頭張望

綠世界

天空何以這樣清明

世界改變了嗎
這樣多的大人小孩都變得
開心

在此排隊戴上口罩
品味這一天的清淨

等待這一天的到來
已過了一個寒流

這個世界的確
已變化
今天已邁開腳步

投入綠色的
草地

就在你不注意時
鸚鵡的歌聲
已經告訴你
這是你的悠遊

在你忘了你是誰之際
一隻來自遙遠的地方的
草泥馬
已伸長脖子走出牢籠般的房子

在人群中
敘述
我是來自
來自遙遠的國度

我是坐豪華來的
不是你的經濟
不是坐貨櫃
不是吃一般的機上杳薈

請你
天天這樣疼愛我
一如過去
一樣過山間的悠閒

在日落之前
你們可以去看看我的女朋友

叫做鵜鶘

她已吃得過度
變成一隻肥胖的大象

但是她是會說故事的
而且天天抱怨
你們的手機

何以不放過我的害羞

我們都患有鄉愁
你們的食物好難吃

我好想我的家鄉
我的父母
以及屬於我的山區

我不要這樣的眼光
天天來看我

我是一隻
來自遠方
不屬於這個島嶼的
珍奇

你的眼光
快移

不要這樣將我
聚集成
一團
綿羊

我的名字叫做
羊駝
不是
駝背的羊

旅人日記

日記不甘心地說，
我的心事都在這裡赤裸裸地表露，
千百年後總有知音如敲響大地的宏鐘。
到那時，
你不要忘記日記的好處與功用。

 旅人日記

暫時不自由的必要

請賜我以暫時的不自由
但莫要只給我飲食

請賜我以暫時的不遷徙
勝過酒肉與安息

請賜我以言論上的暫時不自由
思想上的不運動
讓我像位穿戴整齊西裝畢挺的
人士
必須遠離馬路
經常在人少的地方
擺動身軀

請暫時限制我的一切行動
像警察揮動手中的棒子
強力發出滋滋的聲音或
魚躺在鍋裡滋滋

請不要隨意干涉
不要謾罵霸凌
一隻被打敗的公雞

請不要
不要說不要說
不要！

讓自由如武漢肺炎般傾瀉之前
讓法律重新整理一切的失序

請重新安排這個世界的秩序
讓你我適當保持距離

請暫時閉上眼睛閉上嘴巴
保持三公尺以上的距離

最寒冷的春天

春天的花朵已經變異
成為隻隻看不見的品種

花不再開在野地裡
開在試管裡

花漸漸都開了
像頭多面的野獸

在半夜裡
走進人的血管
人的肺臟躲藏

1
今年的春天
突然下起大雨
蓋滿人的肺臟
變成一片片模糊的圖像

2
一具具的棺木
整齊排列在
人的心中

心突然失去動力像具失靈的馬達
達達達達達
等待老闆來扛

3
人都像朋友般牽手在馬路上
接力
舉辦口罩慶功宴

我們最好用手機螢幕對望

4
天空已久不下雨
下的都是
媽媽的眼淚
爸爸的期望

5
春天已看到花朵的微笑

請不要離開寒夜
就在明天之後
春天會像以往

在早晨赤著雪白的雙腳

在光滑的道路上
舞蹈歡唱

好玩麻將的人

1
方城之內外
空蕩蕩
圍坐是四位
新來的郎員外

據說這是純粹
金錢對金錢的遊戲

在人們等待
疫情如何過去
香煙一直燃火燒起

碰的聲
驚起
半夜仰臥地上等待晚餐的貓咪

已不能等等
因為等到的是
主人一聲聲的
唉！

2
煙火加戰火正濃密
午夜到天明
天明到半夜

人和雞都已停下腳步
呼叫
停止玩遊戲

3
何以總是停不下四輪火車的對決

胡聲起落
節奏分明
一次不行
再來自摸

4
腳已抗議
胃已呼叫在半夜

你吃過的晚飯呢？
別擔心

我的胃
請拼命餵！

5
清一色
一條龍
全求人

在眼前爬行的是？
摸牌呀！

在半夜過後
看我連莊十二拜

6
我總是在這樣的午夜裡傾聽
隔壁鄰居方桌上的槍聲

碰碰碰碰碰碰碰不要動

我也不斷回擊在半夜在藍天裡

你已中槍
麻醉你的雙手雙腳
除非
你舉起雙手
投降
無條件地
光榮身退

並不意外的寓言

1
問馬路上的亡魂
到底是什麼災難應該

竟然出口成章
說在郊外
的山區道上
那場離奇的橫禍並不意外

2
據說剛用完晚餐
不喝小酒配菜
用百萬買來
的百萬名牌
如駛戰車般
飛越山邊的小屋
誰說不應該

3
不用幾個時辰
就化作一堆廢鐵
必然
也不意外

你活該倒楣
用找來的快樂
換來場意外
你活該

4
誰叫你半夜出門
讓空蕩蕩的座洋樓
在等待

你養的一隻忠狗在門前等待骨頭
年老瘦弱蒼白
的老母
引頭等待
等待
歸來

5
等冇郎
等到一堆廢鐵
活該

6

你是誰

活該倒楣

誰叫你不應該乘半夜

騎一輛百萬買來的野狼

在半夜裡

飛奔在郊外的山道上

與對面的來車

一起睡著

你活該

7

你說你要上天國

問問上帝

上帝會直接回答

你是誰

詩成的聲音

1
詩如畫
畫如人
在紙上寫
在樹上寫
在夢中寫還是在心中寫

寫出陽光落日
寫出哀傷墳場

2
不論天晴雨後
不論哀傷
還是不聽使喚的眼淚
從心中流出
必須記錄

3
想妳，在河邊在海上在落日餘暉
在蒼茫

在月好花圓
在洞房

在半夜
夜闌人靜
它會闖入心房

拼命在一張紙上畫
在電腦上飛越
個下午個清晨

或直到天光

3
天久已不下雨
人不知總是戴上口罩保持距離

太陽永不露陽光
春天的腳步不停原地踏步
魔鬼依舊在地上祈禱上帝
降下死亡

4
或許春天不會走遠
熱情的夏日依然
姍姍來遲

嬰兒總是在馬槽裡降生　　　　　我所造

傾聽東方有種聲音　　　　　　　世上會從祂在地流出的血
由三博士指導　　　　　　　　　洗盡人的罪惡
說　　　　　　　　　　　　　　一如疫苗
祂是上天所愛　　　　　　　　　將會治療人心中的病

夜遊數學天地

1
少有的時機
竟然利用整個黑夜遨遊數字天地

2
扮作一位商家
手拿算盤
盤算今夜眼前的一道道數學題

有難有易
易者如吹氣的泡沫
灑向天空
如落葉滿地

漸入佳境之後
突然如馬車在泥濘中卡關
油滴滿地

3
都半夜了
依然在風中前進

據說

進一寸有一寸的辛勞與喜樂

而老牛拖車般的餘力
怎耐年老來煎熬

4
管他的
這些惱人的題目
像土匪在半夜來襲

幾次放棄
回牀睡覺
天公也說
罷了罷了

何必呢

5
在夢中
依然數目偷襲頭腦

夢見數字會說話
趕緊起身

先上廁所尿尿

唯我獨坐書桌

再上桌演算夢公指導　　　聽掛鐘獨奏今夜

原來一道道難題　　　　　有老頭

突然貫道　　　　　　　　依然放棄睡覺

如天地之清明

月光之明亮　　　　　　　莫非神經病發作

　　　　　　　　　　　　學習滿頭白髮的莎翁

6

許久未作這樣的體操　　　在午夜裡

在午夜星空普照萬家燈火已去睡　　依然支著一支拐杖

覺之際　　　　　　　　　在校園中奔跑

詩與詩人

醒來
才夢到的夢中
首詩會以
奇怪的語言對我說話
及早休息

於是我放棄
睡眠
在燈下盤點
夢中的詩意

1
每天醒來
我總是尋尋覓覓

沒有聲音沒有形體沒有方向
及待構造的物體

每天夜裡
我放空自己
讓每一個細胞每一條神經
充分休息
讓噩夢不再來偷襲

2
半夜裡
我經常驚醒

3
夜總是一面黑壓壓的銀幕

在上面
我用燈去照亮
詩的前路

路依然短短
如盲腸或香腸
卻如往常
讓我一遍遍刪去
又一遍遍追來說

其中的香氣

4

詩神總是對我說
些愛聽從的話與秘密

那聲音
告訴你／妳
它的華麗

我經營的生意
在每一個晚上
每一個下午
每一個日出或日落的春天的夜裡

一支支看不見
摸不著
卻永遠像惱人的生命力量的長矛
在我心中偷襲

5

我已沉迷
它美麗的眼睛
性感的小小嘴
無論它今天端出什麼眼神

我總是想去捕捉這樣的精靈
它卻以變換隊形的方式
出現在我的眼前

6

我希望有一天
抓住它的脖子
活得像它有肩膀的身體

總有一天
我會將自己送出去
像一位原用它國文字去堆砌去經
營的神明

或沒有皇冠的皇帝

山中樂多

1
山中
今年像菜市場
採買的人漸漸多

像公園般
引來許多
悶得發慌的小狗

他的主人據說
必須將牠梳洗
以便
在山間奔跑

2
山中，童子問
不知那位大哥
已在吹奏沙啞的沙士風
彷彿要理出條山道上的小路

聲音從遙遠處
落在耳朵上流過

3
一個下午
我都在盼望
春天今年笨拙的腳步
及早離開

聽說
在更遠的國度
一具具已發臭的屍體
正放在野地裡
等待處理

3
春天
已在前方遠處的山中
開放
落五月雪的地方

雪白如潔淨的棉花的梧桐花
總是抱怨今夏

不夠熱烈
不夠親熱

何以多日來
自開自落

4

落日原來是一朵忽然在樹林之間
開的花朵

它總是在樹梢裡
探頭探腦

5

我總是在林道上行走

乘落日餘暉中
捕捉天邊那些彩雲

並在雲端上裡
學習悠悠

2006/08/30

末日寓言

1
用時間說話的歷史
又開始說話了

那聲音從遠而近
從微弱的東方小島上
傳播到世界的海洋

2
讓我們集體傾聽
打開耳朵
閉上眼睛思量
如尊哲學家的銅像

3
走過這道城門後
地球會在大火中燃燒

燒盡往來的戰船
燒完家中的藏書
燒到良心成灰

戰艦會在洋面上成群結隊

尋找失散的小羊

母親的眼淚會在驚恐中
不斷流乾

4
記住
這是人的宿命
人間原來久不聞原子彈燃燒彈的
氣味

落霞已經心理有準備
海洋或空中會在落日中緩緩下沉
像打敗漸漸失去氣息的公雞
死在地上

5
上帝已發怒
如獅子般在落日中公布傷亡

草木已枯黃
棄嬰在地上痛哭
戰士的眼淚也流乾

壓過航母的心臟

戰神依然
拿起長矛
吹奏衝鋒的號角

6

6

人間已非天堂

歷史像一面乾淨的鏡子

春天不再開花

在集體失能

大火將占領人間最後一隻肥羊

集合隊伍後
壓過戰車

上帝已發怒
人間蒸發的心臟

遊佛陀世界的心情

1
葉在山中落了
紛紛躺在地上休息

梧桐有花
像入時的青春女郎
在山腰樹上走秀

山坡上的樹林也全穿上郵差的
制服

茶葉也開花了

2
今天
特別用好心情來書寫
桃花源般的世界
由佛陀來打造

不再得意忘形
祇想忘了疫情

3
在山裡
今日彷彿大雪紛飛

飛在五月底大雪
已淹沒山林

有人拾起大雪的片片從山道上
扮成山地公主用五月雪
春天好美如正點妹妹
多少人與她的大眼
深情對望

4
春天已不適合讀書
跑到山道上

山已提出警告
保持安靜距離

山林是忍者入定的禁地或靜地

入山之前

請戴上戒指　　　　　　　　欣賞遠方的含情
小心別鬧　　　　　　　　　與山下
　　　　　　　　　　　　　清脆的流水

安靜已扮成員警
專司抓拿　　　　　　　　　6
高聲唱跳的小丑　　　　　　鳥已醉了
　　　　　　　　　　　　　已回巢睡覺

5
在午前的山頂上　　　　　　我與天地正好商討
有人已經為今年的春天設席　這樣廣闊如聖人氣象的風景

特地在山上　　　　　　　　6
放上兩張安樂椅　　　　　　還有
　　　　　　　　　　　　　這一切的寧靜

是否出自山中佛陀所下
的最嚴肅的命令

7

山依然不回應
雲卻喋喋不休

在此之前的人間
車馬水龍
酒吧間的嘈雜與城市的黑煙
令人難過
才逃走從人間

8

五月是大雪紛飛的季節在桃園的
世外花園

佛陀製造之後
已閉目養神
在人們製造的廟中堂上睡覺

請留下香油錢
用千六鈔

夏天才會有更好的心情
可惜
下在五月的山林大雪
已經回返土地睡覺

歷史已翻頁

1
在你眷念過去
歷史的腳步
已走出黑漆漆的山洞
已經從蝙蝠的地道如鷹般飛越臺
北的天空

2
而你的腳步
依然停在處深山中
做白日夢

3
在人群已經穿過狹窄的水溝
溼答答的地道之後

你依然高呼反攻反攻反攻大陸去

4
在百萬大軍已經隨坦克通過廣場
進到墳墓之後

你為何依舊停駐在空無人的歷史

廣場上
呼喊民族救星

4
或許你仍然想夢回故土
依然眷戀在失敗中重來

5
故土已赤化如黃河黃長江長

江水不再是你的
誠如歷史已變色江山已不在你的
視線內發光

6
從此必須放下
放下這塊土地上

讓紀念你的民主廣場上
繼續飄揚面你帶來的旗幟

讓民主之花如夏天的陽光
遍灑在人民的心上

突發奇想

1
以少為多
以多為少
以小為大
以大為小

讓小孩天天吃飽
讓孔融讓梨
讓太陽讓月亮起發光
讓月亮讓星星在天上

成為人類的眼睛

2
讓兔子讓烏龜三子
讓人類讓猴子互相當隊長

3
讓地球挖出一條壕溝
堆放戰車大砲戰艦航母
讓手槍機槍飛彈氫彈無人理睬

3

讓螞蟻來守衛人類社會
讓人類全部戴上口罩穿上防護衣
全身灑上酒精
防止細菌入侵

4

讓朋友與敵人消滅手機
讓假新聞從群組上自動曝光

5

讓春天上緊發條
讓夏天熱情加倍
讓秋天自動收成
讓冬天好好安眠

5

讓地球七天自動三天放假
讓工廠自動拆除煙囪

6

人類從此失去夢想
祇想
突發奇想

讓人民活到全身毛髮全部結霜
之後
才一起喝茶聊天

才卸下城市的封條
人才自由自在抽起最後一根菸

在大樹下休息
天天

新竹無風，卻有熱大浪來襲

1
新竹城門早已戴上如圍籬的
口罩

夏天的風
竟然命令行道人拿下口罩來呼吸

車站裡的耳溫槍
是司令官
在發號司令
走在這道窄門的人
必要乖乖

3
美術館內的李澤藩展
人口稀稀落落

酒是渴的千杯不醉的
請用酒來來洗手
試試你今天你的運氣

還想打麻將
先請保持一公尺以上的距離

4
竹塹城的午後
依然沒有微風
風已被疫情帶來了嗎

媽媽在遙遠的地方呼喚早日歸來

夜幕低垂之際
人群依然不戴口罩
聚集在攤販集合地尋找飲念

遠處原來已經聚集
開始買口罩
還是文昌雞肉

還是
受夠了天天送來的便當與滷味

5
夏蟲
已經著急
這群愛買的來客

去年不來便宜貨

今年的街道上
突然增多
乘疫情再度來襲的空際

請穿上防護衣戴上眼罩,還有
口罩

乘落日餘輝
人們頭昏眼光數美鈔之際

將新竹打折貨
全部購入
購到大包小包兩手提

還有新竹入夜之後冷冷的街頭
與靜靜的燈號

2020 禮讚

1
以你為圓心的讚嘆
在太平洋沿岸的波瀾裡
有你每天的聲音

2
如鼓聲在日落時分
在晨光中
你像太陽般日照大地

3
從太平洋彼岸到此岸大陸
每天打開耳朵的窗戶傾聽
一種音樂

如同貝多芬第一號交響曲
在心中緩緩流過
像淡江一般勤勞流動

4
少有的舞蹈
在流暢如水般
舞動如林懷民的手足

時而向天問以無語
時而讓地回答以身體

5
你是你是世界的前鋒
在前頭指路以淚水

6
在許多靈魂已經飛向外太空
在許多飛機已飛臨寶島上空

你依舊靜如和尚般
獨座一旁

7
你的身影都漸老去
老在你生長的地方

8
你已站穩腳步
站在你選擇的地方

9
再也無懼風吹雨淋
再也不畏懼不猶豫

即使天地旋轉
依然固守一個最後的土地
（禮讚臺灣的抗疫英雄：阿中）

世界越亂，心越安靜

1
據說
世界已變成一具
被野狗吃盡的骨架

據聞
海洋已經被恐龍吸乾

落日的溫暖業已耗盡

2
據說
心臟已經停止生產血液

據說母親的眼淚已流乾

3
據可靠消息
世界已經因疫情來臨
必須臨時停在
半途上

等待另一列快車通行

滿載航母飛彈的列車
必須高速從人的心臟通過

4
據說太陽的光
已經用盡
祇剩月亮的餘光
當柴火來燃燒

5
據說
人的心已經用來燃燒敵人的臉龐

據聞
地球已從上帝的手中收回
放在另一個宇宙中冷卻

6
據說據說
上帝已勃然大怒

在天狗吃下月亮之際
太陽已朝向另一新生的宇宙洪荒

飛去

7
上帝開始重新開放另一市場

製造另一種生物
不再從危害萬物的病菌開始

8
上帝已天天工作
並派下第二位天使

來往在天際之間
創造一顆寧靜如無風雨的心靈

置於你我之間

哲學家的故鄉 ── 話老子的天堂

1
再也沒有牽掛
將戰斧掛在火爐之旁
或丟進火中烤

烤出一條條香腸
在午睡之後
滿足胃腸

2
文字也還給一條條的繩索
用牙籤記錄昨日午後的河流上
有幾條大魚自動上鉤

3
雞籠的大門已經大開
雞聲四起在廣場上
自由交談

4
人間恢復寧靜
戰火已化為瓦斯爐上的小火

正燉出一鍋
加蛋的廣東粥

5
舞罷之餘的午夜
小鳥開始聚會在陽臺上高歌

夏天不再炎熱如火
春天的花朵恢復清香
秋天不必急忙收成
冬天的雪
今年已下過

回家的路
已恢復如
午後灑水車親吻的馬路

6
人與人的交通
拉開幾步之後

用距離測量人的溫度

江上的孤舟

在冷冽的江水之上
有一和尚獨自撒網
終日清閒

1
江水寒哦
天蒼蒼
孤舟獨自隨冰雪飄蕩在江水之上

天地卻獨自告知
今天沒有新聞可報

2
有一隻飛燕在暮色中飛來
沿水岸上的草原
飛過
像一把利剪
迅速將半邊的暮色剪下

3
天已經逐漸灰暗
唯留下的光亮
陪伴微軟的江聲

4
江水永遠沒有熱烈的巨輪穿越

歌舞的遊輪
通過衹選擇某一假期的午後

江水總是沉默無語
一如孤舟的午睡
總是過頭
接續夜晚的睡眠

5
天下依然大亂
形勢依舊大好
好在天天盤算
如何拿下一個島嶼

6
人心總是如巨浪般飄動
孤獨的心依然昏睡不醒

7
睡夢中

有人獨自聽到有一快艇在江上歌
唱
正朝此岸飛奔而來
江水用急促的呼吸聲回答

8
太陽快下山了
江水依然平靜如往

依然可以清晰在水聲中

聽聞有一大尾魚
突然從水面上舞蹈

9
入夜之後
水中的游魚與頑皮的水草
偷偷恥笑
水面上的忙碌
無時無刻
在世界各地消耗

2014:01:11

須菩提的世界

於其城中，次第乞已，還至本處；飯食訖，收衣鉢，洗足已，敷
座而坐。時長老菩提在大眾中，即從座起，偏袒右肩，右膝著
地，合掌恭敬，而白佛言：「世尊！善男子、善女人，發阿耨多
羅三藐三菩提心，何應住？何降伏其心？」

1
在護國禪寺內
弟子須菩提開始問佛陀

在天下大亂形勢大好之際
必須如何如鐘鼓互相的配音

2
在護國寺外
原來繁華依舊

依然有小孩玩自動車
有風箏有野餐
有包廂有坐抬有父母帶小孩在
戶外

3
太陽已快下山了

昔日的小影城
在夕照下
稀稀落落

紅男綠女依舊
在黃昏中的戀愛談不完

4
院區快關門了
夏天的熱浪靜靜地退燒
如海洋的潮水

在清涼的空氣中
我走入熱烈歡迎的燈紅酒綠
暢飲一杯威士忌
在鼓聲中高唱

5
夏天不適合走海洋
春天呢？

在人間
我回首
寺內的鐘鼓與木魚聲

在夏日的炎熱裡
依然有一顆平靜如常的心靈

6
人間
卻依舊天天享受煩惱

在夏季的海洋中載浮載沉

7
我獨自再走進
一處人群稀落處

隨師父的木魚聲低頭沉默

2014:01:01

高更的眼睛

有一雙奇異的眼睛，在世人追逐文明的歡樂中，選擇一處蠻荒的世
界，追尋榮光

讓裸體與褐色的膚色占領他的心
靈

2
在離文明愈遠處
有人忘了帶一雙皮鞋

走失在蠻荒中
沙灘與海港
就是他的溫床

3
他用左手開門
用右手禱告
用蠻荒的顏色
創造一處處桃花源在海上

1
他的眼睛如一頭雄獅般
來到曠野
尋找毛利人的故鄉

4
他記錄神明
不斷穿梭在人間

海邊在鮮明的衣裳
在天黑之後的樹林間閉目養神

5
他書寫蠻荒的文明
用一枝逐漸成熟的筆頭

6
在日落之後的蠻荒世界中

有人用一隻眼睛去捕獲文明的野
蠻之後

在曠野裡
讓烤熟的肉
香氣四溢
直到天亮

五月早晨的沉默

窗外已經很久沒有這樣的流水，會樂壞了農夫與田中的水溝與溝裡的
魚與泥鰍

1
這一切
豈不像場豪賭
在最近的地區
還是遙遠的山林

下起這樣的甘泉

溫暖這樣的心靈

2
雨聲打在夏天的背脊上
像聲聲鑼鼓的敲打像夏日的口渴

需要提起加崙水

來豪貪一個午後

3
如今
還用更大的舞步跨越夜晚
直到天明
用高歌來讚美上帝

4
整個山林
勢必已經濕透了
沿山而上的石頭
勢必整夜不停沐浴

流水
勢必沿山壁而下
沿樹的腳流出一條瀑布

5
沿山奔流將如沐浴之後的美人

傾瀉沿河岸的出口

或者更像吃了過剩的食物之後
不停狂咳
不停吐嘔

6
河流會以最高的速度向前奔跑

水中的石頭
會以興奮的心情
爭先恐後

7
天邊不再如昨天傍晚的心情
以彩雲妝扮
大廈與透天厝

城市會在大雨中洗盡灰塵
然後
張開清潔的臉

依然像平常的夏天午後
保持五月天的沉默

一條 beautiful 河流的復活

傳說中的一條美麗河流，可以在夏天讓孩子抓蝦抓泥鰍以及玩沙，早已消失在童年的相簿中

1
重新復活的消息
竟然在今年疫情加劇之後

人們走過這樣清澈的流水
在華映閉上眼睛關閉嘴也戴口罩
之後

2
傳說中的一條乾淨的河流如少女
般
曾經在此走過

最快樂的是河裡的魚蝦蟹

在此經常伸長脖子
觀察人間
何以自動放棄用我的水來沐浴

3
據說阿嬤的手不想自來水
每天在晚霞滿天的餘光中
仍然抱起一臉盆的衣物
在此搥打四季
用清澈的河

4
自從惱人的華映在此占領

一條清流
就開始得到上呼吸道炎
每天定時狂咳

5
一條曾經死去奔喪的河
復活了
不用張燈結綵不必敲鑼

6

在炎炎夏日的午後
我獨自徘迴在鳥兒已重新在此自
由飛翔自在生活的河水之上

觀看人間的風雲變化
原來罪魁禍首是人類的文明腳步

7

文明已深陷在泥淖中

在欲求如工廠的煙囪
不停四處擴張不斷鼓吹各種主義
之風之際

我重新走在一條不用歌舞的河水
之旁
作一個白天的美夢

2016/04/01

新舞臺會讓你全身舒暢──賀文惠、伯安

在你們搭好舞臺之後，下一步準備跳出一支怎樣的舞？

1

在天地逐漸走上日落時分
在文明已漸重組之後
你們歡欣鼓舞
搭出一座舞臺
準備如何的舞步

2

如果妳想跳一支芭蕾
請準備一身肌肉
請用腳尖走路

3

如果你想跳一支探戈
請準備一身緊身衣
請用滑步

4

如果妳要演戲
請準備戲服
請用嗓子出聲

5

如果你要唱戲
請邁開腳步
讓扇子在空中飛舞

6

在世界已走向大火燃燒之際
請小心走路
以免滑步

7

在瘟疫逐漸變成暴動之後
世界將會
在風中浴火重生

8

聽說
在大火之後
一條美麗的河
會出現在你們的心中

如果您留心四方

像一條清流

那曾經熱烈燃燒的火

緩緩在日落方向等你

是如何熄滅

2016/04/01

在一個偉大的清晨

我們的日子總是要這樣過
即使另一種戰火已啟動它的坦克
的怒火
即使飛機已經如黃蜂般
在天上飛翔
即使氣墊船已經偷偷摸摸上岸

今晨的鳥兒
依舊在樹上高聲唱歌

1
晨曦已經張開雙眼用白雲塗抹
天空

千里之外的飛機場上
停滿睡著的大砲

坦克已躲避在機堡中昏睡

2
航母依然貪心在海上尋找小羊

征旗依舊在空中

探索風向

3
在這樣一個清晨
人們依然昏睡

有人卻提供一個偉大的覺醒
把再造的島嶼變成觀光區

讓孩子留在島上
玩沙

4
據說
清晨是人一日頭腦最清明的時段

可以留在圖書中
在田間在土壤中
像蚯蚓般滲透灌溉

5
今年惱人的春天已來過
夏季的陽光將是最閃亮的花朵

清晨不再炎熱

夏季會偷偷摸摸提著許多人頭離
去

反而

如同春風飄過

舊夢

我曾經在少年的志願簿子上立下這樣的夢想，可是從來無法走到盡頭

1
天天起床的第一件事是
寫下今天的理想

理想總是如天邊的微雲
在落日中
總是嘆息一聲

2
我每天都有一個古老的夢想
想要尋找最好的地方
如同離開家鄉的人要尋找故鄉

3
我總是緬懷過去
但眼前的
更讓我神往

4
為了利益
我自我陶醉
我將家鄉的一切
視為斷垣殘壁
或落日斜陽

5
我已老去在黃昏裡
在阿公往日經常來往的田埂上
依然追尋舊夢

6
突然有一天
我看到一群飛雁
在故鄉的土地上
自由飛翔

終於我找回舊夢
找到心靈的故鄉

風車

在海岸邊上，每天都有許多揮動的手，不斷轉動心中的夢

1
它像一座座新的燈塔
不斷轉動手中的手帕

2
它是海的新戀愛
在海洋與陸地交好之際
日日夜夜不斷揮手向過往的巨輪
或小艇

3
無論清晨無論日落
無論白晝無論夜裡
它總是追尋一個瑰麗的夢
夢中
它像一座發電機

4
它無疑是上級派來駐守的充員兵

在此站崗

永不休息

5
不會喊累不必飲食不會泡妞更不
會在半夜
吞雲吐霧

6
整座城市會說
我感激您
這樣的身段這樣的含蓄

7
在落日時分
走在這塊土地盡頭的
會看到許多
如風車般的鐵人
在海邊頻頻微笑

在夜裡
遠近的房屋

都會看到光明

遠離黑暗

我已傷風咳嗽打
噴嚏

8

將要戴上口罩防疫

這些海邊新來的士兵卻不滿意

9

這樣的人類

在我年老

放我孤單

將會如海岸邊上的碉堡

在海邊天天吹風

在風雨中被遺棄

二手書的嘆息與成長

總是以懺悔憐憫的心情
在都市邊緣的地下室中遊走

或以探險的心境去尋找一些多年失散的孩子

1
找到時
他們已年老力衰
臉色蒼白
已失去當初
奪目的光彩

2
在黃昏之後
我在一間黴菌到處游走的書鋪中

聞到一幾株夜來香
從架上吐露午後的清香

3
我撥打他們的身體脫下衣裳

依然是青春

依舊潔白如出廠

4
而今
他們的爸爸媽媽何處去了

還留下幾道用原子筆抓出的傷痕
在第一頁上

5
當年
畢竟如西裝革履
被運送到書房
當最好的裝潢

6
原來這樣的人間
寶貝

祇是道具
祇能成為粉飾太平的胭脂

7
當年是以黃金般的價格
如高貴的新娘娶進來

今年卻成群被上手銬以垃圾的價
住進地攤聚會的
地方

8
一樣的地區在臺灣

是自由的天堂自警總的眼睛已被
弄盲
在紀念堂的歌聲
已如落日最後道光芒

我走過一處孩子失蹤多年的地方
牽起他們的手

在燈下
檢視失散多年之後的蒼白面孔後

將他們集體送往
心靈的故鄉

2015/12/26

鑼

朋友經常來信
那面古銅色的中國樂器，近況如
何
回信說
它說話時鄉音很重、不輕易出手
畢竟出身在長城之下，人們經常
牧馬之地

1
它的出世
不像長江不在漢水
更不在多情的蘇州河畔上的垂柳

2
其聲聲清脆
其臉色嚴肅如父之威嚴
如皇帝如主席變化莫測

它很少發聲
一旦被激怒
鏗鏘有力
毫不讓步如母老虎

3
它有一張古銅色的臉
如同與秦王政同住千萬年的兵卒

已隨日月變化
失去舊有的帥哥容顏

4
它經常躲在戲臺的一角
以威風八面
驚動樹林中的飛鳥

或者經常散步在隊伍中
像楊家將出巡

以八方步
呼籲世人讓步

5
傳說中的它
生成一張如張飛或關雲長的臉

最初用鐵來構造

還是
用關公的頭顱鑄成
成功之後
如同暴露陽光日久的皮球

6
據說
有一回一位幼稚
不小心踩到它

它立即露出一張張飛的臉
從墳中爬出
抗議破壞一個午睡

7
從此
我們便放慢走路

8
從那天起
它像皇帝出巡的隊伍中的貼身
保鏢

我們不再將它收在口袋中
以免驚動後勃然大怒

9
它經常會在有月色的半夜裡

偷偷摸摸起床
練太極拳
拳頭拳腳輕快

以免敲醒夢中的鼓

10
它的叫聲不是布穀不像掛鐘
不如巨輪出航
在半夜裡
如牛聲
畫在有星星的藍天之上

11
它像情人般
有緣中
日日夜夜作我的保全

在怒火燃燒之後
像一波波被震動的池上之水

不斷傳至阿公阿嬤失聰的耳裡
久久讓人停止呼吸

總是必須屏息迷戀
或如同傾聽太平洋上晨曦的報曉　這樣清脆的震盪
或如淡海出口的落日　在夏季星光燦爛的晚上

鼓

江上
有許多呼喊的兄弟
秀出一身肌肉的勇士
用盡吃奶的力
與槳比賽
看誰捕獲的魚多

1
每年夏季
河上的齊心呼喊
還是讚美炎熱流汗

原來
船槳與勇漢與你全在追求一面小
紅旗

2
你表達以節奏
你引領在船頭

江水寒嗎
江上的音樂卻年年如此熱烈
你是

人潮聚集的原因理由

3
你從不休息在炎熱流行時
在肌肉男全放下你

你依舊回想奪旗之前的擔心與之
後的興奮或惆悵

4
在群鳥齊飛因你
的驚喜
在游魚探頭觀看
水面上
一條條的獨木舟
有那麼力量
在呼喊個有河水之際

你再也不在乎
木槌擊打你的身體或大頭

5
你們有時會扮成一個個受刑人

在臺上
有許多肌肉男在流淚

在你們被倒掛在空中之後
才節奏性地敲擊身體
讓遠方的父母
都來欣賞

6
天邊已經出現許多彩雲

也來觀察到底什麼回事

7
你們卻回應
罵是愛打是情

我們就是願意這樣集體受刑在人
們的歡愉中

8
世界瘋了嗎
我們卻從不哭泣

人心腐敗了嗎
我們從來不這麼認為自從疫情排
山倒海而來

9
讓我繼續參加鑼鼓喧囂的隊伍

直到落雁歸來
直到baby打了噴嚏之後睡著

10
我依舊光了上身
讓肌肉男在臺上
用盡最後的力量

敲打宇宙洪荒
直至
旭日東昇

琴

不是鋼鐵所造，卻有鋼鐵之柔心。
是夜晚隨風飄進我心的
聲聲兒歌在畢業聲中
離情依依

在草堂下
有位英俊的詩人也在等待那雪白
的手指
去撥弄它的身體

1
它有時是
芳草遍地的聲音
據說從塞外而來

跟著牛羊駱駝的鈴鐺
跟著商旅
長途跋涉
不畏風雨不怕風沙

在長城之下的答答馬蹄聲中
走進江南的垂柳屋下

3
在有月兒光光的夜晚
它又在調撥裡流出情人的眼淚

在那聲音中
我嗅出塞外的悠悠

4
連牛馬羊的耳朵都從夢裡甦醒

享受這樣美妙的塞外的如下午茶
的清脆與深幽

2
多水的江南
有多少美麗的如水仙的十指在等
待

5
從此
皇帝不上早朝
不問世間發生的

從此那被天天撥弄的長城之來的
被絕色天香
玩弄手中
最後還抱著它
出塞
尋找它的故鄉

5

或許總是不能忘是
那經常隨風而來的悠揚

是我們唱驪歌的下午
老師總是背對著我們流淚

那架陳舊的將要報廢的風琴
仍用一種沙啞的聲音
珍重再見

6

終究令我一生沉迷的
不是胡人牧馬夾進來的
不是兒時記憶中最深的感動

而是當年太陽旗下
在臺灣山中
以最珍貴的木所鑄造的

在那一個個被集體宰殺的夜晚
森林都哭了在倒下的那一刻

在煙霧彌漫中
最後成為
家家戶戶的愛琴

7

或許你不曾感動於它的堅強
或者你不願聽聽它如流水如瀑布

但必須
了解它在演出時
必須張開大嘴
必須打扮時髦的女郎

以輕柔的心
唱歌

8

臺上必須傾聽十指的飛翔在琴鍵
上

臺下必須暫停呼吸
等待最後一指的命令下達

然後
掌聲如群鳥之飛翔

讓失落的心重新整隊
讓戀人相依相偎

9
這樣的美好
必然會
讓日落增添霞光

之外
讓老夫老伴在炎熱中擁抱

2015/12/26

小提琴的自白

我像是媽媽手中的寶貝
她無論白天還是黑夜
總是抱我玩弄

1
她會寸步不離地保護我在機場
即使在大火中逃亡
即使遊輪快沉沒
她依然掌握我
在身旁

2
我是媽媽手中
十分乖巧的

從不撒嬌從不會無緣無故灑尿
也從未包過尿布

3
爸爸愛我媽媽疼我
外勞愛
孩子愛男生女生愛
愛死我的輕柔細語

4
我總是用軟
與人交談

除非主人不小心拉斷我的一隻門
牙或一根神經

5
請不要記得千萬不要

抽動我身上那幾根珍貴無比的如
黃金般的神經

6
我是天生麗質的豆腐肉

唯有靠手的輕聲細語跟我對談

如果依然不懂我的語言
請向夏天的蟬鳴
或蚱蜢的眼睛中求

7

他們已經將我的內臟掏空以便在
臺上

用更輕柔的步伐
讓你享受
一曲夜來香或月兒光光照四方

8

今年夏天的夜晚
月色正濃之際
我會主動要求

撥弄我身上每一條鋼絲
或每一面細胞

讓疫情下的人享受
夏季的清涼

9

讓遠方正濫情的河水暫時平亂

讓逐漸扭曲的大壩恢復身段
讓戰爭的陰霾
隨槍聲遠遊

10

如果你不失望
務必準備這樣一場音樂會

將我的位
放在眾生的心裡

讓我輕柔的心
拉出一條巨流

讓太陽下山的時候也回頭
觀看世間
這樣少見的溫柔

日環食之祭

今年成功鎮的海灘和諸羅縣的高
山上，突然熱門起來
人們紛紛討論這一場天上的小提
琴演奏
是怎麼不一樣

1
海洋也不安起來
為請了這一刻的來臨

也請戴上口罩穿上防毒面具
占領最好的位置在海拔之上瞭望

2
天公久已不命令下雨

突然暴怒在疫情蔓延之時
人們必須路上行舟

以便適時觀看這世紀少有的異象

3
在全球的氣候都發瘋了之後

洪水已經來到廚房
那塊天上來的黑色鑲金的大餅
算是今年給人間最好的禮物

4
開往雞肉飯地方的火車高鐵以及
飛行器的車票早已光光

5
我依然作不出門知天下的宅男

窩在家裡的電視機旁
欣賞天地即將上演的一場異象

到底是美女還是俊男
是比基尼還是猛男

6
天空上的星星必然會讓位

給這個久違的秀場

7

人們都沉醉了在酒後

忘了異象經常有
今年卻特別從天上送來
一份悶壞之後的禮物

8

光會從她龐大如盤的邊緣上發射
照亮藍天
照在你我的臉上
也會讓
嘉南平原
的汽車公車如潮水般
湧進

讓人的腳步趕往諸羅縣的馬路上

菸

在苦悶的時代
年輕戰士人手一根在戰壕裡
上了年紀之後
依然樂此不疲

1
原生於草原之上在半夜會點燃悶
燒

有時候會向酒訴求心中的秘密

2
其火
猶如最後的餘燼
在夜光中時明時滅

3
或如烽火般的煙
在眉下
在炯炯有神的兩眼之間
炊煙裊裊

4
詩人之所好的囊中之物

這樣的詩句必須在半夜拿它來
灌溉

否則如何長出一片綠葉

5
或許詩人已年老
或許已江郎才盡

它依然是上帝送到的最好禮物

豈止飯後似神仙
需要

6
肺臟早已出來抗議

天天這樣生產製造
我們的牆壁已經發黑了

7
再多的勸告
再多的牢騷
反反覆覆的喋喋不休

不如飯後在樹下獨自的餘煙
來繞

8
明天過後會更好
如果公賣局失火
如果
明天的餘火會自動清洗自己

9
你依舊酒後開車

在高速公路上

用二手的燃燒
在原野上
還說
要讓星星之火燒出人的怒火

10
或者這是宿命
是一種永不能回頭的要求

或許你已經寫下這樣的切結書
今生今世
與他
長相廝守

長笛

我不是哨子，不是呼籲
不會寫作，不會游泳
祇希望在夜裡發出一些警語
用盡力氣地

是我的化身

總之
我經常飛越大地

1
我是空谷中的柔和與平靜
是謾罵和叱嚇之外的世界中的
一種吳儂軟語

4
不要懷疑
在有星星的夜晚

總有一隻惱人的貓頭鷹
經常在樹林中
向世人發出哀鳴

2
在清晨
如同一隻高高站在電桿上的麻雀

不曾吵醒夢中的娃兒
不曾像急駛而來的娃車

5
這樣污濁的世紀
這樣的強大的肌肉
為何總是在藍色的天空或海洋上
秀

祇是一頭森林裡的小鹿
一早起床
尋尋覓覓

6
戰火已經燃燒從心裡

3
天空上那朵白雲

它依然自由自在躲避在一個角落

吹出一曲平安夜

7
明知道
這不是鐵所鑄造的鐘聲
更沒21響

但在每個清晨
依然扮成一隻烏鴉

一早起
就開始鳴笛

吉他

我有一把家鄉帶來的泥土
無論遠離家鄉還是在戰爭爆發
總是帶著它
表達一切牽掛

1
無論陪伴為了多情的西班牙踢踏
還是在大街上把妹時需要
帶著它

它還是會流淚的
在走天涯時
必須隨身攜帶的一壺酒呀

2
其味香濃
五指操弄它

它會害羞得
不斷發出
不要不要
這樣玩弄我的臉我的眉還有
我的身體

3
在天之涯海之角的夜市中

許多流浪
經常會打開瓶蓋
喝下
香氣四溢的家鄉味呀

4
你懷抱它
到底為了調琴還是調情

在遠方有許多未知
你還是喜歡目前的她

5
故鄉有你的情人愛人以及友情

為何還要
抱著它遊走天涯

6

如果你要高歌一曲
請唱阿里山的挺拔
濁水溪的湍流

像母親聲聲的呼喚在遠方

7

帶著它不要忘了時常擦拭

經常保護它
讓它的聲音彷彿走在沙漠中的
駝鈴

在乾旱中
依然在風裡唱歌

8

你就是風中的駝鈴

在眾人皆睡中
你獨醒

醒在曠野裡
在回家的路上

比一比兩地

臺北人說
整座城市安靜無比如往常的清晨
楊梅人說
我的家鄉在遠地

1
旭日東昇
鳥兒依然清閒在夜裡
在仲夏夢裡

2
做夢的人不會想到
臺北城遠方的山巒下
林立的大廈
如雨後春筍般
出現在
車輛如流水的高架橋上

3
車的腳步跟隨人的急躁與慌張

在馬路上奔馳
讓一天開始了

4
開在炎熱熟透的陽光下

5
城市人總是這樣來去匆匆如一輛
列車
奔馳中失了重心

6
我經常不自覺隨著人的潮水
被送進百貨公司東張西望
或走進購物天堂

看到一條條街道上
來自各地的名牌
便拆下心防
狂掃這樣的地方

7
城市人最喜歡的是
在大包小包放置一地之後
像一隊隊士兵

等待位置
吃一碗城裡人最喜愛的牛肉湯

8
每回我進城走進這樣人潮洶湧的
地方

總是找不到回家的路直到口袋嚴
重失血

9
好在

天空突然下起暴雨如今年的熱浪

我才打起一張大傘
走回家鄉

獨自在樹林間
傾聽鳥語
與在樹幹上
鼓噪的松鼠呼籲

家鄉才是人生享受
最美好的地方

紀念余光中

從您的詩句
彷彿有一種海洋的聲音
從南臺傳來

1
在那聲音裡
我分明聽到海洋的雄厚與海鳥的
群集

2
你從南臺灣岬角上的那座白色的
燈塔呼吸

我在北臺的山裡
的手機上
分明享受到你留下的訊息

3
你的船雖已通過最深的海上

我依舊從你留存的字句
聽到你那陽剛的鳳凰花開的好消
息

4
每當清晨或日落
總是帶著你

在海邊散步
等待你帶來的禮物

4
大地已逐漸黑暗
我走到黎明
依然看不到半點光亮

5
夜裡
我不停乞求上蒼

讓那聲音
重新從南方出發
讓你如暮鼓晨鐘般的詩句
再次
敲響大地

余光中（1928-2017）

華人世界著名詩人，自稱「茱萸的孩子」。第
一本詩集《舟子的悲歌》，一九五四年與覃子
豪、鐘鼎文、鄧菁、鄧禹平創立藍星詩社。
一九五八年愛荷華大學藝術碩士，一九六一
年與國語派展開文言與白話之爭，一九七七
年發表〈狼來了〉受到多名詩人的嚴厲批
評，但詩歌經常為海峽兩岸傳頌，我依然懷
念他，無論在他死了多久。

保持沉默

大人總是告戒小孩沉默是金，但
說話呢

1
沉靜如夏日之蟬鳴
如空谷之餘音
如半夜裡
一根針落地
已被刺得遍體鱗傷

2
讓沉默繼續放置在街道上學園中
雜誌中

讓空白永遠保持其乾淨無聲

3
總是這樣潔身自愛
總是這樣喜歡一種聲

一種下跪敬禮
不准發聲在空中飄香
唯我獨尊

4
連拜倫也沉寂於唯一
連亞伯拉罕連耶穌連羅馬士兵
都必須穿上軍服行軍

5
世界的喪鐘已敲定
在眼睛被一層層的紗布掩蓋

世界也會說
我為何祇剩黑夜與光影

6
人民的聲與音
終將再起從海上
從陸地

像一群群螞蟻雄兵從聽不到的
地方
像馬的蹄音
從遠而近

讀你，在向晚的時分

千言萬語莫如此刻的心情

1
想起過去
怎麼如何搜腸刮肚也無法表達於
萬一

為何你的影子竟然是這樣的揮之
不去

2
為何這是這樣的這樣難以忘懷

難道這一切
都是都是為了一個令人難以放下
的過去

3
過去總是出現在我的心靈裡
成為銅牆鐵壁
成為深不見底的黑洞在我的宇
宙中

4
我經常在半夜裡
變成海岸上的一座白色的燈塔

用探照燈的眼睛遠望你的歸來

5
想起過去
過去已變得如此如幻似真

一如茫茫的大海
一如日落日出
一如生命的誕生與死去

6
你曾經這樣追憶過往
猶如你的日記
將一段段的戀愛
作為追憶

7
怎麼
我卻怎麼也無法將這樣甜蜜的

過去　　　　　　　　　　　還必須在海灘的沙子裡
早已化成天空上的星辰　　　尋尋覓覓

怎麼在這樣的黑夜　　　　　（我不在作夢，但依然在夢）

拾穗集

且放過他們吧！
在大地回歸平靜，
靜得如不曾發生過一樣。
但母親的熱力，依然像河流一般，
流過，
流進我心。

拾穗集

母親是一條永恆的河流

2019/06/12

曾經在
一條溫暖的河流中沐浴

曾經三百六十五天
從晨昏到落日
感受她的溫度
餘暉裡

在落日
彷彿還聽到
迴蕩在少年時代的海浪

依然新鮮
在新鮮中裡
依舊有她美好的模樣

聽說
母親的手
像搖籃般
會轉動這個世界
將一切煩惱移動為明日的太陽

母親睡了
如同廢棄的花園

經常長滿雜草

偶爾，重返母親之河張望
從遠方天空的光茫中
彷彿出現一種異象
母親已安睡在天堂

老年

已在脖子上　　　　　　　　細數光陰流動
圍了圍兜　　　　　　　　　時光或許如針刺般難熬

狀似baby　　　　　　　　　不知何時開始呀？
一會兒如花朵展露微笑　　　不能離開這件洗了又洗的圍兜
一會兒怒氣難消　　　　　　流不盡的口水
　　　　　　　　　　　　　淚水卻向心裡流去

小草般的笑容
任風飄呀飄　　　　　　　　皺紋會像年輪般在臉上環繞
虛弱像病貓般　　　　　　　時光會高高掛在牆上
兩眼失去光芒　　　　　　　掛鐘
　　　　　　　　　　　　　則按時報曉
在嚴冬中　　　　　　　　　直到晚霞落盡
經常裹著一床厚重眠被

天上的星星般閃亮：向二千年前的古聖致敬

有一雙高傲的眼睛
以孤獨的態度
不斷做白日夢
還放出金黃的光芒
印在像大海的藍天之上

在陰丹布林或更深沉的顏色中
有無數這樣的
會放電的眼睛呀！
總是讓
夏日坐在海岸邊的少男少女
開始做綺麗的夢想

有時眾星會拱月
拱出北極星的地位
像人間的明星般
吸引眾人的目光

千千萬萬年都過去了
火球般的太陽
依然成為似永不熄滅的明星
給地球生物以食物之外的光亮
像空氣般

讓萬物繼續吐納

夜幕低垂時
以色列人說
他們有三博士用眼睛去跟隨天上
的眼睛
來到伯利恆的馬槽之旁
向剛出生的
有一雙大眼如天上星星般的
救世主
送上一盒蛋糕
後來
成為五魚七餅的飲食

星星原來是人類最忠實的導航
就在二千多年前的東方
在菩提樹下
有一位王子
頭上出現異光
光圍繞他的頭頂
形成一輪明月
菩提從頭部生出
然後像種子埋進土中

會生出許許多多　　　　被敵人追趕如喪家犬一樣
穿袈裟的赤腳眾
行走在沙漠間　　　　幾百年後的東方
念念有詞　　　　變成文化沙漠的泉水
來到華夏佈道　　　　又如沙漠中的綠洲
　　　　綠意昂然
　　　　在東亞人們心中
但華夏呀！　　　　來來回回
早已有一位經野合生出的聖者　　　不停激盪
行動像耶穌
領導一群門徒在陳蔡之間

徐志摩曾經追尋愛情

那是真金

懷著少男般的心
像走鋼索的勇士
投向她的波心

帶著至交的祝福
帶著恩師的責備
必須去追尋
心中的夢想

志摩之心
曾經熱烈
如火爐般燃燒愛情

鋼索般的愛
曾經轟動中國
堅決、沒有回頭都必須走向盡頭

在滂沱的大雨裡
殘存的夢只剩下
一堆
墜毀成大地上一縷縷的濃煙

曾經有一位浪漫、帶著菸斗的
詩人
在多情煙波的江南岸
追蹤深淵般的愛情
堅決說

消失的是身體
還有許情的詩句
依然照耀在天空上

楊喚，不朽的詩人
──他死於年輕，死於臺灣中華路舊時鐵路上。

他以呼喚大地的姿態
來到人間
地球多了一位文采出眾的軍士

阿兵哥以槍桿生活
呼喚拿手中的文字爬格

字字如火在爐裡燃燒
火光四射
真心仔細
其寫萬物另類
如同真實卻經改造的
美若天仙的女郎

他曾跨越海峽
驚嘆寶島臺灣

臺灣有香蕉鳳梨
他寫道
臺灣似香蕉般香又甜哦！
鳳梨外表，如同手中地雷響亮
卻不會爆發

亮麗全歸入其文字
文字中
頻頻展現的特異、美好
是說不完的臺灣呀

最後，他竟然仰臥在一次意外的
火車道上，媽媽哦！
殘酷壓過他的身軀
帶走他的
像金打造的頭腦，媽媽哦！

天公開始落淚
人間何以這樣摧毀美麗，媽媽？

願這般情詩般的文字隊伍
像大雷雨之後的春天
依然灌溉土地
依然如同巨流般
奔流在你我的心田
或如黃金般去珍惜

藍海之夢

在人類居住的某個地區上
藍色與綠色是一對天生天天吵嘴
的夫婦

無論在菜場上
在政論節目上
像彼此拿著槍桿對幹

在不遠的海邊
我看到
藍色的海洋
以波浪的尾巴
淺淺地
慢慢地

不斷親吻陸地的沙灘

就在昨夜
岸上的綠葉也跟隨地上的爬藤
走入海灘
與藍色海水交換戒指

就在昨夜
或每天清晨或午後
藍綠變成一色
決心放下心中的計算
來到蜜月的床上
結為最親密的伴侶

臺中紀行：美術館外

我走過
這一片青春的草地
聽不見樹上鳥的歡笑

唯有巨大如鋼架般的方正雕塑
以鮮紅血色
點綴草原

在巨大的館牆下
二粒已在大樹下準備進場展覽的
鵝卵巨石

在黃昏時刻等待進場

一位速寫風景的老人
正在傾聽館長報告

館外有許多人散步或慢跑

我走過
走進太陽西沉的草皮上
聽到樹林交頭接耳
明天來者請早

2019/06/14

臺中紀行：電火球

聲如猛獸出柵　　　　　　　　野獸
美妙是明月
已高掛藍天之上　　　　　　　或是
　　　　　　　　　　　　　　一顆來往於星球之間的人造機器

試問：在日落方向　　　　　　在入夜時分
何以出現另一顆熱紅紅的太陽　發出這樣黑夜的怒吼
就在平原之上

　　　　　　　　　　　　　　在日落時分
變化萬千　　　　　　　　　　聚集的人群
令人嚮往　　　　　　　　　　盡量好好享受這場人間的最後處
總是定時出來響相　　　　　　女秀吧
聲音像老虎的吼叫
舞姿如雲門舞蹈　　　　　　　不然這型巨蛋
　　　　　　　　　　　　　　會在沒有星光的晚上

此蛋中　　　　　　　　　　　陪伴遠山人家的燈火
必然養了一頭老虎或獅子吧？　在草原之下
何以其聲如一頭不甘願被坐牢的　睡進夢鄉

臺中紀行：燃燒吧！熱烈去燃燒吧！紀念李仲生大師

（李仲生是臺灣早期重要畫家，他生出的小太陽、小月亮，已經各有
不平凡的風格，記於臺中美術館。）

雖然燃燒自己的人
已經遠去
遠遠而去
從網中遠遠地
成為牆上一尊畫像

火苗依然冉冉升起
遍地的
如烽火般升起在草原上
烈火一旦燃燒
會如飛蛇般在土地上燎原

火是熱烈的
生出的或是溫柔的如夏季點燃夜
空的月亮
或如粗暴的夏日
是正午的太陽

燃燒吧！熱情生長出的小月亮或
小太陽
已將在春風裡
自由生長、茁壯！

楊逵（1906-1988）

本名楊貴，臺灣小說家、社會運動
家，最早發表的文章為〈送報伕〉。
一九四八年與同儕起草「和平宣言」
觸怒陳誠，一九五一至一九六一年到
綠島服刑，次年到東海大學建東海花
園，一九七六年國中教科書收錄其
〈壓扁的玫瑰花〉，一九七九年擔任
《美麗島》社務委員。

永不放棄的戰士：紀念臺灣作家楊逵

經常頂著烈日
在自己創造的天地裡

高舉正義的火把
鋤向極權
一鋤一鋤地深耕而忘了回家

無論是溫暖的春天
還是下雨的寒冬
在美麗島上
曾經有一位不服輸的思想戰士

一位農夫
用文字隊伍
走在時代的尖端
勤奮工作
一如天上一隻單飛的鳥
總是自由翱翔

寶島曾經變色
天空上的飛鳥被坐牢在綠島上

依然搖動心中的文字寫下去呀！

在寒冷的夜間
他唱起夜來香
唱出綠島小夜曲

在白晝
此島的天空經常烏雲密布
如同巨大恐龍般的太平洋

海洋畢竟是有深度的
他如海洋般
以心中的海
書寫深度與溫度

如今東海花園依舊在
一如昔日我曾經目睹的景象

（那裡的花兒會年年開放，美麗呀！願您的願望，像人們心中永遠的希望，自由自在地開放！）

國父孫中山頌

在遠方的公園中有您　　　　　　地板與腳步合唱
您站立在風雨中　　　　　　　　昨夜的理想
默默看著前方

　　　　　　　　　　　　　　　向您獻上一朵鮮花
在風雨過後之日　　　　　　　　向您行一鞠躬禮
我在陽光下走過　　　　　　　　千萬次也不累
走進您莊嚴的殿堂

　　　　　　　　　　　　　　　走過您的禮堂
憲兵的腳步猶在刷著光亮的地板　您正莊重地坐下
從遠處走來，一群人走來　　　　坐在眾人仰望的地方

寂寞的旅人：詠詩國的巨人，鄭愁予

叮叮噹噹聲中
有人南下
變成穿越沙漠的駱駝
耐旱的一頭
在金黃色沙漠裡
緩緩前進
走過夕陽的光影

在詩國天堂的旅人
又像一匹走進綠洲的耐旱的馬
在答答答的馬蹄聲中
親吻沙漠裡的甘泉

陰陽合流
在吃過甜點之後
他已融化成一頭羚羊

羊聲咩咩
像剛從母親肚裡跑出的一頭頭小

羊
從此啼聲不斷
直到晚霞滿天

鄭愁予（1933-）

本名鄭文韜，十六歲自費出版詩集《草鞋與筏子》，最為人傳頌的詩句是「我達達的馬蹄是美麗的錯誤」。鄭成功的後代，父親鄭曉嵐將軍，一九六八年到美國深造後，獲得加州世界文化藝術學院文學博士，二〇〇五年回國，現任金門大學講座教授。

弘一大師的腳步

曾經落腳輕快
揮別太太
在山邊的樹林裡
頭也不回道別
三憂拿拿！

留下一頂斗笠
一雙布鞋
留下的地方
曾經走出一位光頭和尚

用柔和的聲音
輕唱
一生的波浪
波浪終歸無聲
猶如晚霞的海面

他如落葉般走過世間
世間泛起河塘的漣漪

在深山裡有一得道的法師

用生命寫作
寫出一手好字

山是高的
水很清潔
如弘一的心
永遠
潔白如玉般
正大光明

弘一法師（1880-1942）

原名李叔同，出家後法名法音，號弘一，精通繪畫、音樂、書法、篆刻和詩詞，為現代著名藝術家，中興佛教南山律宗。

論詩人

以節儉的姿態
在一張A4的白紙上揮灑
天天的心情

簡之又簡
去蕪存菁
使那些祖先發明蛻變而來的象形
文字
一個個鑄成黃金般
從上而下掉落

不！
自從那橫行霸道的電腦、手機發
明後
象形文字從此低頭
從左而右
跟隨主子每天不同的心境
吐出
詩人之痛之喜之怨

不停怨聲載道之後
道如蜀之道難行哦！難於上青天

哦！
唯有如鐵在火爐中苦鍊
或許詩神給出一條康莊大道
或許

相約

讓我們約會在　　　　　　　　調整好心情
共同的地方　　　　　　　　　準備好行囊
讓我們降落在百花奔放的地方　準備
　　　　　　　　　　　　　　回憶以往

傳一則消息
透過網路　　　　　　　　　　多少記憶會從
從遙遠的國度　　　　　　　　從前走來
聯接您的心　　　　　　　　　走過從前的心境已老
　　　　　　　　　　　　　　走過從前

讓我們登上一架如風箏的飛機　像走了一世紀之久
飄流到遙遠的地方　　　　　　請放下一切行囊
一個遙遠、約會的地方　　　　我還有許多過往
　　　　　　　　　　　　　　在相會的地方

準備降落之前　　　　　　　　與您見面

祭父母日

淡淡的四月天
走在埋你們的山岡上　　　　　在此埋藏的
獻上一朵你深愛的玫瑰花　　　原來也是一個個春天

玫瑰會在你我心中開放　　　　人生
就在祭祀日上　　　　　　　　都是春天的化身
雨紛紛落下的季節裡開放　　　如今埋的
　　　　　　　　　　　　　　全都是春天編織出的花環

父親依舊戴一頂軍帽
母親依然露出微笑　　　　　　如今
向已來的春天　　　　　　　　我以花環獻上
展露春的氣息
就在你們共同居住的地方

好漢坡上：紀念在中大讀書的日子

中大中大
多少個好漢
曾經在此攀爬

即使在冷冷清清的冬天清晨
風總是在這裡報到
吹得一排排的松樹
不斷發出顫抖的聲音
萬物依舊挺立挺立

曾經在窗外的草地上靜默無語
觀看天空上的飛翔的無名鳥
還是黑鳥
何以突然隱沒在樹林中睡覺
依然無語以對

經常出沒在樹幹上的常客
依然是毛茸茸的松鼠
經常張大眼睛張望
萬物的變化和樹木生病的消息

樹幹上全掛了白色的點滴之後
風爺從不停止來報到

讓樹群集體在此操兵

松鼠分明有一雙精明的眼睛
放電般明亮
在夏日或春秋出沒

在中大門前的黃昏
遠方的高速公路
還是裝滿一座城市的大廈群落
紛紛比賽向高處攀岩
像一群孩子
總是忘了自己是誰

萬家燈火都明瞭
天上的星星在此出現
無語地探照
地上好奇的眼睛
落葉也被照射得全睡去了

好漢坡下
原來早已開滿木棉花的橘色
正是壯闊如海洋般的校門裡
一路點綴
點綴中大每一個的春晨

心靈迴蕩的地方

經常有冒著濃煙的火車
緩緩在這片原野上通過

走回童年
童年會陪我回去
回到從前有雪白沙灘的地方
有棕櫚樹的東海岸
拾起深海送來的海螺

從耳邊傳來
一陣陣的迴響

在聲音裡
還有母親的叮嚀
父親的呼喚

記憶中的成功港上
我經常
追逐一隻隻走路千奇百怪的紅面
番鴨

經常拾起粒粒依然溫熱的雞蛋
從日造房屋的底部

如今
我真想這樣
爬進童年
爬回日式建築的底層

原來
都是一場夢在夜裡
夢中
彷彿去參加一次永不散去的宴會

經常
用淚水去書寫這樣的童年
讚美那永遠已找不回的花香

花東永遠是我心靈迴蕩的地方
永遠

陽光老年

依然像一朵鮮花般
開放在五月天
必須享受春風般的祝福
在人生的道上
奔跑

山林是溫床
大地是青草
青翠的顏色
寫在心上
寫出一片綠意
如同日月潭清靜的湖水
安靜地
等待黎明

天上的鳥兒
都聚集於此
閉目養神

八千里路已走過
依舊繼續
走下去
路不嫌遙遠
遙遠如同一艘船
在最後的河上
滑行
滑進來的地方

母親的便當：2019 母親節

再也享受不到　　　　　　　　隨風飄蕩
那如春風的溫暖

　　　　　　　　　　　　　　母親早已化作天上的星辰
再也不能獲得她製作的熱騰騰的　在夜空裡
便當　　　　　　　　　　　　對我說
　　　　　　　　　　　　　　在天堂的樂趣

即使舊地重遊
舊地祇見一排排的日式建築　　　我願我願
蒼白又空蕩　　　　　　　　　他日回到她住過的地方
如同一張失望的臉　　　　　　享受她親手製作的
在烈日下　　　　　　　　　　便當

聽雨聲、念阿母

雨　　　　　　　　　　　雨聲裡
無論落在雙乾河上　　　　彷彿有母親的呼喚
還是　　　　　　　　　　雨聲裡
落在淡水河旁　　　　　　分明有她的腳步
依舊是　　　　　　　　　走進
春天以來最美的節奏　　　您為何獨留下我的思念

阿母卻在遙遠的天堂之上　思念在千萬里之上的天堂
萬里晴空吧？　　　　　　在寒宮般的高空上
　　　　　　　　　　　　是否晴朗？
彷彿乘坐 747
在雲端翱翔　　　　　　　雨何以這樣不停落下
　　　　　　　　　　　　猶如我的兩行淚水
天外　　　　　　　　　　落在春天傾盆大雨的早上
此時是大雨拼命落

南方的聲音

天空依舊黑夜無光
海洋一樣壯闊的喉嚨
發自內心的微弱聲音
向海峽那邊
呼喊

船已通過最深的海上
太陽和星星都累了
在海底天上
沉沉睡去

等待黎明的
豈止大地上的人們

讓聲音從南方出發
讓枯萎的樹葉重新埋藏
讓埋藏的
重新從土壤裡醒來
像一粒種子
重新在地上發芽

全睡去了嗎？
聲音已從南方敲響
在這座島嶼上
如同晨鐘般
響亮
就在大地沉睡的
午後
某一時刻

種豆南山下

許久不下雨了
經常在乾旱的土地上
埋下一粒粒的種子

淚如雨下
散落在這片故鄉的土地上
依舊盼望誰來晚餐
腳步多如群馬越過這塊荒涼的
沃土

種下的那一刻來到
會如晨般帶來一片燦爛的曙光
光如天上移動的雲呀！
緩緩在地上灑下光亮

猶如春天的及時雨
灌溉這久已荒蕪的土壤

燈船

在海灣邊上
躺下一條似飛蛾的巨型遊輪

獨留
還是沉醉於下龍灣的波光
已深夜了
依然燈火通明

我獨享這寧靜的峽灣
我亦沉醉於海上許多從海底
伸出長滿小樹小草的孤獨小島

孤獨島上的小草樹木以及小鳥
都閉上眼睛了
唯我一人

享受
許久許久
未有的安祥

在波光裡
與天地合一
與睡神
進入夢鄉
在搖擺中

蝴蝶蘭

你是穿上一身黃衫的俏麗女郎
在屋簷下
經常開放
帶著含情脈脈的眼睛

不畏風雨
不論暗時
我總是
在一棵巨大的芒果樹下欣賞
你那潔白如玉般的皮膚

夏天有涼爽
秋風更氣爽
冬天的被窩更溫香
都不像那朵日日伴我吟唱春晨的
女郎

你從不拒絕裝扮
衣裳
就像今日你穿上

那件令人驚艷的
粉紅西裝
在夏季即將來臨之前
在春風裡
含羞清唱

稻子成熟時的自白

一片金黃陪伴　　　　　　讓大地滿是稻香
在夏日裡我流汗
如同種植我的　　　　　　媽媽的手將我整齊放進鍋中洗澡
有成熟的喜悅　　　　　　我從電鍋裡化為一粒粒雪白飽滿
　　　　　　　　　　　　的米飯
農夫是夏天的水牛　　　　之後
在野地陪伴我生長茁壯　　進入眾生的胃腸
汗水如雨水般落滿全身　　化為如同干戈般強大的
終於結實纍纍　　　　　　力量
如同葡萄成熟時

2014/11/23

天安門母親的控訴

母親的眼淚已經流乾
坦克依舊停在天安門廣場之旁

槍聲像流水一般
向四面八方掃射
船過水無痕般
寫出一片太平盛世

一排排的軍隊依舊踏著正步
中國人民起來
踏著人民的屍體走來

大地開始哭泣
母親的眼淚
流在逃亡的隊伍裡

隨著一排排密集的槍聲

自由的火炬
在天空
繼續飄蕩

在清晨的廣場裡
高舉自由不屈的火把
在天空飛舞

母親的淚水不會白流
母親的聲音
硬朗
如磐石
向天地擴張

我願

在黑夜裡　　　　　　　稻田裡的裂痕
眾生都保持靜默時　　　處處
我願　　　　　　　　　如同不會說話的啞巴
走上最危險的鋼索　　　張開大嘴丫丫

我願　　　　　　　　　我願
作一隻眾生討厭的烏鴉　獻身化為一位代言人
在高高的屋頂上　　　　在眾人保持沉默之際
呼喊大地　　　　　　　變成一隻不討喜的黑鳥
醒醒！　　　　　　　　高舉正義的火把
　　　　　　　　　　　照亮死寂的大地
天久旱不雨了

2015/01/09

熱浪吹熄一池春水

總是綠油油的夏季
曾在池塘裡
用今夏最豐沛的雨水灌溉
出一片片墨綠的荷葉

小草像剛長大的小男生
在河旁
競相追逐
用嬉笑怒罵的方式
呈現污黑的河床

整個流域都已死亡
流水裡夾雜白色泡沫
像母親的眼淚

邊流
邊哀嘆

冷不防天公還用熱浪
用龍捲風

捲起千堆垃圾

大地上
逐漸逐漸
看不見泛起的漣漪
熱浪說
還要讓一池春水
死亡

藍色的呼喚

曾經從驚慌失措中逃來
跨越千千萬萬的黑水溝

洶湧的海浪
曾經吞食多少漢家郎
海峽已隔天堂與地獄

海水會訴說
從前一條喪家犬般的隊伍
曾經跨過這分別生死的地方

如今剩下人間唯一的沃土呀！
君不見呀
華人唯一希望燈塔般
光芒四射的地方

從心中昇起一面
淨土的鮮明旗幟
用一顆純潔的心呀！
用炎黃子孫的鮮血去推廣
這樣純淨的
最後的地方！

蟬與禪

在炎炎夏日　　　　　　　　一位入定的老和尚正危襟正坐
天地突然用一種轟耳欲聾的聲音
與車水馬龍合唱　　　　　　窗外
這炎熱的苦痛　　　　　　　一棵菩提樹下
　　　　　　　　　　　　　還有幾位小沙彌
誰說　　　　　　　　　　　平靜地陪伴地上的麻雀
夏日不可以在靜中生活　　　享受夏天的陽光
就在不遠的地方　　　　　　不發出一點點的抱怨
一座古剎裡

2014/11/23

最美的姿態：讚林懷民

以優雅的姿勢
卸下人生最後的行囊
以平淡的句點
在田園中回歸

窗外
正下著磅礡大雨
人心正腐化生蛆
唯您
以優美的舞姿
告別走出雲門

放手何其容易
人間還有許多手掌為你發聲
何以就要收拾起行囊

半個世紀繁華已落
將在異地開花的
新的血液會緩緩流過

流出臺灣一條永恆的河水
就在落日的淡海之旁

林懷民（1947-）
現代舞蹈雲門舞集創辦人、作家、舞蹈家。二〇〇六年獲選為Discovery頻道《台灣人物誌》的主角之一。

月光是母親的安慰

在藍天之上　　　　　　　　月
有一雙母親的手　　　　　　在我失落裡
化為一輪明月　　　　　　　灑落的是
　　　　　　　　　　　　　柔和的撫慰

縱然月有圓缺
縱使月成為一塊彎刀　　　　今夜
高高懸掛　　　　　　　　　月已成為狗啃的半塊月餅
依然慰我　　　　　　　　　但母親的味道卻從月光中散布出
一如母親從天頂遞下的一方手帕　淡淡的輕香

月　　　　　　　　　　　　讓我從夢中甦醒讓我沉醉在母親
在我慌張中　　　　　　　　般的月光裡
給我的是　　　　　　　　　再度沉沉睡去
輕聲細語

陳文雄

拇指推畫。

2021.1.2
TAN

好一朵美麗的茉莉花

妳是一朵全身穿著潔白的花朵　　　隱身在樹叢中的是蟬
皮膚潔白透紅　　　　　　　　　　不安地競相呼喊夏季的炎熱
生在墨綠叢中
展開每天的笑容　　　　　　　　　唯妳
　　　　　　　　　　　　　　　　以美麗之姿

夏天來了　　　　　　　　　　　　在沉默中
妳來了，珊珊來了　　　　　　　　默默做完美化人間的工作
其味清香卻不刺鼻　　　　　　　　像母親
　　　　　　　　　　　　　　　　為我補完最後一件衣服
引來一群翩翩起舞的蜜蜂群集　　　才無聲無息地回歸大地
在熱浪裡

愛是灌溉土地最好的肥料

總有一天
會失去，再也找不回的愛情
污染從媒體到您我心中
失去熱情與青春

如果都放下自己
如果都停留在過去
如果出賣靈魂
剩下的是
一片失魂落魄的土地

在土地呈現荒蕪
在人民失去聲音
任由土壤變色
灌漑它吧！

最後的機會呀！最好的把握是
用心獻上
對這片人間最好的土地
濃得化不開的熱愛

來自對於這片沃土的濃厚感情
如同一杯水
若在烈日下
會消失乾淨

自述：義無反顧。獻給天下的父親

縱然回頭就是斷崖
也會縱身一跳　　　　　　生命如同鋼鐵人般
千仞山谷　　　　　　　　在廣闊的大地上飛翔

滾滾的河水呀！　　　　　明知路途何其遙遠
萬馬奔騰的海洋呀！　　　腳步不曾停下
像理想的世界　　　　　　明知這是最後一里路了
　　　　　　　　　　　　依然如一位青春少年

我多麼嚮往成為原野上的駿馬　埋首於一片青山綠水間
從翩翩少年　　　　　　　享受年輕以來
到眉鬚結霜之後　　　　　在心中建築的
依然走在一條康莊大道上　一個夢想

懸日的高傲

依然如同千年前的嬰兒
我高掛在北門之上的高空之上
光彩奪目
照亮我落淚之處

人間原來依舊
車水馬龍
天橋橫臥眾生之上
傲世群雄
在天上我獨享
昏黃的臺北天空

獨自觀看
上高樓的人高聲歡唱
今夜將如往平安

車站前
像在訴說過往的歷史
我繁忙的腳步
走入堆積如山的車陣裡
獨自覺醒
醒在眾人昏睡的夜晚

光亮再現：外科手術之後的世界

在白髮蒼蒼、兩蕊茫茫之後
突然光明再現那一刻
心中充滿希望

希望如同人生可以再來
世界可以重新在眼前發光

妻子臉上光滑的表面
卻突然像蜘蛛網
我被打了一巴掌

世界從此不再模糊
世界原來可以從外科醫師的手中
變化
在轉變中
重現未來的光亮

宜蘭紀行

行行越過大海與山林
遠方大龜浮遊海上
火車一路帶我追逐海水
天邊那一朵白雲正發出讚嘆

秋天
我才穿越海洋
老虎般滾燙的鐵軌
在響聲中
山野回望這一片大地
臺灣已遠遠被拋在腦後

蘭陽平原上
一望無際的鄉野呀！
人們在夢裡
滿意這裡濃濃的鄉音

我終於平安抵達幾米的園中
抓住正下學的兒童
擁抱共用
夏天以來未有的安祥

幾米遊宜蘭

一座陳舊的車站
通過他神奇的手
一夜長出許多樹幹
與伸長脖子去採食嫩葉的長頸鹿

幾米終於來了
他停下腳步
先進入黃春明的咖啡館寒暄幾句
就拋出幾只帶來的行李箱

行李箱立刻變成堅硬的石頭　　　　躲在一棵大樹下
讓人或坐或臥　　　　　　　　　　用孩童的眼睛
或做鬼臉　　　　　　　　　　　　去偷看宜蘭天空上
　　　　　　　　　　　　　　　　是否一樣有月亮照光的藍天
但他還不甘心　　　　　　　　　　或讓小朋友坐上像一條香蕉般的
竟然將一列火車掛在樹林上　　　　月亮上
張望　　　　　　　　　　　　　　搖搖晃晃

你還相信嗎？　　　　　　　　　　我則走到路旁
就在遠處　　　　　　　　　　　　與一對疑似雙胞胎的下學兒童
他又作了一個令人訝異的可愛表　　一起張望
情　　　　　　　　　　　　　　　到底幾米造的公車何時來哦？

好個秋

我聽到秋天的腳步近了
在清晨的雨聲走來
像一位妙齡女郎
從雨聲姍姍走來

天也陪著涼下來了
衣裳、帽子會從衣櫃中下來
穿戴人體上
溫暖
從腳到頭

秋天不會這樣輕易告別
炎熱已被打敗
像今晨的雨
落滿一地

雨經常出現在
窗外

每天傾聽秋的告白
今年會有颱風從海洋而來歡聚

秋天已征服海洋
在大海之邊的柱子上
海鳥不畏狂風
樂得像活潑亂蹦的少年
正開始爬梯
七嘴八舌地讚嘆這樣的好天氣

冬天卻偷偷乘著秋涼
讓人從頭到腳逐漸冷凍
彷彿
是冷凍庫的冰棒

秋天趕緊說
我還好
好得很

童年舊夢（一）

多少次曾經爬進日式建築的地層
拾回猶有餘溫的雞卵

雞卵是童年重要的滋味
如母親的愛
在東臺灣一路帶我長大

在夏日的海邊
我拾起一隻巨型的海螺
在耳邊
竟能響起波濤巨浪

太平洋的波濤
竟能送來
正發出巨大鼻聲的巨輪
出現在火紅的落日方向

但半夜裡
地震經常撼動少年的心
死亡的恐懼會隨
鄰居婦人聲聲一
死了！死了！

從天而降
隨房屋的激
烈搖撼
驚慌失措

於是
睡意也停格在清晨太陽出現的那
一時刻

童年舊夢（二）

在雪白沙灘的海邊　　　　　　不時發出喃喃自語
木麻黃與沙玩耍
即使寒冬　　　　　　　　　　童年
依然墨綠　　　　　　　　　　我們聚集在大樹下商量
在幾近荒涼的地區出沒　　　　在一個暑熱的下午
　　　　　　　　　　　　　　分頭去尋找破碎的鐵器或玻璃
紋面的老人男女　　　　　　　然後
赤腳走在滾燙的鵝卵石上　　　湊足買一支枝阿冰的錢
依然輕鬆抽著一根長長的煙斗　在一樣的樹下享受夏天的冰涼
煙從皺紋滿佈的臉頰邊飄散
　　　　　　　　　　　　　　那少有的冰涼竟然如山風
飄出酷熱的夏季　　　　　　　溫暖少年的心
飄出喝醉的老人已倒臥馬路旁　一直涼到白髮蒼蒼的年紀

烏石港遇大雷兩

滾燙港灣水乾了
一個秋天像老虎般
以熱情
熱戀遊人

防波堤之外
海洋依然洶湧
堤內
蘭陽博館正伸起懶腰、打起哈欠
說：本日公休

休想如清閒不上學的野鴨

也悠閒池中
閉目養神

而路迢迢的路上
竟然冒著大暑，甚至天外飛來傾
盆大雨
我們已在
在雨中，走進餐廳
成為坐上賓
成為享鮮味大餐的
食客

2014/11/15

上帝之子

有一個聲音從天而降
「那是我喜愛的！」

祂將成為地上之王
直到地老天荒
直到太陽光熄火

祂將為世人流盡最後一滴血
將被鞭打
將被釘在十字架上
讓世人嘲笑

十字架是世界犯罪的記號
或相愛的開始

它將傳播世間每一角落
將愛散播於紅土上
還是黑壤之間

直到祂再度來到人間
將小草種植在肥沃的土地上
大樹將會變成一把巨無霸的大傘
讓世人活在蔽蔭之下

耶穌（西元前約 1 年-約西元 30 年）

瑪麗亞的春天

在以色列的鄉村裡
有位小姑娘
有一雙美麗活潑的大眼睛

有天
遇見隔壁鄰居來的遠方的年輕郎
立刻被閃電般的眼擊中

他名約瑟
他們在市集上
偶而相遇
雙眼不自覺地
對望

那男士更含情脈脈相望
那一雙水汪汪的如一潭清澈的
眼睛

在一方的她
急忙
害羞地立刻

將眼光移走
身體卻不自覺地回頭
再看來方英俊的模樣

從此她在夜裡
來到一個奇妙的夢中
夢裡
有他強健的體格
和深如海濤的眼神

她終於重回市場上
遇到他背著一個行囊

這回
她再不放棄機會
她讓他緊緊握住她潔白的雙手

她深深靠在寬大的肩膀上
用雙手回應
這位雙手已長繭的少年郎
久久不放

芒果乾

臺灣人發明的
頂級水果作成
經過熱烤、日曬
並且還天天放上
政論
你吃吃看

烤成之日
紅色滲透已無時不在
在你我心中發酵是
海峽火烽
中共飛機、軍艦不斷送來喜餅與

芒果乾

它逐漸出爐之日
不是當下
心中怒火已燃燒大地
地上的蟲紛紛爬起來一塊噴火

東方之珠的黑衣人
接著上臺表演
今年更大的噴火秀
如噴火女郎般
臺下觀眾逐漸散去
卻在另街道上撐起昨日未乾的
雨傘
傘面上
依然留下藍色的水花
在冬天的陽光中閃閃發光

城市已陷落
世界已荒涼
東協10加1
更讓人心中
興起更多的芒果乾

好吃好吃

頂級水果
如今已做成乾糧
請吃請吃
免費的

在美麗的寶島上
大家紛紛愛吃種植在阿里山上的

（芒果乾就是今年臺灣選舉的關鍵詞，亡國感的諧音詞，即感受到中共不停用軍艦、軍機恐赫臺灣人。）

去那個沒有您的地方：憶往

某月某日
我畫出一個沒有您的地方

記錄每年每月每日
曾經發生的大小往事

寫下每天每月每年的心情
記錄人生各種各樣的感想

終於有天
我必須放下一切

放下您的臉您的嘴
還有您一切的過往

因為您已歸去
歸入一個地方：遙遠的異鄉

藍色的夢

天天天藍
昨夜
卻是一片漆黑的烏雲

天總是不高興地打了一個噴嚏
總是失望地
露出張被扭曲的臉

烏雲總是從心中飄過
如天上的戴奧辛
灑在這塊乾淨的土地上

自問：何日能夠過平靜的生活
像地上農莊的房屋

每天
我總是抬頭仰望
天上何時會出現淨潔的白雲

有一片綠油油的沃野
有一群在清澈河流邊上
自由自在吃草的（羊）咩

雨還落著在夜裡（2019 的最後一夜）

天空是美的
在夜裡嘆息

天還沒亮光
我已起立
在燈光下
默默書寫最後一夜

一夜的豪雨
原來最後已悄悄變成
在黑夜中的
滴滴答答

細數黑夜風高的一座座發光的
街燈

問侯：電燈桿
何以這般孤寂

於是夜更深了
也陪伴河流的餘光
偷偷地偷偷地
全睡去了

冷冷清清的陽明書屋

沒有紅牆綠瓦
不再有士兵的崗哨
沒有個人住
唯有冷冷清清的白梅
在午後相隨

點綴在十二月天的冬梅
開在巨大的書屋之後
彷彿一切不曾發生
彷彿一切已沉睡

曾經熱鬧非凡

曾經是最森嚴的宮殿
如今
都化為一座冷落的山中別墅

或許在繁（花）落盡
或許人都走後
唯有樹林相隨
唯有遊客嘆息
唯有池中魚兒
在孤獨的水裡抬頭張望
何時能游出這孤寂的天空

長廊之外的海面：紀念遠行的姊夫

風雨已過
天空不會放晴
陰霾的心情
像颱風吹倒的一棵大樹
橫臥馬路
至今，沒人收拾

長廊之外
依舊有日出與日落
而長廊
已變成一張空蕩蕩的搖椅

空蕩引來閒來無事的
慌慌張張的

成群結隊來尋找食物的螞蟻
螞蟻爬滿我的心情

日頭落下之後
會不會再見
日出將會出現
正如落日

揮別海面之後
總是留下黑壓壓的巨人般的海神
之身影
沉沉地
向最深處下降
直到滅頂

為短命而有才氣的詩人抄詩文

案：李商隱（西元813年-約858年），字義山，晚唐詩人，和杜牧合稱
　　「小李杜」。在《唐詩三百首》中，李商隱的詩作佔廿二首，數
　　量位列第四。李商隱擅作七律和五言排律，七絕也有不少傑出的
　　作品。清朝詩人葉燮在《原詩》中評李商隱的七絕「寄託深而措
　　辭婉，實可空百代無其匹也。」李商隱一生糾纏於政治鬥爭，與
　　大量的戀愛痛苦中，養成感傷抑鬱的性格。作品中多諷刺意味，
　　大半借託史事，寄其弔古傷今之意。其愛情詩手腕高妙，嚴肅而
　　不輕薄，清麗而不浮淺，詞藻華麗，並且善於描寫和表現細微的
　　感情，葉嘉瑩認為李義山的詩感受精微銳敏、心意窈眇幽微，足
　　以透出於現實之外而深入於某一屬於心靈之夢幻的境界。

志摩手抄陽

這秋陽—他彷彿以思想
起什麼、一面老友般的亲密
我是你……鎮靜……祖愛
在半枯的草地上躺著
他從敗葉樹枝上掛
著、你直想伸手去把
他搁些在心裡……
首嘗用 去親空口
品嘗是他那多……
因……之間……

案：徐志摩的〈秋陽〉，是上乘的散文
之作，人們說：「徐志摩散文想像靈
奇，富有詩意，善於言情，坦率任真，
詞采絢爛，喜繪自然，多用反複、排比
的修辭手法，多受歐美文藝影響，有時
則渲染太過，結尾往往較為平淡。」我
也以為：志摩是一位天生的詩人，所以
他即使說話、記日記，或寫劇本也充滿
浪漫主義的色彩。這是全身充滿熱情的
人，是胡適的好朋友，都是對任何人事
物，產生充滿生命力的。

詩畫之龍
TAN

後記

　　編完這一本書之後，還是有話要說。著名的小說家Anne Lamott
是美國古根漢獎（Guggenheim Fellowship）得主，一生寫作一本教人
如何去創作小說的小說創作大師。在他最得意的一本書：《一隻鳥接
著一隻鳥寫就對了——寫作課》（*Bird by Bird*）中，這樣寫道：

　　一篇文章從這張相片開始成形。雖然那時我沒有辦法告訴你們

那篇文章最後會成什麼樣子。我直到某些東西開始浮現。[1]

在我幾乎每天一詩的狀態之下，總是利用清晨時分、頭腦十分清醒的時刻，抓住那瞬間就會從靈光中消失的主題，掀起一個巨浪，但這是草稿而已。然後，將一行行的文字逐句去修改，才成為詩的樣子。

但作為哲學的詩人，往往要將哲學詩意隱藏在詩裡。

詩，如果是人生的花朵，則詩人的工作，就是讓詩編織成具象的玫瑰，或夏日的陽光，以及冬天的白雪。

詩，的確是感情的想像力的充分流露，是天、地、人、我一體的展現。許多古代詩人，用最真切的感情，卻使用簡要的詞句去呈現，或許出於當時表現民間詩人的古樸作風的可用文字太少，以致簡短到四字之多。可是在我看來，如果是真切，則夠了！因為真好的文，在精要而不在文字的多寡。

然而，如果落在屈原的手筆上，則呈現出多采多姿的情況；這畢竟是詩人的學問豐富，真切多了！而且，由於生活的閱歷呈現出一種不同凡響的現象，所以才能呈現出的詩，感動許多人的心靈。

因此我認為──詩人屈原，的確是中國歷史上，有文字記錄以來第一位的偉大詩人。

可惜，他使用的文字，是古文楚國的文字，所以今天我們必須靠專家學者的註解，才能逐漸理解其中的意義。但，在我們反覆去低聲吟唱時，則詩中的許多秘密；包括希望自己的君主，能夠重視國事、遠離小人，以及女色的期望，便會逐漸浮現。

基於此，我認為，詩人在人生困頓中，如果能夠抓住這時內心的悲歡離合，作為創造詩歌的動力，能夠成為偉大詩人的機會，則會大

1　Anne Lamot著，朱耘譯：《一隻鳥接著一隻鳥寫就對了──寫作課》(*Bird by Bird*)》（臺北：野人出版社，2018年），頁77。

增；這就是說，所謂窮而後工的意義，可以用來說明一種創作的環境理論。就是，對於每天生活的遭遇；譬如今天我們所面對的武漢疫情，這正是我們使用來轉化心情的時候。因為所以有感而後發的意義，正是詩人必須能夠有位自己與四周的人，紓解一切外來的壓力的能力。

尤其是像屈原才氣的詩人，他的詩歌的偉大，正式因為他在極端困頓中，創作許多偉大動人的愛國詩篇。所以作為後人的我們，在他死後，從他這些表現心中悲憤的作品中，了解一切偉大的詩，必須對自己生平的一切遭遇，能夠使用文學的方式來表達。這用現代心理學的語言來說，這是一種書寫治療或文學治療的方式，但顯然不是有他那樣高的才氣，但是，至少可以認為：我們已經很幸運；因為他是以中文來書寫。換句話說，我們從他的詩中，可以體會出，原來文字竟然具有那麼巨大的力量，可以將詩人的痛苦與對宇宙人生的疑問，表達出許多美妙的文句之中。當然，中國歷史上的偉大詩人，對於人生的無常與遺憾，雖然似乎與我們無關，可是他們能夠以優美的詩歌呈現時，又是另人多麼感動。所以在我們閱讀陸游的許多人生的悲歡離合，確實會跟著落淚：

> 紅酥手，黃滕酒，滿城春色宮牆柳。東風惡，歡情薄。一懷愁緒，幾年離索。錯、錯、錯。　　春如舊，人空瘦，淚痕紅浥鮫綃透。桃花落，閒池閣。山盟雖在，錦書難托。莫、莫、莫！

這對夫妻，就是南宋大名鼎鼎的陸游和唐琬了，而那首見證他們過往的詞作，就是感人肺腑的〈釵頭鳳〉。唐琬是位才貌雙全的佳人，和陸游在一起，經常吟詩作對，是心靈上的知音。這首〈釵頭鳳〉，更是讓歷代文人墨客傳頌不休。很多人正是出於對這首詞的感動，進而想去了解這個故事的真相。那麼，這首詞是怎樣描寫離情別意，成為

情詞中的經典呢？全詞分為兩部分，上段追憶往事，表現詞人和妻子曾經一同遊沈園的美好生活，襯托離別後不得相見的苦楚；下面則是回到現實，描寫詞人和妻子在園中偶遇的情形，表達對錯失良緣、破鏡無法重圓的惋惜和悵恨。」[2]以上，是引自網路上學者對於感人肺腑的〈釵頭鳳〉的註解，還算傳神。

　　所以偉大詩人的特質必須將人類真實的感情表露無遺。反之後來許多註解詩經或楚辭的學者，為將六藝神聖化或道德化，竟然將許多人間男女的愛情故事一道德化，甚至淫詩來指責，這是不對的！

　　現在我們就以，「是以在一個春日裡，詞人和前妻不期而遇，發現她從『紅酥手』變成了『人空瘦』。故人難忘，前妻只能一天天憔悴消瘦下去，但是緣份錯過就不能挽回，他們再懷念過去也只是徒增傷感。詞中一個『空』字，道盡心中悲苦。」[3]來說，這若放在一個講道德禮教十分保守的宋朝來說，可能不被允許的淫詩，不是嗎？

　　而這種強烈的、鮮明的對比，正是展現出詞人心境的重要寫情的方法。

　　不過，世上有幾個詩人能有這樣高的天賦？又有幾個像屈原與陸游的詩人，願意表現出內心的真實的？反之，我們許多傳統的詩人重視道德文化，就是以含蓄的方式去隱藏真實的。所以人的一切真誠都會因此被忽略。這就好像至今在許多回教的國家中，規定女士上街必須將自己的臉全遮上，只留一雙眼睛看路。甚至去觀光的女子，也要入鄉隨俗。所以我現在所主張的詩歌寫作，最大的訴求，就是希望我們在創作中，學習怎樣將內心的感情，用文字完全宣洩出來。

　　當然，文字能夠成為一種自己運用自如的工具時，文字彷彿已經成為你指揮的軍隊，但要達到這一境界，必須將這工夫視為每天的磨練。

2　https://www.epochtimes.com/b5/20/3/25/n11974925.htm（2021/6/7瀏覽）

3　同上註

同時,我們也要模仿詩人的生活方式與豁達的人生態度只算;例如李白,好飲酒作樂。於是許多人在寫詩時,也學習飲酒,但這是形式上的模仿而已。反之,緬甸一位詩人說:他寫作時,必須聆聽一些他喜好的音樂。因為傾聽自己喜歡的音樂,彷彿將你帶入一個具有優美的世界中去漫遊。

所以,我後來寫時,必須邊寫邊聽我最喜歡的名歌手的音樂,結果,我的詩句就如當前的美妙音符,如泉湧而出。

當然,詩既然是我生命中的每天的宣洩,而每天作為一位感觸良多的人,不怕沒有體裁來作創作的泉源。但問題仍在於一這宣洩,不是一種請感的直接發洩而已,而是經過時間的洗禮之後,反覆思量之後的結晶。所以真正的詩歌,必須有顆如同淘金者的耐心,以經過長期洗練的文字來表現,才能夠徹底將內心的一切感情適切而真實地呈現,即使是內心的無法一時承受之痛苦,也是如此。

所以我高興你我或不曾相識的人,能在此分享我內心的世界。但,我們的語言,不是建立在一般平鋪直敘的語言,而是經過修飾的、具有想像力的具象語言。所以我希望讀者,能夠從我詩中的具象表述的語言中,去體會一個必須同時去體會詩句中所呈現的畫面,並了解其中的含意。

這是我最期待的互放光亮的時刻了!

想想當年的大詩人——屈原,寫作〈思美人〉時,內心是多少的傷痛?是感受到這位被他崇拜的君主——或被他視為道德本無瑕的美人,竟然被美色與諂媚無能的小人捉弄而不自知。所以最後,必須以他擅長的詩歌來表達內心的悲憤,這就是一種生命真情的表現。[4]

4　思美人兮,攬涕而佇眙。媒絕路阻兮,言不可結而詒。蹇蹇之煩冤兮,陷滯而不發。申旦以舒中情兮,志沈菀而莫達。

願寄言於浮雲兮,遇豐隆而不將。因歸鳥而致辭兮,羌迅高而難當。高辛之靈盛兮,遭玄鳥而致詒。

　　雖然，許多學者經過考證後說：這首詩或那首詩（如上述陸游的情詩），好像不是出於他之手筆，可是，我卻深深覺得：這至少能夠詩人感情的真切流露。

　　所以，我們今天若能夠讀到向上面陸游所寫的詩，雖被人懷疑不是他的作品，可是我重視的，卻不在考證學上的原作者到底是誰？而是，一首詩是否真的能有感而發？又是否能夠不至落入無病呻吟的深淵中，成為一種一般人的情緒發洩而已？

　　換言之，我們在生命過程中，一切艱難與困苦，如何化為轉變生命的利器，正是成為創作者的一種必要條件。另外的一種要件是必須有深刻體驗的人，又能以個人的特殊語言，放在你的文學作品之中。至於作詩的技巧，如今已有許多詩人如陳義芝的現身說法，是我們非常推重的。[5]

欲變節以從俗兮，媿易初而屈志。獨歷年而離愍兮，羌馮心猶未化。寧隱閔而壽考兮，何變易之可為！

知前轍之不遂兮，未改此度。車既覆而馬顛兮，蹇獨懷此異路。勒騏驥而更駕兮，造父為我操之。

遷逡次而勿驅兮，聊假日以須時。指嶓冢之西隈兮，與纁黃以為期。開春發歲兮，白日出之悠悠。

吾將蕩志而愉樂兮，遵江夏以娛憂。攬大薄之芳茝兮，搴長洲之宿莽。惜吾不及古人兮，吾誰與玩此芳草？

解萹薄與雜菜兮，備以為交佩。佩繽紛以繚轉兮，遂萎絕而離異。吾且僤個以娛憂兮，觀南人之變態。

竊快在中心兮，揚厥憑而不俟。芳與澤其雜糅兮，羌芳華自中出。紛鬱郁其遠承兮，滿內而外揚。

情與質信可保兮，羌居蔽而聞章。令薜荔以為理兮，憚舉趾而緣木。因芙蓉而為媒兮，憚褰裳而濡足。

登高吾不說兮，入下吾不能。固朕形之不服兮，然容與而狐疑。廣遂前畫兮，未改此度也。命則處幽，吾將罷兮，願及白日之未暮。

獨煢煢而南行兮，思彭咸之故也。

5　陳義芝：《不盡長江滾滾來——中國新詩選注》，臺北：幼獅文化事業公司，1993年。

　　我在年輕時代，多半使用考證或論述來開發人生的究竟意義，於是多流於是論述的文章。可是在逐漸老化的時光中，好像生命的閱歷多了，感想也漸漸多起來，所以在非想將它一一記錄下來時，就不得不發。

　　甚至在半夜的夢中，在它發作時，都必須馬上起床，將心中的詩句，即刻記下。然後等天亮之後，在心思清明之際，將許多急躁而不成章的地方，重新構作。

　　這就是我近來的寫作方式，所以我的習作時間不分白晝或半夜。

　　另外，我彷彿常從詩的寫作中，見到生命的曙光。所謂這道曙光，是來自對生命的反省與覺悟，才能逐漸進入佳境的。特別是在——自從以「老子的自然哲學」為題，對老莊學說進行研究之後，「萬物一體化的思維」，才讓我認識到——何謂詩人的生命極其自然的表露（Since Laozi's natural philosophy, as the title, the study of Lao-Zhuang's theology, the integration of all things thinking, only let me realize - what is the poet's life is extremely natural）。

　　當然這是與許多退休族想法不同；譬如在友人不斷對我說：

　　　何必呢？餘命已不多，用來旅遊或抱孫，不是更好？

　　而我，卻天天深陷在這個從未好好經營的世界中，日日夜夜去胡思亂想，反而能夠過著樂而忘憂的生活！

　　這不就是古人追求學問之態度？ 如我天天在畫畫的自得其樂一般，不必告訴人家——何以天天在此像一隻鴨子一樣，牙牙學語的原因；因為人生之樂的取得，還要靠自己去體會的。

　　最後，我想跟讀者分享一些心得，詩如何必須是美的呈現，而不是一切道裡的直說；原因是它必須靠人類的想像力去運作。反之，講

一種道理，如何去化成許多具象的經驗？又怎樣能夠構造美的畫面？
例如我有一首詩是這樣的：

千百年來你的繡花針似　　　　　　裡
的文采　　　　　　　　　　　　　想去水中捕捉那光呀
始終占領
許多人的心上呀　　　　　　　　　他是不聽皇上使喚的
　　　　　　　　　　　　　　　　眼睛長在頭頂上的
為何飲酒之後　　　　　　　　　　經常在馬路上醉酒作樂
你的文字會從　　　　　　　　　　的
口中如蠶之透露口中之　　　　　　酒後
絲　　　　　　　　　　　　　　　還胡言亂語

像一串串的春天的花朵　　　　　　語中
突然掛在脖子上　　　　　　　　　一行行的詩句如同
　　　　　　　　　　　　　　　　一列列的彩虹
最好是冬天溫暖的陽光　　　　　　會飛舞在天上
或如冰淇淋的透心的涼
爽呀　　　　　　　　　　　　　　呀
夏天過海洋的滋味　　　　　　　　詩仙　你
讓我們都能嘗一嘗　　　　　　　　成為眾人
　　　　　　　　　　　　　　　　仰慕的對象呀
你問
縱使人都是千百隻眼睛　　　　　　詩人的眼睛
如果有色盲　　　　　　　　　　　究竟究竟
何有如他的瘋狂在半夜　　　　　　長得怎麼樣

沒有任何的訊息

是用塑膠製造　　　　　　　沒有任何的祕密

還是鋼鐵　　　　　　　　　要知道

用紙片　　　　　　　　　　最後的答案

還是心靈　　　　　　　　　去問老李

用他特製　　　　　　　　　白色的詩歌

來自上帝的手　　　　　　　是怎樣在酒杯中

還是一顆永不變化的心　　　胡言亂語呀

靈

2021年1月17日

　　李白的詩一直活在中文世界中，甚至在後世藉洋文去遠遊世界各地。但我更注意的是，這樣的詩國才子，是我們可望而不可及的。我相信任何領域中，都會出現天才，但天才，依舊靠個人持續不斷的努力不可。又有許多偉大詩人，雖然在年輕時代就死了；像雪萊與楊喚。可是這樣的名字已永遠活在我們的心中！

　　原因是他們幾乎都在他活這時，能夠活在努力用功的世界中。所以我們的教科書有年輕卻文彩光芒四射的楊喚詩歌，卻無西方的詩人（除非你自己去發掘）。而我們在學習中，知道詩是怎樣化抽象為具象，這是作詩的第一原則。

　　最後我以二○二○年美國出了新的一位諾貝爾文學獎得主Louise Gluck；他在《野鳶草》（*The Wild Lris*）中，有一句詩的意境來說明，詩人創造的深度，是必須經過不斷努力才產生的：

　　　我什麼也不懂，除了沒事可做
　　　而當我放眼望去天上所有的光

褪去，形成單純一團火
穿過沉著的冷杉燃燒
這時就不可能在瞪眼
看著上天了，再看就要毀了（延齡草）[6]

臺灣詩人陳育虹譯完這本詩集之後，這樣寫道：

在這部神啟之作裡，葛綠珂沿生之暗面前行，時而囈語，時而
質疑，並以多重視角切入，揭開愛的虛惘，死的面紗。若時間
是花園，詩人便是園丁，行遍在幽暗處。[7]

這麼說，對一位在詩國耕耘尚淺的我來說，還必須學習這位詩人
能夠對於人類根本問題；如他善於表現愛的虛惘與死亡真相中的深層
去探索。或許，人只有一次機會在這樣的文字所構成的世界中生活，
與之喜怒哀樂。可是，能夠善用文字，做各種方式去表達感觸的人，
都是能夠為我們創造出極為有趣詩篇的根本原因。但絕不要忘記，即
使像天才詩人徐志摩，也必須是經歷不斷去磨練自己的過程，才能留
下幾首優美的詩歌。

所以，相信只有不放棄地追求永恆的人，將來才會活在永恆中，
這是以上這位創造永恆的哲學詩人，給我最大的啟示。

---

6 Louise Gluck著，陳育虹譯：《野鳶尾》（*The Wild Lris*）（臺北：寶瓶文化事業公司，
  2017年），頁21。
7 Louise Gluck著，陳育虹譯：《野鳶尾》（*The Wild Lris*），背頁裡。

楊喚（1930-1954）

本名楊森，兒童文學大家，臺灣一九五〇年代童詩先驅。他曾說：「詩是一隻能言鳥，要能唱出活在人們心裡的聲音。」一九五四年死於臺北平交道上，享年二十四歲。

雪萊P.B. Shelley（1792-1822）

英國浪漫詩人，歷史上最出色的英國詩人之一，天才預言家，一八二二年坐小船失事身亡，享年三十歲。

文化生活叢書·藝文采風　1306031

奔流之歌——詩論與詩畫集

作　　者	譚宇權
責任編輯	呂玉姍
特約校對	龔家祺

發 行 人	林慶彰
總 經 理	梁錦興
總 編 輯	張晏瑞
編 輯 所	萬卷樓圖書股份有限公司
	臺北市羅斯福路二段 41 號 6 樓之 3
	電話 (02)23216565
	傳真 (02)23218698

發　　行	萬卷樓圖書股份有限公司
	臺北市羅斯福路二段 41 號 6 樓之 3
	電話 (02)23216565
	傳真 (02)23218698
	電郵 SERVICE@WANJUAN.COM.TW
香港經銷	香港聯合書刊物流有限公司
	電話 (852)21502100
	傳真 (852)23560735

ISBN 978-986-478-473-8
2021 年 7 月初版
定價：新臺幣 700 元

如何購買本書：

1. 劃撥購書，請透過以下郵政劃撥帳號：
   帳號：15624015
   戶名：萬卷樓圖書股份有限公司
2. 轉帳購書，請透過以下帳戶
   合作金庫銀行　古亭分行
   戶名：萬卷樓圖書股份有限公司
   帳號：0877717092596
3. 網路購書，請透過萬卷樓網站
   網址 WWW.WANJUAN.COM.TW

大量購書，請直接聯繫我們，將有專人為
您服務。客服：(02)23216565　分機 610

如有缺頁、破損或裝訂錯誤，請寄回更換

國家圖書館出版品預行編目資料

奔流之歌：詩論與詩畫集/譚宇權著. -- 初版.
-- 臺北市：萬卷樓圖書股份有限公司,
2021.07
　面；　公分. -- (文化生活叢書. 藝文采風；
1306031)

ISBN 978-986-478-473-8(平裝)

863.51　　　　　　　　　　　　110008326